# MELODIA MORTAL

**PEDRO BANDEIRA**
**GUIDO CARLOS LEVI**

# MELODIA MORTAL

SHERLOCK HOLMES INVESTIGA
AS MORTES DE GÊNIOS DA MÚSICA

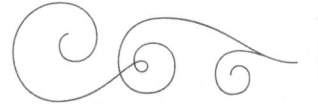

FÁBRICA231

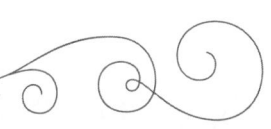

*Copyright* © 2017 *by* Pedro Bandeira e Guido Carlos Levi

**FÁBRICA231**
O selo de entretenimento da Editora Rocco Ltda.

Direitos para a língua portuguesa reservados
com exclusividade para o Brasil à
EDITORA ROCCO LTDA.
Av. Presidente Wilson, 231 – 8º andar
20030-021 – Rio de Janeiro – RJ
Tel.: (21) 3525-2000 – Fax: (21) 3525-2001
rocco@rocco.com.br
www.rocco.com.br

*Printed in Brazil*/Impresso no Brasil

CIP-Brasil. Catalogação na fonte.
Sindicato Nacional dos Editores de Livros, RJ.

B167m
    Bandeira, Pedro, 1942-
        Melodia mortal: Sherlock Holmes investiga as mortes de gênios da música / Pedro Bandeira, Guido Carlos Levi. – 1ª ed. – Rio de Janeiro: Fábrica231, 2017.

        ISBN 978-85-9517-002-5 (brochura)
        ISBN 978-85-9517-003-2 (e-book)

        1. Ficção brasileira. I. Levi, Guido Carlos. II. Título.

16-37830                                             CDD–869.93
                                                      CDU–821.134.3(81)-3

O texto deste livro obedece às normas do
Acordo Ortográfico da Língua Portuguesa.

**Impressão e Acabamento:
GRÁFICA SANTA MARTA**

Dedicamos este livro à Lia e à Evelyn. As esposas.

E imensamente agradecemos as sugestões e pacientes revisões de Marisa Lajolo e de Gabriel Oselka.

E à Michelle Rosa, pela ajuda na digitação do texto.

Ah! E especialmente agradecemos a ajuda de um certo Sir Arthur Conan Doyle...

# SUMÁRIO

**Capítulo 1.** Necessária *ouverture* — 9

**Capítulo 2.** "Casta Diva" – Os mistérios da morte de Vincenzo Bellini — 15

**Capítulo 3.** Heroica *Polonaise* – Os mistérios da morte de Frédéric Chopin — 35

**Capítulo 4.** *Réquiem* para um anjo – Os mistérios da morte de Wolfgang Amadeus Mozart — 75

**Capítulo 5.** Tribunal de honra – Os mistérios da morte de Piotr Ilitch Tchaikovsky — 121

**Capítulo 6.** Sinfonia Renana – Os mistérios da morte de Robert Schumann — 165

**Capítulo 7.** Fantasia coral – Os mistérios da morte de Ludwig van Beethoven — 197

**Capítulo 8.** *Piccolo finale* — 237

# Capítulo 1

## NECESSÁRIA *OUVERTURE*

Meu nome é John H. Watson, M.D.

Tornei-me conhecido em todo o mundo escrevendo histórias dos outros. Na realidade, de *um* outro, o meu amigo Sherlock Holmes. Como testemunha, sempre estive presente em suas aventuras, mas é provável que minha figura não tenha sido marcante para os leitores, ofuscado que sempre fui pela imagem do meu biografado. No entanto, se alguém encontrar estes manuscritos, talvez não se importe de conhecer um pouco da vida de quem popularizou o morador que fez famosa a então desconhecida Baker Street, 221B.

Depois de graduado em Medicina, em 1878, segui para a Índia como cirurgião assistente do Quinto Regimento de Fuzileiros de Northumberland e, sob o comando do Brigadeiro George Burrows, fui enviado à linha de frente da Segunda Guerra Anglo-Afegã. No meio daquele verdadeiro açougue, desafortunadamente acabei baleado e abandonado numa trincheira, à beira da morte.

Há controvérsias sobre o meu ferimento. Recordo-me de informar ter sido atingido no ombro pela bala de um mosquete afegão que teria me fraturado o osso e roçado minha artéria subclávia, como está no prefácio para *O signo dos quatro*. Às vezes, porém, a bala que estaria alojada em minha perna como relíquia da campanha do Afeganistão me lateja persistentemente, como registrei no conto *O nobre solteirão*. Onde fui efetivamente ferido? Bom, faz tanto tempo... Quem se lembra?

A verdade é que, qualquer que tenha sido a região atingida de minha anatomia, o certo é que, ainda sangrando depois do incidente, quase caí nas garras dos ferozes *ghazis*, fanáticos degoladores do ainda mais feroz Emir Ayub Khan. Felizmente, com a ajuda de meu ordenança, acabei conseguindo fugir e recuar para as linhas britânicas. Depois de uma longa convalescença no hospital de base de Peshawar, meus ferimentos e minha extrema debilidade acabaram provocando-me uma precoce aposentadoria como médico militar.

Já devolvido a Londres, eu estava entre os veteranos do Bar Criterion, em Piccadilly Circus, olhando desanimado para um *pint*[1] de cerveja morna à minha frente e tentando imaginar como seria meu futuro, quando um novo e extraordinário destino abriu-se para mim: eu justamente estava em busca de um lugar para morar e informaram-me que havia um jovem à procura de alguém para dividir o aluguel de ótimos cômodos numa confortável residência em Westminster, no distrito de Marylebone, na tranquila Baker Street, 221B.

---

1 Certa vez, no continente, acho que em Berlim, pedi um *pint* de cerveja e o homem do balcão não entendeu. No final, descobri que para eles isso seria uma caneca contendo o que eles chamam de quase meio litro, vejam vocês, que coisa mais confusa! Não é mais fácil dizer *pint* e pronto?

Com esse acaso da fortuna, desta vez todas as aventuras pelas quais eu anteriormente passara acabaram por mostrarem-se mesquinhas perto das situações fascinantes que eu haveria de testemunhar: o outro inquilino chamava-se Sherlock Holmes.

Sherlock Holmes! Ao registrar suas aventuras em vários livros e torná-lo mundialmente famoso, sei que houve quem me acusasse de parcialidade, de exagerar seus feitos por narrá-los através de um óculo que superampliaria as características da personagem. Mas posso garantir que essas suspeitas passam longe da realidade. Sempre tive o cuidado de ater-me ao frio relato dos fatos, pois, como afirma o próprio Holmes, os fatos são superiores aos sonhos.

Sim, Holmes é um ferrenho adepto da lógica, mas não é um racionalista comum. Sua capacidade de apreender a realidade pode ser comparada à anamnese do mais criterioso dos professores de Medicina diagnóstica. Se um médico é treinado para atentar aos menores sinais, aos mais insuspeitos sintomas do organismo de um paciente, Holmes tem a capacidade de espraiar sua visão por todo o cenário que envolve uma cena de crime, como se esta fosse um corpo vivo, pulsante, à espera que seja extirpado o responsável por perturbar-lhe a vitoriana tranquilidade. Holmes consegue desmascarar a falsidade de uma declaração observando o tremelicar dos lábios do culpado com a mesma desenvoltura com que eu meço o estado febril de alguém com um desses modernos termômetros de mercúrio. Ele é capaz de detectar a personalidade de um assassino nas cinzas de um charuto como eu posso auscultar batimentos cardíacos através do chifre de nelore que trouxe de Bombaim. Ele pode avaliar o caráter impulsivo de um meliante pelo simples decalque de um pé no tapete da lareira, como eu diagnostico um falecimento ao *não* ouvir batimentos cardíacos do outro lado do meu chifre de nelore.

Não, não sou dado a hipérboles: pois Holmes é capaz de diagnosticar a realidade e extirpar dela o cancro do crime com a mesma facilidade com que eu pude serrar tantas pernas e braços de britânicos e de *siks* durante a fatídica batalha de Maiwand. A mente privilegiada de Sherlock Holmes foi a grande virada que transformou minha existência insípida no vibrante papel de testemunha de um gênio em ação.

São tantos os meus registros de suas façanhas na luta contra o crime, que às vezes me esquecem detalhes de sua perspicácia até em ocorrências banais de nosso dia a dia, como naquela ocasião em que, depois de nosso café da manhã, eu não conseguia encontrar minha espátula para abrir os envelopes da correspondência recém-trazida pela senhora Hudson:

– Ora, Watson, por que não procura na copa?

– Na copa, Holmes? Mas como minha espátula poderia ter ido parar na copa?

– Muito simples, Watson. Você não se lembra de a senhora Hudson ter quebrado os óculos ontem, ao debruçar-se sobre a lareira? E não notou como estavam amassadas, mal cortadas, as fatias de pão com geleia que ela nos serviu hoje pela manhã? Isso só pode ter acontecido por ela não ter percebido que estava a fatiar a bisnaga de pão com uma faca sem corte, como a sua espátula!

Eureca! Como raciocínios tão simples nunca me ocorriam? Na verdade, acabei encontrando a espátula caída atrás da almofada da poltrona, e a senhora Hudson tinha um par de óculos de reserva, mas o raciocínio lógico de Holmes tinha sido mesmo de deixar-me de boca aberta. E o que dizer de suas deduções até mesmo acerca de eventos do passado que até hoje permanecem mergulhados em mistério?

– Eu não preciso ter estado presente ao ato de um crime, Watson – explicava-me ele. – Basta que me sejam relatados dois detalhes da ocorrência, ainda que separados e distantes, mesmo que do passado, para que a lógica do meu raciocínio trace a linha reta que unirá esses dois pontos e me apontará o culpado.

Que prodígio! Com respeito a esse inacreditável aspecto da inteligência de Sherlock Holmes, às vezes voltam-me à memória incríveis revelações que somente aquela mente privilegiada seria capaz de produzir. Além de criador da moderna criminalística dedutiva, além de excelente químico, exímio esgrimista e elegante boxeador, Sherlock Holmes era um amante e um especialista da bela música. Poderia ter sido um famoso crítico, mas, para mim, bastava-me que ele fosse um dos melhores violinistas que já tive o prazer de ouvir. A senhora Hudson, que nada entendia de música, às vezes se queixava dos *fin-fin-fins* e *rec-rec--recs* que ela alegava serem emitidos pelo violino de Holmes e, durante alguma de suas performances, no piso do andar que ocupávamos, ouvíamos e sentíamos as batidas de protesto do cabo de sua vassoura no teto do andar inferior, demonstrando que sua ignorância a respeito do virtuosismo do meu amigo era realmente de espantar.

Nada exagero e em nada pretendo adicionar os coloridos de minha própria imaginação, pois me bastam as voltas e reviravoltas da mente cartesiana de Sherlock Holmes. Como exemplo do que afirmo, lembrarei as lições que aprendi num inesquecível entardecer em minha casa e consultório na Paddington Street, a apenas três quarteirões a leste da famosa residência que dividi com meu amigo. Para ali eu me mudara havia menos de um ano depois que um juiz de paz transformara a bela Mary Morstan na senhora Mary Watson, minha doce lembrança da aventura que eu tornei famosa com o título *Um estudo em vermelho*. Essa mudança naturalmente fazia com que muitas vezes se passassem semanas sem que eu desse um jeito de voltar à tranquila Baker Street, 221B para uma visitinha ao meu amigo Holmes.

Aquela que ora narro foi mesmo uma tarde especial – vejo que em meus apontamentos estávamos em inícios de dezembro de 1890 – em que o talento musical de Holmes revelara-se em sua plenitude.

## Capítulo 2

---

## "CASTA DIVA"
## OS MISTÉRIOS DA MORTE DE
## VINCENZO BELLINI

Na tarde daquele dezembro de 1890, meu último paciente já tinha saído de meu consultório e deixara apenas as moscas regulamentares como os únicos seres vivos a me fazerem companhia. Aproveitando o tempo livre, lá estava eu à procura de um artigo sobre erisipela em antigos exemplares do *British Medical Journal*, quando fui despertado de meu alheamento pelo ruído da porta de entrada ao abrir-se no andar de baixo.

Levantei-me da poltrona, imaginando que talvez fosse um cliente procurando-me sem hora marcada. Não era, e quem subiu as escadas e adentrou meu consultório, se não me vinha trazer honorários, trazia-me alegria. Tratava-se, nada mais nada menos, do que...

– Holmes! Mas que bela surpresa!

– Olá, Watson – cumprimentou-me sem estender a mão, pois havia entrado com um guarda-chuva numa mão e o estojo de violino na outra. – Vejo que seu dia está bem tranquilo. Nenhum paciente desde ontem, hein?

Corei, como tantas vezes o fizera ao ser surpreendido por seu raciocínio.

– Ora, Holmes... É que...

– Sim, meu caro – continuou ele, largando o guarda-chuva a respingar sobre o tapete ao lado da porta, depositando o estojo de violino na mesinha de canto e sentando-se confortavelmente na poltrona de onde eu me levantara para recebê-lo. – É patente que seu orçamento anda curto. A aposentadoria como médico do exército britânico não é lá grande coisa para um homem casado, hein? Uma pena, uma pena mesmo...

– Ora, bem, Holmes, mas como você deduziu tudo isso?

– Nada mais fácil. Estamos em fins de outono, chove desde ontem, o dia inteiro, o barro toma conta de toda Londres e não há sequer uma pegada de lama nos degraus do seu consultório – raciocinou ele enquanto tirava seu indefectível boné de feltro com protetor de orelhas e o jogava na outra poltrona.

Obrigado a ficar de pé, tentei explicar:

– Bom, mas é porque...

– É porque sua clientela anda curta mesmo, caro médico – tirou a sobrepeliz, jogou-a no tapete, e estendeu as pernas na direção da lareira, procurando secar as botinas –, do contrário você teria renovado a assinatura do *British Medical Journal* e não estaria lendo um exemplar do ano passado...

Mais uma vez surpreso pelo brilhante raciocínio do meu amigo, não quis estragá-lo revelando-lhe que minha esposa Mary havia acabado de limpar os degraus da entrada depois da saída do meu terceiro cliente daquela tarde, e que eu consultava aquele antigo exemplar de minha coleção completa do *British Medical Journal* para localizar um artigo específico. Por isso tentei desviar o assunto para longe de minha alegada ressaca financeira, lembrando-o do enigma que ele andava enfrentando em mais um de seus casos:

– E então? Resolveu o problema?

Holmes sorriu e balançou a mão, como se o problema fosse uma de minhas moscas visitantes:

– Ora, claro que sim. Era um acorde de sol sustenido maior.

– Como?! – espantei-me. – E o assassinato de King's Pyland? Foi mesmo o casal Straker que matou o velho Wilfrid Hyde-White?

Sherlock Holmes soltou uma gargalhada:

– Oh, aquilo? Um caso simples, Watson. O velho morreu de disenteria e só mesmo aquele tonto do inspetor Lestrade da Scotland Yard para vir com aquela história de veneno no pastelão de rins. Ora, o velho detestava rins!

– Muito bem, Holmes, muito bem! – exclamei.

Meu brilhante amigo sacudiu novamente a mão, desprezando o cumprimento, e continuou:

– Aquilo não foi nada de mais, Watson. Mas eu me referia a um desafio que me impus desde a semana passada, depois de ouvir a fabulosa soprano Nellie Melba no papel-título da *Norma*, do siciliano Vincenzo Bellini, no Royal Opera House.

– A grande soprano australiana? Oh, os críticos dizem que...

– Australiana?! Hum... bem... Mas uma cidadã britânica, Watson, muito britânica! Aquele continente é nosso!

– É claro, Holmes, é claro! – concordei. – Mas que beleza deve ter sido o espetáculo! Nos jornais, comenta-se que Madame Melba superou até mesmo a grande Adelina Patti. É que eu não pude ir... sabe? ... a clínica... esse surto de influenza... com esse tempo úmido...

– Até nossa Rainha Victoria estava lá – cortou-me ele. – Mas, como eu dizia, a performance dessa cantora não me sai da cabeça. Estimulado por ela, nos últimos dias, o que me atormenta é a dificuldade de verter para solo de violino a linda ária *Casta diva*, daquela bela ópera. Que delicadeza de interpretação!

– Sublime! Imagino que tenha sido mesmo sublime...
– Se foi! Você deveria ter ido, Watson, deveria ter estado lá. Que talento o dessa soprano, que talento o desse Bellini! Ah, com sua morte, o mundo foi furtado de toda a criatividade que ele ainda poderia nos oferecer. Morreu com apenas trinta e três anos!
– É mesmo – concordei. – Quanto ele ainda poderia nos ter dado se tivesse tido uma vida mais longa!
– Verdade – continuou Holmes. – Já lá se vão bem mais de cinco décadas de sua morte.
– Concordo, Holmes. Mesmo para aquela época, morrer antes dos trinta e cinco pode ser considerado bastante prematuro.
– É isso que afirmo, Watson – concluiu ele, teatralmente. – Essa morte não só veio antes do tempo como deve ter sido apressada por mãos humanas!
– O que você quer dizer com isso, Holmes? Que Bellini foi assassinado?
– Não sou eu que o afirmo. Pelo menos não por enquanto. Essa é a teoria mais em voga nos dias de hoje, Watson. Ah! Um caso mais ou menos semelhante ao do assassinato do velho Wilfrid Hyde-White na mansão de King's Pyland! Terá Bellini sido envenenado pelo casal Lewis, com quem estava morando, quase de acordo com a boba teoria do inspetor Lestrade com relação ao pastelão de rins oferecido ao velho pelo casal Straker?

Sherlock Holmes havia se recostado na minha poltrona favorita, agora já se sentindo mais aquecido, e seu olhar perdia-se sem direção, como costumava acontecer quando sua mente se fixava na solução de algum enigma. Suas mãos buscaram no paletó o cachimbo, e ele maquinalmente começou a encher o fornilho, apertando o fumo com o dedo médio. Riscou um fósforo, jogou o palito na lareira e tirou longas baforadas, antes de continuar.

— Muito bem, Watson. Já que tocamos no caso da estranha morte de Bellini, sou obrigado a confessar-lhe que tive de atravessar o Canal da Mancha para ajudar meus amigos da polícia francesa a solucionar a substituição da famosa Mona Lisa no Museu do Louvre por uma cópia, aliás, muito malfeita. – Tirou uma profunda baforada do cachimbo e soltou um perfeito círculo de fumaça em direção ao teto. – Ah, como seria bom se não tivéssemos de atravessar o Canal a bordo desses vapores chacoalhantes! Tenho certeza de que a notável engenharia inglesa ainda haverá de inventar um modo de passarmos da nossa ilha ao continente, de Dover a Calais, através de um túnel sob o mar, a bordo de um seguro trem inglês!

— Ora, Holmes, só você mesmo: atravessar o Canal da Mancha de trem por baixo d'água! – ousei, brincando com a imaginação de Holmes.

— E por que não, Watson? O que você me diz da locomotiva movida a energia elétrica criada por Robert Davidson desde 1842? Já foram feitos vários testes e tenho certeza de que logo ela se tornará viável! Faltam apenas dez anos para o fim deste século e você não viu que essa invenção vai permitir que nosso Metropolitan Railway, o nosso metrô, possa atravessar Londres por baixo da terra? Por baixo da terra, Watson! Sem a fumaça das caldeiras, atravessar um túnel será bem menos sufocante!

— Ora, bem... esse Davidson! Um escocês!

— Sempre do Império, Watson, sempre do Império! Um fiel súdito de nossa Victoria Regina! Não duvide da inventividade vitoriana. Já dominamos meio mundo! Não há nada que não possamos conquistar!

— Bem, bem, Holmes, mas você me falava da substituição da Mona Lisa por uma cópia malfeita...

— Ah, sim. Mas foi simples: não levei mais de um dia para descobrir a tela original enrolada e escondida dentro do oco da bengala do vice-diretor do Louvre, antes que ele pudesse se safar com ela. Assim, nada mais tendo a fazer por lá e, como a forte impressão da apresentação da *Norma* na Ópera de Londres ainda estivesse incrustrada em meu cérebro, resolvi investigar o mistério da morte do seu autor.

– Investigando a História! Isso, Holmes! E o que descobriu?

– Detalhes, detalhes, detalhes... Mas você, como médico, talvez possa completar alguns pontos que faltam para rematar essa costura. Vamos começar por uma síntese dos fatos conhecidos e indubitáveis. Pude levantar cinco pontos importantes para essa investigação. Em primeiro lugar, Bellini faleceu no dia 23 de setembro de 1835, em Puteaux, perto de Paris, na residência de um casal de amigos, os Lewis, que o hospedavam já há algum tempo. Em segundo, ele andava queixando-se de alguma indisposição, como referido nos testemunhos de amigos, entre os quais Rossini.

– Rossini? – admirei-me. – Aquele que compôs o... Como é mesmo? Aquele do Fígaro...

– Esse mesmo: Gioacchino Rossini, o autor de *O barbeiro de Sevilha*. Já morreu há mais de 20 anos, mas é uma pena que tenha parado de compor óperas e passado a dedicar-se quase que só aos prazeres da mesa. Lá em Paris, inclusive, andam servindo uma receita de filé com bacon, trufas e patê que dizem ter sido inventada por ele. Muito gorduroso!

– Que horror! – palpitei. – Para mim, nada iguala um bom prato de peixe com batatas fritas, bem inglês! Mas estávamos falando da morte de Bellini...

– Pois é – continuou Holmes. – Ele estava sob os cuidados de um certo doutor Luigi Montallegri, mas não gostava nada desse médico, nada mesmo...

– Bem, ora... A medicina da época! – exclamei, com um muxoxo. – Não é como a modernidade desse nosso fim de século tão científico!

Meu amigo acenou com a cabeça, concordando, e prosseguiu:

— Examinei atentamente o relatório da evolução de sua moléstia feito por esse doutor Montallegri e verifiquei que ele não se apercebeu da gravidade da doença de Bellini. Você pode dar uma olhada, Watson? — pediu ele, tirando alguns papéis do bolso interno do paletó. — Copiei os pontos mais relevantes do relato, além de outros dados que pude coletar. Aqui estão.

Peguei os papéis e Holmes continuou, enquanto eu passava os olhos por suas anotações.

— Vamos ao terceiro ponto: o jardineiro que ficou com a responsabilidade de cuidar da casa recebeu ordens rigorosas do casal Lewis de impedir a entrada de visitas. Por que o jardineiro teria recebido essas ordens? Haveria algo criminoso a ocultar? Estranho, muito estranho...

— Muito estranho mesmo... — concordei.

— O quarto detalhe — continuou Holmes —, este ainda mais estranho, é que o casal Lewis parece ter deixado a casa no último dia de vida de Bellini, viajando para Paris.

— Sim, Holmes. Isso parece mesmo suspeito — continuei concordando.

— Você acha? Pode ser, pode ser... mas há um quinto e crucial detalhe: Bellini morreu no dia 23 de setembro, mas só foi feita sua autópsia, e consequente embalsamamento, três dias depois.

— Bem... Início de outono... Se tiverem mantido o corpo resfriado...

Sherlock Holmes rematou sua explanação, ignorando meu comentário:

— E foi enterrado no cemitério Père-Lachaise, em Paris. Mas não está mais lá. Em 1876, seu cadáver foi exumado e levado para a Sicília, onde permanece desde então no Duomo de

Catânia, sua cidade natal. E o crime, se ocorreu, está enterrado sob o mármore da cumplicidade!

Encerrou, dramaticamente, e levantou os olhos para mim, como um protagonista de teatro que dá a deixa para seu coadjuvante continuar a peça.

– Bem, Holmes – pigarreei. – Pelo que posso perceber por suas anotações, com a distância de cinquenta e cinco anos não posso dizer rigorosamente que esses são fatos indubitáveis. Aqui está anotado que Bellini já não se encontrava em pleno gozo de saúde, pelo menos desde 1830 – eu falava apontando para as anotações do meu amigo. – Esse incômodo relacionava-se ao seu trato digestivo, com episódios periódicos de disenteria, embora... hum... vejo que nada de exuberante. No entanto, aqui consta que, em meados de setembro de 1835, seu médico teria descrito um quadro alarmante de numerosas evacuações com muco e sangue. Por fim, após uma aparente melhora, vejo que sua condição clínica teria se agravado e ele teria tido uma convulsão. E faleceu sem readquirir a consciência.

– Sim, Watson, estes são os dados que consegui levantar. E seria possível formular uma hipótese médica sobre o que teria causado sua morte? Ou o casal Lewis matreiramente terá conseguido escapar da forca?

Era um desafio grande demais para mim, mas eu não poderia recuar frente à inteligência de Sherlock Holmes:

– Hum... deixe ver... A autópsia concluiu que teria havido... hum... aqui está: "morte por uma inflamação aguda do intestino grosso, agravada por um abscesso no fígado." Bem, isso pode ter sido o que modernamente chamaríamos de retocolite ulcerativa...

Holmes recostou-se na poltrona e juntou as pontas dos dedos sobre o peito, no gesto tão conhecido por mim, que ele fazia ao fim de um levantamento de evidências. Aquela era sua "pose final" para resolver um caso complicado.

– Retocolite ulcerativa, hein? Mas parece que o casal Lewis andava dizendo que Bellini teria contraído cólera... Hum, e por isso eles teriam determinado ao jardineiro o isolamento do compositor? E poderia ser esta a justificativa de sua apressada viagem a Paris? Para fugir de um possível contágio?

– Não, Holmes, esses sinais não indicam cólera. A hipótese de cólera não parece ter qualquer sustentação.

– Não? E se eles tivessem inventado essa doença para afastar eventuais suspeitas acerca de seu comportamento criminoso? Nesse caso, a viagem dos dois não seria uma fuga por medo de um contágio, mas por medo de serem presos, depois de terem envenenado seu famoso hóspede! Essa foi uma versão muito aceita na época e que ainda hoje tem seus defensores: a do envenenamento de Bellini pelos Lewis, ou por motivos de ciúmes ou para se apossarem dos bens do compositor.

– Bellini era rico?

Holmes sorriu, com desalento.

– Não, Watson. Os bens de Bellini eram bem poucos na época da sua morte.

– E ciúmes? Talvez Bellini tivesse se enamorado pela esposa do Lewis?

– Ha, ha! Isso não se pode saber, mas acho pouco provável, pouco provável...

– Mas, então, Holmes – afirmei –, essa hipótese de assassinato não passa de uma fantasia. Esse casal Lewis o teria envenenado? Mas não há nenhuma relação entre a piora da disenteria e a ação de algum veneno conhecido na época. Pelo que você anotou, a autópsia também contraria totalmente a ideia de envenenamento. Além disso, se Bellini não tinha posses, qual seria o motivo de um atentado contra sua vida?

Sherlock Holmes levantou-se, com aquela disposição que somente os grandes enigmas lhe provocavam.

– Muito bem, Watson, você está lembrando o que sempre digo: numa investigação de assassinato, antes de se saber "quem" cometeu o crime, é preciso saber "com que", "como" e "por quê". Já analisamos tudo o que eu pude pesquisar. E qual a luz que podemos jogar sobre esses acontecimentos? Como médico, você considera difícil formular hipóteses diagnósticas tanto tempo depois. Já que você afastou a possibilidade de cólera, garantiu que não havia qualquer sinal de algum veneno conhecido à época e que não haveria razão alguma para uma possível ganância dos Lewis por uma riqueza que Bellini não possuía, só nos resta...

– Como eu disse Holmes, minha opinião final é mesmo por uma retocolite ulcerativa. Não vejo outras possibilidades – hesitei, vendo a expressão de meu amigo. – Mas sinto que você não está totalmente convencido...

Já de pé, Holmes cruzou as mãos atrás das costas e começou a circular pela sala, com aquela energia que eu tão bem conhecia.

– Bem, Watson, apesar de não ter seus conhecimentos médicos, você sabe que eu sou um rato de bibliotecas. E aquele achado de um abscesso hepático na autópsia me impulsionou a procurar relatos similares.

– Fale, Holmes, estou ansioso por ouvir qualquer descoberta que você tenha feito, e que, em realidade, caberia a mim ter encontrado.

– Watson... – Meu amigo esperou um segundo, mantendo o som do meu nome no ar, como a avaliar a importância de seu próximo argumento. – Não vou lhe insultar perguntando se o nome de William Osler lhe é familiar...

– Ora, Holmes, quem não conhece esse nome? – respondi de imediato. – Apesar de ainda tão jovem, ele já é considerado um dos mais importantes nomes da nossa ciência!

Sherlock Holmes entusiasmou-se, erguendo o braço.

– Ótimo, Watson! William Osler, um cidadão do Canadá! Sempre britânico, não? É... sempre britânico! Esse canadense, um exemplo da grande ciência do nosso Império Britânico, que afirmou ser a medicina, tal como a criminologia, "uma ciência de incertezas e uma arte de probabilidades", há poucos meses publicou o caso de um médico americano com manifestações similares às de Bellini – disenteria e abscesso hepático – que verificou tratar-se de um caso de amebíase.

– Mas a autópsia... – tentei argumentar.

– Desculpe-me, Watson – cortou-me a fala, com convicção –, lembre-se de que em 1835 ainda não se dispunha de microscópios eficientes. Assim sendo, verifiquei que a primeira descrição de ameba em tecidos humanos só viria a ocorrer em 1859, quase vinte e cinco anos depois da morte de Bellini. E a biblioteca ainda me trouxe a informação de que mais tarde, em 1875, um clínico de São Petersburgo chamado Fiodor Lösch teria documentado a patogenicidade da ameba. Felizmente, entre minhas virtudes, tenho a de ser poliglota, caso contrário poderia ter tido dificuldade de ler um texto em alemão, pois Lösch teve de publicar sua pesquisa em uma revista médica alemã. E, há quatro anos, em 1886, o pesquisador Stephanos Kartulis descreveu no Egito o papel da ameba como causadora de lesões intestinais e hepáticas em pacientes com diarreia.

– Muito bem, Holmes, muito bem! – Aplaudi, admirado com os resultados da pesquisa do meu amigo. – Mas estou envergonhado. Eu é que devia estar lhe relatando essas informações, pois em minhas andanças por países exóticos a serviço do exército britânico, nunca suspeitei de um agente como a ameba em moléstias intestinais...

Holmes abriu os braços e inclinou a cabeça de lado, condescendente, como se perdoasse a inabilidade de uma criança que acabara de derrubar o prato de bolo no tapete.

– Compreendo, Watson... Pois teria sido mesmo muito difícil que você, com os recursos, imagino, relativamente precários de que dispunha como médico do exército, pudesse ter chegado aonde só recentemente, e com recursos muito mais avançados, os centros médicos de vanguarda chegaram, ao descrever os pequenos seres microscópicos causadores de tantas e tão importantes patologias.

– Oh, sim, Holmes! Quanto devemos a Louis Pasteur... e a Robert Koch!

Meu amigo deu de ombros.

– Hum... bem, esses franceses... e esse alemães! Nem digo nada. Mas a medicina britânica não está longe, Watson, não está nada longe!

Tentei retomar o rumo da conversa.

– Mas, então, Holmes, Vincenzo Bellini, esse gigante da música, teria morrido vítima de uma simples ameba?

– Não podemos ter certeza, Watson. É uma possibilidade. Para transformá-la em certeza, só se algum dia o corpo de Bellini for exumado e analisado com técnicas muito mais precisas que provavelmente o futuro trará. Pode ser que algum dia a curiosidade dos amantes da música venha a ser suficientemente grande para tirá-lo de seu repouso no Duomo de Catânia para uma autópsia. No momento, fiquemos com as emoções que sua divina música nos proporciona.

Parou ao lado da mesinha, abriu o estojo do violino e elegantemente encaixou o instrumento entre o ombro esquerdo e o queixo.

– Agora peço a sua opinião, Watson. Quero saber o que você acha da transcrição para solo de violino que fiz da famosa ária para soprano *Casta diva*, da imortal ópera *Norma*.

Os sons maviosos que Holmes começou a tirar das cordas do violino começaram por enlevar-me, por fazer com que meu corpo se tornasse etéreo e eu me sentisse alçado de minha poltrona favorita, que agora meu amigo desocupara. Estou certo de que o talento musical de Sherlock Holmes deve mesmo ter conseguido transcrever para as quatro cordas de seu instrumento a beleza da ária de Bellini.

Mas confesso que adormeci.

\* \* \*

## 18ª REUNIÃO DA CONFRARIA DOS MÉDICOS SHERLOCKIANOS LONDRES – 18 DE OUTUBRO DE 2016

Num exclusivo restaurante de Covent Garden, reuniam-se os membros da Confraria dos Médicos Sherlockianos. Eram doze especialistas de renome, cada um em sua área, mas, acima de tudo, fanáticos pelas aventuras de Sherlock Holmes. Conversar sobre as façanhas do famoso detetive londrino à luz dos modernos desenvolvimentos da ciência era, para eles, um prazer especial, especialmente naquela data, justamente o Dia do Médico.

Começaram o encontro com cálices de um caríssimo conhaque Hennessy Richard, que foi a moldura de uma acalorada troca de ideias sobre o famoso conto *O problema final* e sobre as intenções de Watson ao concluir que Sherlock Holmes estava morto, caído num abismo abraçado ao seu maior rival, o sinistro professor Moriarty.

— Ora... — argumentava o gordo cirurgião Montalbano, rematando sua observação com uma gargalhada. — Que morte foi essa? Mas se tudo ficou só na hipótese do Watson, ao examinar as pegadas dos dois inimigos que terminavam à beira do abismo! E por acaso Watson era um expert em criminalística? Um detetive comparável ao grande Holmes? O que entendia ele de pegadas?

O prato principal do jantar foi um *carré du canard* regado por um tinto Léoville Poyterré do final do século anterior. Já estavam no digestivo, um Porto Reserva Tawny envelhecido por vinte anos, quando o professor Hathaway, o decano do grupo, bateu com a faca na beirada de seu cálice para acalmar a animação das conversas e obter a atenção de todos.

– Por favor, amigos, por favor...

Sua expressão refletia a autoridade de que gozava. Era um homem pequeno, já um pouco encurvado pelas vezes incontáveis em que se debruçara sobre tantos pacientes, examinando-os em busca de um diagnóstico que lhes aumentasse a expectativa de vida. Sua cabeleira branca coroava-o como um rei das nuvens, mas sua voz continuava firme como sempre fora no alto de tantas cátedras galgadas por sua sapiência.

Todos sabiam que aquele era um momento especial: a análise de um tesouro que somente eles possuíam. Eram aventuras redigidas pelo próprio doutor John Watson e mantidas na poeira e no bolor dos subterrâneos da Universidade de Londres por mais de cem anos. Aquelas histórias revelavam a paixão de Sherlock Holmes pela grande música! Até aquele momento, somente os membros da Confraria dos Médicos Sherlockianos conheciam aqueles contos que, por sua vontade, permaneceriam inéditos por muito tempo ainda. Era como se fossem piratas que tivessem descoberto uma arca cheia de tesouros e nem pensassem em gastá-los, contentando-se apenas com o deleite solitário da admiração do brilho das moedas de ouro, dos rubis e dos diamantes.

O tilintar da faca no cálice do professor Hathaway obteve o sucesso desejado, e todos fixaram o olhar no decano do grupo, ansiando pelo debate em torno da primeira história.

– Doutores, chegou o momento pelo qual todos esperávamos – continuou o decano da Confraria. – Vamos ouvir o que o relator designado, o doutor Gaetano, tem a nos dizer sobre os aspectos principais do conto *Casta diva*, cujo enredo discute as causas da morte de Vincenzo Bellini e que todos nós lemos com a maior atenção. Então, diga-nos, caro colega, terá a morte desse grande compositor nos legado um enigma que nossas especialidades possam esclarecer?

O doutor Gaetano levantou-se limpando com um guardanapo de linho os fartos bigodes à napolitana. Em seguida, pigarreou, passando os dedos pelos cabelos negros, caprichosamente repartidos à direita. Era magro e empertigado, vestido com apuro. Alguns dos colegas haviam tirado os paletós e os penduraram no espaldar das cadeiras, mas não Gaetano, o conhecido microbiologista. Mantinha-se alinhado como se estivesse preparado para uma foto a ser exibida no corredor de honra da Academia Britânica de Medicina.

– Vocês se lembram – começou ele – que, no final do conto, Sherlock Holmes externou suas dúvidas quanto à verdadeira causa do falecimento de Vincenzo Bellini...

Naquele momento, a liturgia da ocasião foi quebrada pela voz áspera e aguda da doutora Sheila, patologista de reconhecida competência, mas também reconhecidamente a menos afável do grupo, além de famosa pela avareza:

– Vejam só: este Bordeaux de quase vinte anos deve ter custado uma fortuna! – reclamava ela, levantando contra a luz a taça do vinho, ainda cheia, e exibindo o âmbar do caro néctar. – Agora sei como se desperdiça a fortuna que pagamos pela anuidade desta Confraria!

O doutor Phillips, um pneumologista com tantos cabelos na cabeça quanto uma bola de bilhar, e um sorriso de derreter qualquer carranca, procurou acalmar a colega:

— Ora, Sheila, lá vem você! Este é o nosso encontro mais aguardado! Uma pausa em nosso dia a dia sempre tão atarefado. Podemos nos tratar bem pelo menos numa ocasião como esta, sem remorsos!

— Ora, Phillips! — continuou a médica, tão magra e seca que o corpo folgava dentro do caro vestido de noite, que não lhe melhorava muito a silhueta.

— Silêncio, por favor — pediu o professor Hathaway. — Todos teremos muito tempo para falar depois da explanação do doutor Gaetano. Agora a palavra é dele.

Gaetano acenou com a cabeça, agradecendo, pigarreou e recomeçou:

— Bem, senhores... — hesitou por um segundo e dirigiu-se respeitosamente à doutora Sheila, que ainda estava de cara fechada, e à psiquiatra Anna Weiss, sempre de poucas palavras: — perdão: senhores... e *senhoras*! O que tenho a revelar pode não nos trazer certezas, mas creio tratar-se de uma hipótese poderosa. Peço ao doutor Clark, especialista em medicina de imagem, que confirme o que direi a seguir: com o advento do raio X, do ultrassom, mais modernamente da tomografia computadorizada e da ressonância magnética, pudemos estudar melhor as características da necrose amebiana do fígado, que já foi chamada abscesso amebiano, como descrito na autópsia de Bellini. Às vezes essa necrose é precedida por quadro disentérico crônico. Sem tratamento, essa condição fatalmente evolui para o óbito.

— Correto, meu caro Gaetano — apoiou o gastroenterologista e cirurgião Montalbano, antecipando-se à resposta do colega Clark. — E o tratamento em geral é medicamentoso. Eu raramente recomendaria a remoção cirúrgica.

Clark tinha o ar de quem vive satisfeito com a vida. Sob o paletó, era o único que usava um colete, que seria antiquado se não tivesse sido confeccionado com um chamativo veludo vermelho. Reclinou-se na cadeira com o ar satisfeito de quem acabou de fazer uma farta refeição e corroborou o que o colega havia afirmado.

– É isso mesmo. Naquele tempo não havia os medicamentos que hoje permitem a cura da doença, quando utilizados a tempo, e nem os exames diagnósticos que o senhor acabou de elencar.

– Desculpe, colegas... ahan... mas posso acrescentar um detalhe interessante? – O epidemiologista Peterson levantava um dedo e, depois do aceno de Gaetano, continuava: – Obrigado... Sabemos hoje que essa necrose amebiana do fígado é doença predominante no sexo masculino e costuma manifestar-se entre a terceira e quarta décadas de vida, coincidindo com o que aconteceu com Bellini. Somente trinta e três anos, não? Encaixa-se perfeitamente, perfeitamente eu diria...

– Obrigado, Clark, obrigado, Peterson – continuou o microbiologista, ainda empertigado com o papel de dono da palavra. – Essas informações fortalecem ainda mais minha hipótese de que Vincenzo Bellini tenha morrido devido a uma necrose amebiana do fígado, afastando o diagnóstico de retocolite ulcerativa, proposto por nosso querido colega, o doutor Watson. Terá Sherlock Holmes, com sua lembrança da amebíase descrita por Osler, chegado mais perto da verdade? Infelizmente, somente teríamos certeza se pudéssemos realizar uma nova autópsia.

Do outro lado da mesa, ergueu-se o vozeirão de Montalbano.

– Pois agora é minha vez de meter minha colher no assunto. Como vocês bem sabem e o meu sobrenome já sugere, sou siciliano da gema. Apesar de ter vindo para Londres ainda adolescente, gosto de me manter informado sobre as coisas referentes à minha pátria, à minha ilha e, em particular, ao meu berço, à cidade de Ragusa. Tento ler ao máximo tudo o que de lá se origina. Pois não é que, há poucos dias, consultando o site Ragusanews.com, encontrei a informação de que, desde janeiro de 2011, a prefeitura da cidade examina a solicitação de uma reexumação do cadáver de Bellini feita por um grupo de conselheiros do agrupamento La Destra, do município de Catânia? Segundo os autores do pedido, a autópsia de 1835 não foi esclarecedora, e somente um exame paleopatológico multidisciplinar poderá – talvez – estabelecer a verdade histórica. Que tal isso, hein, colegas? Que tal?

Os olhos de McDonald brilharam ao ouvir a expressão "verdade histórica". Era um médico que se dedicava ao estudo da história de sua profissão, e vibrava toda vez que a conversa se desviava para essas veredas.

– Caro Montalbano, não seria uma coisa nova o reexame de restos ósseos trazer importantes informações do passado. Isto já ocorreu com Giotto, Caravaggio e vários outros luminares da História. No caso de Caravaggio, por exemplo...

– Obrigado, doutor McDonald – agradeceu o professor Hathaway, delicadamente impedindo que o assunto fosse desviado para a morte de um mestre em outra arte. – No entanto, fiquei com uma curiosidade: doutor Montalbano, o senhor não informou se o pedido de reexumação foi aceito...

Montalbano balançou a cabeça.

– Uma pena, mas a matéria jornalística não informa a decisão da municipalidade a esse pedido.

– Pois então, senhores – declarou o professor Hathaway –, deixaremos que nossos secretários entrem em acordo para que possamos marcar nosso próximo encontro. Creio que todos estamos ansiosos por debater mais um dos contos inéditos escritos por nosso antigo colega, o doutor John Watson. A reunião está encerrada.

– Ah! – lembrava a psiquiatra Anna Weiss ao sair: – E na próxima o assunto será Chopin. Chopin! Adoro Chopin!

Conversando animadamente, o grupo foi se dispersando, cada um em busca de seus sobretudos, até que no salão só restou o doutor Montalbano, que havia encontrado um pudim ainda intocado...

\*\*\*

## VINCENZO BELLINI
### CATÂNIA 03/11/1801
### PUTEAUX (PARIS) 23/11/1835

Desde os cinco anos, Bellini já tocava piano e compunha. Aos dezessete, foi estudar em Nápoles, quando compôs *Adelson e Salvini*, sua primeira ópera. Seu sucesso levou-o a Viena, a Londres e finalmente a Paris. Desde 1830 passou a apresentar episódios de doença intestinal, que o levaria à morte apenas cinco anos depois, numa casa na periferia de Paris, em quase total isolamento devido ao temor de que sua doença fosse a temida cólera.

Dentre onze das óperas que ele compôs, destacam-se *Il pirata*, *La sonnambula*, *Norma* e *I puritani*.

Ouça a famosa ária "Casta diva", da ópera *Norma*, na interpretação da soprano grega Maria Callas, e a ária "A te, o cara", da ópera *I puritani*, na voz de Franco Corelli.

# Capítulo 3

## HEROICA *POLONAISE*
## OS MISTÉRIOS DA MORTE
## DE FRÉDÉRIC CHOPIN

Como meus leitores sabem, mesmo correndo risco de vida, muitas vezes acompanhei as aventuras do grande Sherlock Holmes e tive o privilégio de relatar suas façanhas. Mas creio que nenhum caso, nem mesmo o do terrível *O cão dos Baskerville*, foi tão estranho quanto este, que resolvi registrar com o título de uma das mais primas obras da criação humana.

Havia pouco mais de dois anos que, ao me casar, eu me mudara dos confortáveis apartamentos da Baker Street, 221B, que dividia com esse fabuloso detetive que era o meu melhor... ou melhor, era o meu único amigo. Aos poucos, minha clínica médica foi se estabelecendo, mas eu sempre procurava arranjar tempo para acompanhar os passos e o raciocínio do melhor criminologista da Europa. Assim foi que, naquela manhã de um invernal janeiro de 1893, um telegrama obrigou-me a pedir ao colega com quem dividia a clínica que me substituísse nas consultas da tarde. Como eu poderia ignorar uma convocação feita por Sherlock Holmes?

Esta vinha com cheiro de mistério e promessa de perigo.

> Meu caro Watson, você se importaria de encontrar-
> -me no King's Theatre logo mais, às cinco horas?
> Poderei precisar de um médico ao meu lado e em
> nenhum eu confiaria mais do que em você
> 
> Sherlock Holmes

Assim, transportando-me para atender ao pedido de meu amigo, o cabriolé que me levava ao King's Theatre derrapava a cada curva das ruas londrinas que se tinham transformado em escorregadios lodaçais. Era puxado por um pobre cavalo que arfava sob o chicote do cocheiro, expelindo nuvens de vapor pelas narinas. A neve caía pesada, arrastando as partículas do espesso *fog* londrino que adensava nossa britânica atmosfera e misturava-se à lama das sarjetas. Chacoalhando, cheguei enregelado, batendo dentes, e desembarquei frente à imponente fachada da tradicional casa de concertos.

Ali, sob a marquise do teatro, trajando a tradicional sobrepeliz que cobria os ombros do grosso capote cor de rato, enluvado em lã e com a cabeça protegida pelo ainda mais tradicional boné com duas línguas de feltro tapando-lhe as orelhas e abotoando-se sob o queixo, estava Sherlock Holmes frente ao cartaz do espetáculo daquela noite.

---

HOJE
ÚLTIMO CONCERTO
DO GRANDE PIANISTA
CORNELL WILDE

NO PROGRAMA:
*POLONAISES* DE CHOPIN

Esqueci por um instante do frio que me enregelava e lembrei-me do famoso pianista e das famosas *polonaises*! Sherlock Holmes comprava partituras de algumas de suas peças favoritas e procurava transcrevê-las para rechear seu ouvido esquerdo com os sons que tirava do violino. Que talento! Quantas vezes adormeci embalado por suas leituras de obras-primas como *Nessun dorma*, *Un bel dì vedremo*, *Che gelida manina*, *Casta diva*, *Sonata ao luar*, *Sonho de amor*, *Rapsódia húngara*, e até algumas das difíceis *polonaises*!

Ah, as *polonaises*! Como eu as conhecia, graças a Holmes! Meu amigo as adorava e vivia reclamando que não podia ouvir suas músicas prediletas quando bem entendesse.

– Um absurdo, Watson! Para ouvir de novo a ária de alguma ópera, ou uma sonata de Beethoven, ou alguma peça de Liszt, ou uma *polonaise* de Chopin, tenho de esperar que algum solista, ou alguma orquestra se compadeçam de mim e apresentem-se no Royal Opera House, no King's Theatre, no Drury Lane, ou no Covent Garden! Por que a inventividade britânica ainda não nos ofereceu alguma forma de ouvir de novo uma música que nos tenha encantado?

Eu tinha dado de ombros, lembrando-me do que mais se comentava nos jornais.

– Está bem, está bem, Holmes, mas já estamos um pouco próximos disso. Lembra-se da invenção de um cilindro que reproduz sons, criado há poucos anos na América pelo tal Thomas Edison?

Os olhos de Holmes apertaram-se, na sua tradicional expressão de desprezo:

– Fu! Aquele americano? E com seu registro idiota de uma canção infantil? Qual era mesmo? Ah! *Mary had a little lamb!* Ora, que bobagem! Esses americanos o que fariam de melhor seria voltar ao seio da doce mãe britânica! Aquilo era nosso! *Nosso*, Watson! E ainda voltará a ser!

Sempre estive ciente das variações de humor do meu amigo, mas daquela vez resolvi rebater-lhe, com ironia:

– Ora, Holmes! O que você está dizendo? No caso do estranho casamento de Lord St. Simon, você não bajulou o americano Francis Hay Moulton, dizendo que desejaria que um dia todos nós nos tornássemos cidadãos de um mesmo país, sob uma bandeira que fosse uma combinação da inglesa e da americana? Disso eu me lembro muito bem, tanto que deixei suas palavras registradas no conto *O nobre solteirão*!

Para meu deleite, vi que ele havia titubeado, pois detestava ser pego em contradição. Puxou um pigarro e sacudiu a mão, tentando afastar meu comentário:

– Hum? Bem, sob uma mesma bandeira, mas obedecendo à mesma rainha, Watson! À mesma rainha!

Só que naquela tarde, em frente ao King's Theatre, a união política de dois continentes não fazia parte das minhas preocupações. O que me preocupava era escapar daquele frio. Eu sentia o rosto paralisado e puxei o cachecol para proteger boca e nariz.

– Que tempo, Holmes!

– Olá, Watson – cumprimentou-me. – Bela tarde para ficarmos confortavelmente em casa lendo um bom livro à frente da lareira, hein? Mas você não reclamará ao ficar sabendo do motivo que nos traz a este King's Theatre, no meio de um inverno como esse... – interrompeu a frase e olhou para a fachada do teatro. – King's Theatre! E justamente em tempos de nossa amada Victoria Regina! Quem impera sobre este teatro? Um homem? Ou uma mulher? Isto aqui foi criado com o justo nome de Queen's Theatre no alvorecer do século XVIII, mas logo veio o Rei George e resolveu mudar tudo para homenagear a si mesmo! Ora essa! Este palácio das artes deveria era voltar a chamar-se Queen's Theatre, em honra de nossa querida rainha! Ou melhor, deveria chamar-se Her Majesty's Theatre!

Eu balançava os braços, procurando aquecer-me, e não conseguia me interessar por nomes de teatros.

– Está bem, Holmes, mas não seria melhor procurarmos algum abrigo?

A respiração de meu amigo vaporizava-se a cada frase, como se ele estivesse expelindo a fumaça de seu cachimbo.

– Paciência, Watson! Estamos doze minutos adiantados e, como bons ingleses, ninguém deve pôr em dúvida nossa pontualidade, não é? Pois aproveitemos esses minutos para que eu possa pô-lo a par do que viemos fazer aqui: investigar uma morte!

Eu sapateava na neve enlameada e esfregava as mãos, buscando ativar o sangue que parecia querer congelar-se dentro de minhas veias.

– Mas, Holmes...

– Naturalmente, Watson – cortou ele ignorando minha objeção –, você está tão estarrecido quanto toda a ilha com o bárbaro assassinato do grande colecionador de raridades, nosso Lord Percival Fifteenmore, duque de Castlecrowd. Pois não vou prolongar sua revolta nem sua curiosidade. Você leu em qualquer jornal que lhe tenha caído nas mãos que Lord Percival foi encontrado na biblioteca de sua mansão com o atiçador da lareira cravado no peito em meio a um início de incêndio, não leu?

Eu tiritava:

– Bem, um bom incêndio, bem quentinho, até que agora seria bem-vindo!

– Muito, muito estranho, Watson – continuava ele a soprar vapor na atmosfera londrina –, embora para Lestrade este caso esteja límpido como um dia de verão. Ah, aonde irá parar a Scotland Yard com inspetores como Lestrade? Para ele, um ladrão invasor foi surpreendido por Lord Percival e reagiu, primeiro jogando-lhe brasas da lareira com uma pá e em seguida espetando-lhe o atiçador no peito. Como Lestrade chegou a tão brilhante conclusão? Simplesmente porque não acharam o relógio da vítima em seu corpo e também deram pela falta de dois castiçais de prata que adornavam a lareira!

– Uma lareira, Holmes! Tudo o que eu queria agora seria uma lareira!

– Ora, o homem estava de pijama e robe de chambre! Para onde iria carregar o relógio? Mas felizmente o mordomo logo chegou com a criadagem e conseguiram controlar o fogo, antes que aquilo se transformasse num incêndio incontrolável. Só os tapetes e as prateleiras da base da estante haviam sido chamuscados e pouca coisa se perdeu da imensa coleção de originais de Lord Percival. Ele era o maior colecionador de raridades da Inglaterra, Watson! Sua mansão é um verdadeiro museu de relíquias dos grandes homens que construíram a alma deste planeta. Por que alguém entraria lá para roubar apenas relógios e castiçais? E por que tentaria incendiar sua estante?

– E se nós deixássemos essa investigação para a primavera, hein, Holmes?

Seu rosto estava a um palmo do meu, e ele me apertava o braço, continuando:

– Ajoelhei-me para examinar as prateleiras mais baixas, as que foram mais danificadas. A principal delas guardava uma coleção de pastas de couro perfeitamente alinhadas, em ordem alfabética. Algumas pastas estavam enegrecidas, mas consegui ler o que estava gravado na primeira que vi quase intacta. Imagine o quê, meu caro?

– Eu... é difícil... não sei o que supor... Que frio, Holmes!

– Ha, ha! Estava escrito "Beethoven"! Beethoven, Watson! Tirei-a e... sabe o que ela continha? A partitura original de *Für Elise*! A própria! Anotada e rabiscada pelas abençoadas mãos de Beethoven! Um tesouro, um tesouro, meu caro! Eram raridades assim, sem preço, que aquelas estantes guardavam! Minhas mãos tremiam, e eu sabia que na certa eu não demoraria a descobrir até mesmo uma pasta com originais de Mozart, e no final eu tinha certeza de chegar até a algum *in folio* de Shakespeare! Mas me concentrei em meu alvo, que era aquela parte da biblioteca que fora exposta às brasas. Que coleção, Watson, que coleção! Havia a pasta "Berlioz", contendo – você nem vai acreditar! – as partituras de *A danação de Fausto*! As partituras originais! Em seguida, a pasta "Carlyle" guardava o manuscrito do romance *Sartor Redartus*, inteirinho, cheio de rasuras, acréscimos e alterações no texto! Logo vinha uma grossa pasta em couro vermelho que trazia as três páginas iniciais de *A destruição de Numância*. Na letra do próprio Miguel de Cervantes!

– Cervan... o quê? Acho que nunca ouvi falar... Mas, Holmes, creio que ninguém se importará se batermos à porta do teatro alguns minutos antes do combinado, hein?

Holmes, excitado, nem parecia me ouvir.

– Depois de um espaço vazio de mais de uma polegada, estava uma surpresa única: felizmente eu leio a língua russa e encontrei os manuscritos de *Belyye nochi*, a famosa *Noites brancas*, anotados e rabiscados pelo próprio Dostoievski!! Não é estranho? Muito estranho!

– Estranho? Estranho por quê?

– Ora, Watson, como um colecionador de originais de peças de teatro, de novelas clássicas, de partituras dos grandes mestres da música, tudo numa organização e ordem tão inglesas, deixaria um espaço vazio? Um espaço limpinho, sem qualquer sinal de poeira? Estava claro que alguma pasta importante deveria ter sido retirada de lá!

— Muito bem, Holmes, mas o que isso tudo tem a ver com estarmos morrendo de frio à frente deste teatro?

Meu amigo enfiou a mão por dentro do sobretudo e de lá retirou o relógio.

— Ah! Já chegamos ao horário que consegui marcar para entrevistar o grande Cornell Wilde. Prepare-se, Watson!

— Vai falar com um famoso pianista sobre o assassinato de Lord Percival Fifteenmore?

— Não, Watson. Vou falar com ele sobre a morte de Frédéric Chopin!

\* \* \*

Enquanto ao longe o Big Ben badalava as cinco horas daquela tarde fria e inesquecível, as portas do teatro abriram-se e fomos recebidos por um funcionário garbosamente uniformizado. No vasto saguão, grandes bacias de ferro cheias de brasas apoiavam-se em tripés, e aos poucos o ambiente aquecido foi ajudando a descongelar meu sangue. O funcionário, lenta e cerimoniosamente, conduziu-nos por um longo corredor lateral, enquanto Holmes, em voz bem baixa, rematava as explicações:

— Você sabe muito bem, Watson, que com este tempo nenhum teatro funciona. A partir das festas natalinas fecham-se todas as casas de espetáculos. Hoje é a exceção das exceções. O grande Cornell Wilde está tuberculoso e embarcará amanhã para a América, no transatlântico RMS *Oceanic*. Ele diz que por lá foi descoberto um tratamento seguro para essa doença terrível e fatal, sempre fatal!

— Verdade, Holmes? — surpreendi-me. — Não ouvi falar disso. Um tratamento seguro contra a tuberculose descrita por Koch? Mas que portentosa esperança!

— Por isso pedi a sua presença, meu amigo. Talvez você possa examinar o senhor Wilde e verificar em que estágio a doença se encontra.

— Bem, Holmes, não é bem a minha especialidade, mas é claro que me disponho a examiná-lo, claro que sim!

Chegamos à entrada dos bastidores, e Holmes completou:

— O senhor Wilde aceitou falar comigo antes do espetáculo. Será uma noite memorável! Ele quer despedir-se da pátria em grande estilo. Hoje, Watson, teremos o privilégio de assistir à última performance em solo britânico deste que a crítica considera como um dos maiores pianistas do mundo!

\* \* \*

Nos bastidores, passamos por algumas portas de camarins, e o funcionário do teatro abriu-nos a última do corredor, marchetada em nobre carvalho, que exibia uma estrela gravada em ouro.

Entramos no vasto ambiente do camarim principal, aquecido por uma grande lareira. Junto a ela, acomodado numa poltrona *bergère* e com as pernas protegidas por um cobertor de lã da Cachemira, estava o famoso pianista. À frente dele, uma mesinha dourada sustentava uma bandeja de prata com os restos de seu chá com biscoitos, servido na mais fina porcelana chinesa. Era um homem maciço, de ombros largos e corpo bem desenvolvido. Seu rosto, porém, era pálido demais, na certa devido à doença.

Holmes estendeu-lhe a mão.

– Boa tarde, senhor Wilde. Sou Sherlock Holmes e este é meu amigo médico, o doutor Watson.

Cornell Wilde sacudiu a mão, repelindo o cumprimento, e balançou a cabeça.

– Por favor, não se aproximem muito, senhores. Minha doença é extremamente contagiosa. Tenho imenso prazer em receber sua visita, senhor Holmes. Toda Londres conhece e admira suas façanhas dedutivas.

Meu amigo deu aquele conhecido sorrisinho de mofa, que me mostrava que o elogio mereceria ser estendido de "toda Londres" para "o mundo inteiro".

– Mas, senhor Holmes – continuou o pianista –, seu pedido de entrevista não parecia ligado às suas especialidades. O senhor dizia querer falar sobre Chopin.

– É verdade, senhor Wilde. – Holmes assentiu. – Eu o procuro como um grande especialista na vida desse grande compositor e pianista.

– O senhor está certo – continuou Cornell Wilde. – Creio ser o maior especialista do mundo em Chopin. Sei tudo não só sobre sua vida, mas sobre toda a sua obra e até sobre sua morte. Sua morte! Ah, uma morte como a minha, já tão próxima...

O pianista trazia um lenço amarrotado na mão esquerda e levou-o à boca, tossindo. Mesmo a uns três metros de distância, dava para perceber manchas vermelhas de sangue no lenço. Com a outra mão, acenou na direção de duas cadeiras.

– Mas sentem-se, por favor, cavalheiros. – Olhou para mim, divertido. – Um médico, é? Doutor Watson, ouvi bem?

– Sim, meu nome é John Watson – confirmei.

– Ah, teremos um belo encontro, então! Sou médico também, caro colega, embora jamais tenha exercido a medicina. Meu pai, um comerciante da sólida classe média inglesa, me queria com uma profissão prática, mas minha mãe... Ah, a minha mãe! Por causa dela sou o que sou e sei o que sei sobre o grande Chopin. Conheço dele fatos e detalhes que pouca gente pode conhecer. – Hesitou um pouco, meneando a cabeça, com um sorriso de saudade. – Minha mãe! Por causa dela pude contrariar a vontade de meu pai e seguir a profissão para a qual nasci e que era o sonho da minha querida mamãe. Pudera! Saibam os senhores que minha mãe nasceu na Polônia. Não só era polonesa, mas também nascida em 1810, em Żelazowa Wola. Isto lhe diz alguma coisa, senhor Holmes?

Meu amigo ajeitou-se na cadeira.

– Uma coincidência extraordinária, que mostra que eu estava certo em procurá-lo. Chopin nasceu exatamente nesse ano e nessa mesma cidadezinha, que fica a poucas milhas de Varsóvia. Poderiam até ter-se conhecido!

Wilde riu-se e sua risada provocou novo acesso de tosse. Enxugou a boca com o lenço e conseguiu dominar-se.

– Se se conheceram? Claro que se conheceram, senhor Holmes. Foram vizinhos de casa! E, mesmo depois da mudança dos Chopin para Varsóvia, as duas famílias ainda se visitavam e minha mãe e ele até brincavam juntos!

– Interessante...

– Garanto! Minha mãe contava que eles conversavam muito, mas brincadeiras infantis não conseguiam distrair o menino Frédéric de sua vocação que já explodia desde tenra idade. Aprendeu piano com sua irmã Ludwika e com sua mãe Tekla, e aos sete anos já compôs a sua primeira *polonaise*! Por isso, em Varsóvia o encaravam como um menino prodígio.

– Dizia-se que ali estava um segundo Mozart...

– Isso mesmo, senhor Holmes. Tomava aulas de piano com profissionais, até ingressar no conservatório de Varsóvia e aprender teoria musical e composição com o professor Jósef Elsner até 1829. No entanto, logo no ano seguinte, nossa pobre

Polônia tentava levantar a cabeça contra a brutal dominação russa...

– Uma tragédia – comentou Holmes, naturalmente lembrando-se do resultado daquela insurreição.

– Uma grande derrota, meu caro, uma grande derrota. E que provocou o exílio de Chopin em Viena. Mas lá ele não teve a acolhida que merecia, e em 1831 já se instalava definitivamente em Paris. Ali, sim, seu talento foi reconhecido, e ele encontrou o sucesso, não somente como músico, mas também por sua aparência delicada, tão do agrado do espírito romântico da época. Ah, Paris, a pátria da Arte, da grande Arte! Como fui aplaudido por lá, meus senhores, ah, como fui aplaudido! Certa vez, na Ópera de Paris...

Meu amigo interrompeu-o com um pigarro, tentando trazer o pianista de volta ao assunto que o havia trazido ali.

– Mas, senhor Wilde, li que desde cedo já havia alguns sinais de alarme quanto à saúde de Chopin, não é verdade?

Eu não conseguia compreender o interesse de Sherlock Holmes pelos conhecimentos do pianista sobre Chopin: que relação ele via entre a vida do compositor e o assassinato de Lord Percival Fifteenmore? Foi com essa preocupação em mente, talvez tentando provocar a revelação do sentido daquela estranha curiosidade, que ousei reforçar sua pergunta:

– A saúde de Chopin na época já não era grande coisa, não é verdade, senhor... ahn, doutor Wilde...? Hum, agora nem sei como devo chamá-lo...

– Não, caro colega – sorriu o pianista. – Prefiro o "senhor", já que não me posso gabar de minha formação médica, embora eu me tenha graduado com louvor. Por outro lado, como músico já pude conquistar todas as glórias possíveis para um ser humano. Mas, respondendo à sua colocação, é verdade, doutor

Watson: Chopin teve várias crises pulmonares. Algumas vezes acreditava-se que ele corria risco de morte!

– Mas foi sobrevivendo, senhor Wilde, foi sobrevivendo – Holmes elevou a voz – para encontrar seu tórrido amor com a escritora, agitadora, andrógina, exibicionista, que se autonomeava George Sand...

Cornell Wilde explodiu numa gargalhada, logo seguida por um acesso de tosse. Mais uma vez levou o lenço à boca e desculpou-se.

– Perdão, senhores. Meu estado de saúde conspira até contra minha alegria. George Sand, sim... O verdadeiro nome da companheira e musa de Chopin era Amandine-Aurore-Lucile Dupin, baronesa Dudevant. Ah, o amor de Chopin por George Sand! Que voracidade!

Como já registrei várias vezes, meus leitores já sabem do conceito que Sherlock Holmes tinha em relação às mulheres e a seus tórridos amores e, na certa por isso, seu comentário saiu com mais acrimônia do que se esperaria.

– Nem sei como essa mulher arranjava tempo para escrever. Ela teve casos amorosos com meia Paris!

– Sim, senhor Holmes – concordou o pianista com um ar de resignação. – Mas mesmo assim essa devoradora de homens demonstrava ter-se verdadeiramente apaixonado por aquele jovem pianista de aparência tão frágil. Talvez ela tenha sentido que ele precisava de sua proteção. Era uma mulher muito forte, de caráter muito forte mesmo.

– Hum... – fez Holmes. – Li que Chopin julgou-a pouco atraente, de início. Mas isso deve ter demorado um átimo, pois o que se sabe é que ele se apaixonou de verdade por aquela mulher.

– Sim, sim, sim, esse é um dos mais famosos amores da História da Grande Música. Isso se não for o maior deles – assegurou o senhor Wilde. – O convívio dos dois, aberto e sem um casamento formal, foi um escândalo para a época, fazendo com que por vezes tivessem de viver em casas separadas, procurando calar as línguas mais ferinas. A ligação dos dois, ou melhor, a paixão dos dois, durou dez anos, dez loucos e conturbados anos, até 1847.

Tossiu de novo e Holmes apressou-se a alcançar uma jarra de água na bandeja de prata. Encheu um copo e o estendeu a ele.

– Obrigado, senhor Holmes – disse, depois de beber um gole, e logo retomou seu relato: – Em meio às paixões dos dois, a saúde de Chopin continuava periclitante. Na época, sem quaisquer tratamentos eficientes para a tuberculose, quem sofria dessa moléstia procurava algum clima mais adequado na esperança de melhora. Foi o que fez o casal, viajando para a ilha de Maiorca. Mas lá ele teve outras crises respiratórias sérias. Um jornal chegou até a anunciar sua morte!

– Verdade? – espantei-me.

– Chopin era um artista famoso, senhor Watson! Já naquela época, como hoje, os jornalistas adoravam publicar notícias mórbidas. No meu caso, por exemplo, perseguem-me como moscas, em busca de algum escândalo que venda jornais! E a doença dele era notícia, grande notícia!

Tossiu de novo e elevou os olhos para cima, num suspiro.

– Ah, agora sei o que ele estava passando, senhores, agora posso compreender! Amanhã embarco para a América, quem sabe lá... – interrompeu-se, sacudiu a mão e prosseguiu: – O casal esteve também por alguns meses em Marselha e... sua saúde recuperou-se um pouco. Um pouco, não totalmente. Mas o bastante para que ele pudesse gozar de mais alguns anos junto com George Sand. Logo, porém, simultaneamente com a deterioração de sua relação com a escritora, parece que devido aos problemas com a família dela, sua doença voltou a agravar-se.

Holmes sorriu de leve, e nesse pequeno esgar pude ler sua satisfação por ouvir razões que para ele ajudavam a justificar sua preferência pelo celibato. Com efeito, ouvi-o murmurar:
– Mulheres... sogras... cunhados... bah!

Cornell Wilde não percebeu o remoque e continuou:
– É claro, é claro que as brigas com George Sand só podiam mesmo ter-lhe provocado profunda depressão, e era também lógico que essa depressão viesse a agravar ainda mais sua saúde. Mesmo debilitado, ainda conseguiu viajar para concertos aqui, em Londres, e em Edimburgo...

– Na *nossa* Escócia – atalhou Holmes.

– Mas – continuou o pianista –, no início de outubro de 1849, aos olhos dos amigos que o cercavam, sua condição já parecia irreversível.

– O fim de um sonho, com apenas trinta e nove anos! – comentei.

Cornell Wilde terminou, dramaticamente:
– Sim, o fim de um sonho noturno... É à noite que sonhamos, não é? Pois na noite do dia quatorze de outubro, ele teve uma lembrança final de seu amor por George Sand, pois queixou-se da ausência dela, dizendo: "Entretanto, ela me havia dito que eu não morreria senão em seus braços." Nessa madrugada ele faleceu, quase asfixiado. Fim!

Houve uma pausa, um silêncio profundo, em que eu ouvia apenas o crepitar dos carvões em brasa na lareira. Foi a voz grave de Sherlock Holmes que nos despertou:
– Antes de morrer, Chopin havia pedido que seu coração fosse retirado e enviado à Polônia...

Cornell Wilde sorriu muito de leve, com desalento.
– Essa é a versão romântica, meus amigos. Na verdade Chopin tinha um grande medo de ser enterrado ainda com vida. Isso dá sentido às suas últimas palavras: "Como esta terra me

asfixiará, peço-vos que meu corpo seja aberto, a fim de não ser enterrado vivo."
– Que dramático! – exclamei.
– Sim, seu dramático desejo foi atendido – continuou o pianista. – Seu coração foi retirado e mergulhado dentro de um frasco cheio de um conservante alcoólico que parece ter sido conhaque. Conhaque, vejam só! Sua irmã Ludwika conseguiu iludir a vigilância dos guardas russos que guardavam as fronteiras da Polônia ocupada e, provavelmente escondendo o frasco sob as saias, conseguiu levá-lo para Varsóvia, onde permanece até hoje na Igreja de Santa Cruz. Somente seu corpo permaneceu em Paris, no cemitério de Père-Lachaise, ao lado do túmulo de seu amigo Bellini. E assim a tuberculose nos privou de mais um dos grandes gênios da humanidade. A mesma moléstia que abreviará minha vida!
– Hmm, hmm... – Ouvimos um som desdenhoso por parte do meu amigo.
– O que há, senhor Holmes? – surpreendeu-se o pianista. – Vejo-o com um ar de dúvida. Parece que minhas conclusões não fazem parte de suas certezas.
Holmes recostou-se na cadeira e uniu as pontas dos dedos, em sua clássica pose de conclusão de algum mistério:
– De fato, senhor Wilde e meu amigo Watson, ao contrário de vocês dois, não sou médico, apenas um aplicado estudioso, um notável químico, um ávido pesquisador e, temo confessar, um grande músico, embora perito em um instrumento mais nobre, o violino. Confesso que tudo que ouvi junta-se ao que pesquisei sobre a morte de Frédéric Chopin e leva-me a duvidar da alegada doença que o acometeu e o levou à morte.
– Que surpresa, Holmes! – confessei. – Eu imaginava que ninguém tivesse dúvidas quanto à tuberculose ser a doença que vitimou Chopin...

Sherlock Holmes não olhava para nenhum de nós dois. Sua cabeça reclinava-se no espaldar da cadeira e ele fitava o teto, com olhar perdido, enquanto argumentava:

– Você dois são médicos, embora um não tenha levado à prática sua formação científica e o outro tenha alegado não ser a pneumologia sua especialidade. Mas os anéis com reluzentes esmeraldas que ambos portam no anular esquerdo aí estão para credenciá-los como críticos daquilo que me intriga acerca de alguns aspectos dessa morte.

– Somos todos ouvidos, caro detetive – sorriu Wilde, com condescendência.

– Pelo que li e ouvi, não digo que possa defender com segurança minhas hipóteses, pois talvez tudo o que eu tenha sejam somente intuições, ou talvez eu deva chamá-las de sensações. Mas essas intuições ou sensações deixam-me desconfortável em concordar ter sido a tuberculose que vitimou Chopin.

– Sim? – Wilde mostrava-se divertido, como faria um adulto concedendo em ouvir a opinião de um adolescente.

Com o indicador da mão direita, Holmes tocou o dedo mínimo da esquerda.

– Tenho quatro pontos a considerar. Em primeiro lugar, sabemos que Chopin sempre foi descrito como uma criança pálida, de aparência pouco saudável. Se ele já fosse vítima da tuberculose desde a infância, dificilmente teria vivido até os trinta e nove anos, os senhores não concordam?

– Bem, eu poderia dizer que sim – concordei, mas o pianista nada disse.

– Em segundo lugar – continuou Holmes, desta vez tocando o anular da mão esquerda –, ele teve várias crises que o deixaram à beira da morte, recuperando-se em seguida e chegando a passar relativamente bem até por vários anos. Creio

que também este não é um comportamento típico da evolução da tuberculose, ou estou enganado?
— Sim — concordou o pianista, meio a contragosto. — Isso não se pode contestar.

Holmes agora tocava o dedo médio da mão esquerda, marcando o terceiro ponto de sua explanação:
— Mais um detalhe da maior importância, senhores. Li que seu médico, um certo Jean Cruveillier, que havia feito anteriormente o diagnóstico de tuberculose, após sua morte manifestou a impressão de que Chopin teria sofrido de uma doença ainda não conhecida àquela época. O senhor lembra-se disso, senhor Wilde, já que é um grande conhecedor da biografia de Chopin?
— Interessantíssimo, senhor Holmes. Lembro-me bem da declaração desse médico, mas... O que acha de tudo isso, doutor Watson?

Pego de surpresa, balbuciei:
— Bem, não pude ainda examinar todos esses aspectos...

Holmes alteou a voz:
— Li mais sobre o assunto, cavalheiros — desta vez finalizava o discurso, tocando indicador com indicador, para marcar seu quarto argumento —, e tudo o que discutimos elimina a hipótese da tuberculose. Por isso, fica-me a última suspeita, essa bem grave: duas das três irmãs de Chopin, uma com quarenta e sete anos e outra com somente quatorze, faleceram apresentando sintomas de doenças semelhantes à dele! O que me faz pensar em algo como uma maldição familiar, algo de nascença. Algo que tivesse sido herdado pelos três e os condenasse à morte desde o berço!

Cornell Wilde parecia procurar o que dizer: seus olhos pulavam de Holmes para mim, e de volta, e acabou concedendo:
— Parece que sim... Uma doença estranha... Tal como aventou Cruveillier, o médico de Chopin? Hum... O que mais podemos especular?

– Ainda há algum detalhe que o senhor teria a nos citar, senhor Wilde? – insistiu Holmes, severamente.

O pianista hesitou um pouco, como se escarafunchasse a memória, e relatou, falando bem baixo, entrecortadamente:

– Lembro-me de que minha mãe... ela contava algo... se bem me lembro... Dizia ela que, certa noite, em Varsóvia, assistiu a uma apresentação de Chopin, ainda um adolescente na época. Entusiasmada com seu virtuosismo ao piano e levando em conta a velha amizade entre ambos, foi cumprimentá-lo após a audição e deu-lhe um beijo na testa. E, para sua surpresa, sentiu um forte sabor de sal. Sempre achei isso estranho... E tive uma confirmação dessa estranheza: bem mais tarde, um dos meus professores na faculdade de medicina comentou em aula sobre a existência de uma crença proveniente da Idade Média, que recomendava apiedarmo-nos de alguma criança com gosto de sal na testa, pois essa criança estaria condenada a morrer ainda jovem...

Naquele momento quase dei um pulo na cadeira.

– Incrível! Lembro-me de ter lido essa história em um almanaque suíço de canções e jogos infantis. Quando? Bem, eu era criança... O livreto deve ter sido impresso lá pelo ano de meu nascimento... Bom, é claro que nem sei aonde ele poderá ter ido parar... Dizia exatamente isso na letra de uma canção... coitadinha da criança com gosto de sal na testa... coitadinha...

Holmes cortou-me a reminiscência, com segurança.

– Senhores, o atual estágio da ciência médica explica a ligação de uma testa salgada com uma morte anunciada? Já foi possível descrever uma doença com essas características?

Eu procurava a resposta, quando fui acudido por Cornell Wilde.

– Não, senhor Sherlock Holmes. Não creio que tenha sido possível explicar a interpretação desse sinal como prenúncio de uma morte certa...

– Ah, a sabedoria popular! A morte sempre foi conhecida, mas a ciência precisa de tempo para explicá-la. Então, doutores – Holmes abria os braços, como a pedir aplausos –, minhas suspeitas tornam difícil que eu acredite ter sido a tuberculose a nos roubar a presença desse saudoso compositor. E deixo no ar a possibilidade de que a morte de Chopin tenha sido causada por uma doença não descrita na época e ainda desconhecida até os dias de hoje. Provavelmente uma doença hereditária, como o tamanho do nariz!

Wilde parecia sentir-se melhor de sua doença, pois não tossira desde a última meia hora:

– Muito bem, senhor Sherlock Holmes. Noto que seu poder de analisar fatos e deduzir suas causas cai como uma luva até para um caso médico ocorrido há tantos anos...

Holmes fitou-o diretamente e jogou-lhe uma pergunta inesperada, como se fosse uma provocação:

– Senhor Wilde, e o que pode nos dizer sobre as *polonaises*?

Nesse momento, depois de uma leve batida na porta, o camarim foi invadido por um empertigado camareiro, que carregava um cabide com o mais reluzente dos fraques, como se fosse um troféu. Sem esperar por licenças, interrompeu-nos.

– Perdão, senhor Wilde, mas estamos na hora de nos aprontar... – falava na primeira pessoa do plural, como se ele mesmo dali a meia hora viesse a sentar-se na banqueta do piano junto com o solista. – A plateia está lotada, senhor. Não há lugar para mais ninguém. Está na hora de nos vestirmos para o concerto...

Cornell Wilde sorriu e despediu-se:

– Senhor Holmes, doutor Watson, foi um fim de tarde proveitoso. No entanto peço minhas escusas, mas tenho de preparar-me para o último concerto que darei aqui em Londres. Será a minha despedida, senhores. Meu valete vai levá-los ao camarote que mandei reservar para os senhores.

Enquanto nos dirigíamos para a saída do camarim, ele continuava:

— Mas não se preocupe, senhor Holmes, por eu não ter tido tempo de responder-lhe sobre as *polonaises*. Isso porque os senhores vão ter a oportunidade de ouvir não minha fala sobre elas, mas meu talento ao reproduzi-las! Ouvirão várias delas, a *Polonaise Fantasia*, a *Polonaise Militar*, a *Polonaise Brilhante* e, é claro, a maior de todas, a *Polonaise Heroica*! Preparem-se! Vão ouvir como se toca Chopin! Vão ouvir como se executa a verdadeira *Polonaise Heroica*! Do modo como o grande Chopin originalmente a concebeu! Ninguém neste planeta entende a obra e a alma desse polonês como eu. Vocês assistirão à maior performance de suas vidas! Serão testemunhas do maior pianista que...

Mas já nos distanciávamos, guiados por um silencioso valete que fechava a grande porta e nos guiava, de modo que não pudemos ouvir o restante do autoelogio de Cornell Wilde.

\* \* \*

O fleumático valete abriu-nos a porta do camarote que nos havia sido reservado, sem nos encarar, como um bem treinado criado inglês.

No camarote havia seis cadeiras, somente para nós dois. Mesmo com o calor que vinha das muitas bacias de ferro cheias de brasas, a temperatura ainda não permitia que nos livrássemos dos sobretudos. Em respeito à liturgia do momento, tirei meu chapéu-coco, mas Holmes manteve o boné de feltro na cabeça, ainda com as línguas abotoadas sob o queixo.

Abaixo de nós, víamos a plateia lotada por cavalheiros rigorosamente trajados em negro, e senhoras envoltas pelos visons mais luxuosos. Um burburinho respeitoso esperava aquele que prometia ser o espetáculo dos espetáculos.

Sherlock Holmes tinha o rosto vermelho, numa excitação que eu tão bem conhecia quando nossas aventuras se aproximavam de seu ápice. Eu continuava mergulhado no limbo da ignorância e mal sabia que aquela conclusão viria a ser uma apoteose.

Meu amigo aproximou o rosto do meu e sussurrou:

– E então, Watson? O que achou do estado de saúde do nosso Cornell Wilde?

– Bem... – respondi. – É difícil afirmar qualquer coisa de concreto... Uma tuberculose! Se eu tivesse podido auscultar seus pulmões...

– E o que achou do físico do homem? Revela a aparência de um doente?

– Para falar a verdade, Holmes, ele é quase um atleta. Que peito largo! Mas a face... bem, a palidez da face é impressionante... E aquela tosse... O lenço ensanguentado...

Holmes permitiu-se um breve sorriso de mofa.

– Ah, Watson, Watson! Você continua sendo o meu bom amigo incapaz de ver as coisas em conjunto! Um homem em fase terminal de tuberculose é ele? Ora! Quando me aproximei oferecendo-lhe um copo d'água, deu para perceber que aquele lenço continha um vermelho já seco e que bem podia ter sido previamente manchado para nos impressionar! E a palidez? Ha, ha! Cheguei o mais perto dele que pude: o homem tinha uma grossa camada de maquiagem para branqueá-lo como um fantasma! Com uma tossezinha bem representada, a encenação estava pronta para tapear um Watson, mas nunca um Sherlock Holmes!

A surpresa ainda mantinha meu queixo caído sobre o colarinho quando as cortinas foram abertas e a grande estrela da noite fez sua entrada triunfal no palco. A plateia toda ergueu-se num aplauso consagrador, e o elegante Cornell Wilde curvou-se com a dignidade que era de se esperar.

E sua promessa de grandeza foi cumprida ao pé da letra! Ele sentou-se ao piano e seus dedos pareciam dedilhar, como se fossem as cordas de uma harpa, as fibras das centenas de corações que seguravam as batidas para melhor ouvir a grande arte de Chopin!

Ao meu lado, notei que Holmes tirara o relógio do bolso do colete e com o polegar esquerdo apertava o botão do cronômetro no início e no final de cada peça do repertório do pianista. E anotava algo no programa do espetáculo.

Até que chegamos àquela que na certa fora reservada como a *pièce de résistance* da noite: a *Polonaise Heroica*!

Tan-tan-tan-tã! Tan-ta-ran-tan-tan-tan-tããã!

Ah, creio que nunca tinha ouvido antes e nunca haveria de ouvir depois uma performance tão absolutamente explosiva daquela obra-prima! Foi forte, foi bombástica, foi triunfal! Ao final, todos se puseram de pé, e o aplauso agradecido daquela plateia tão seleta do melhor que a sociedade londrina poderia oferecer provou que também para todos eles aquela tinha sido uma noite dos deuses! Que portentosa apresentação!

Enquanto Cornell Wilde curvava-se em agradecimento aos consagradores aplausos e aos gritos de *Bravo! Bravo!* e preparava-se para voltar ao piano para bisar o número que era insistentemente pedido pela plateia – A *Heroica!* A *Heroica!* –, Sherlock Holmes foi à porta do camarote e chamou o valete que nos atendia. Vi que lhe dizia algo a meia-voz e depositava-lhe na mão uma folha de papel dobrado e meio soberano. Como o criado hesitava levemente, a oferta foi elevada para uma libra e o rapaz desapareceu em segundos.

\* \* \*

Depois de bisar por duas vezes e voltar ao palco para agradecer os aplausos por seis vezes, Cornell Wilde finalmente retirou-se para a coxia, ainda acompanhado pelo entusiasmo da plateia.

Feliz com o espetáculo, levantei-me para sair, mas a mão de Holmes apoiou-se em meu ombro:

– Esperemos um pouco, Watson. Não vamos sair ainda.

Acostumado como já estava às suas surpresas, nada perguntei e fiquei disciplinadamente à espera de novo comando, enquanto todos os espectadores levantavam-se e dirigiam-se para as diversas saídas, fazendo com que os comentários elogiosos se erguessem como enxames de vespas zumbidoras até nosso camarote.

Aos poucos, o teatro foi-se esvaziando e, sem o calor humano daquela multidão, a temperatura começou a cair. E foi encolhido de frio que vi, na entrada da plateia, a figura tão conhecida do inspetor Lestrade.

Holmes comandou:

– Pronto, Watson. Podemos sair.

– Mas Lestrade...

– Vai nos fazer companhia, amigo. Aquele jovem valete, em troca de uma libra, cumpriu com o que eu lhe havia pedido. Lestrade não assistiu ao espetáculo, mas será um ótimo coadjuvante no epílogo que eu protagonizarei.

Descemos para o corredor lateral e Lestrade aproximou-se. Holmes fez sinal para que eu o esperasse e foi conferenciar com o inspetor da Scotland Yard. Não demorou cinco minutos e voltou.

– Vamos. Está na hora de cumprimentarmos o grande artista.

Apressado, dirigiu-se pelo corredor lateral que levava aos bastidores. Lestrade e eu fomos em seu encalço. Sem bater, Sherlock Holmes escancarou a grande porta de carvalho marchetado. De pé no centro do amplo camarim, Cornell Wilde já havia despido o paletó do fraque, e seu camareiro o ajudava a vestir o robe de chambre.

– Oh, oh, senhor Holmes! Doutor Watson! E então? Apreciaram minha performance? Já ouviram virtuose igual? – E volteou o olhar, à procura de algo. O camareiro ofereceu-lhe um lenço.

Holmes aproximou-se, com um sorriso.

– Não precisa tossir, senhor Wilde. Já sabemos da perfeição de sua saúde. Só não pude ainda deduzir onde o senhor teria guardado a partitura original anotada por Chopin, da *Polonaise Heroica...*

Por baixo da maquiagem pesada de falso tísico, a pele do rosto do pianista deveria estar verdadeiramente pálida naquele momento.

– O quê? O que o senhor está dizendo, senhor Holmes?

Sherlock Holmes estendeu o braço para o inspetor da Scotland Yard.

– Lestrade, a última fala é sua.

O inspetor adiantou-se e declarou:

– Senhor Cornell Wilde, em nome da Rainha Victoria eu comunico que o senhor está preso pelo assassinato de Lord Percival Fifteenmore, duque de Castlecrowd!

\* \* \*

Tarde naquela noite, já no terceiro cálice de um reconfortante brandy na sala da Baker Street, 221B, meu amigo detetive ria a valer.

– Não foi difícil, Watson, não foi nada difícil. Creio que a melhor das transcrições de solos de piano que fiz para violino foi sem dúvida a da *Polonaise Heroica* em lá bemol maior, de Frédéric Chopin. Pois bastou-me cronometrar a bela performance do Cornell Wilde e... *voilà*! O assassino estava descoberto!

— Hein?! Como?

— Explico, e você verá como a solução foi elementar: a mais extensa das interpretações dessa *polonaise* que já consegui, Watson, mesmo ralentando no *vivace*, nunca pôde estender-se além de sete minutos e uns poucos segundos. Oito minutos, vá lá! Sei de cor cada acorde dessa peça, meu amigo. E foi fácil perceber que o Wilde tocou onze compassos a mais no *crescendo* até o *prestíssimo* do *maestoso finale*! Levou nove minutos e 17 segundos, e olhe que tocando com fúria, negando-se ao *mezzoforte*, numa interpretação que tinha a intensidade de uma convocação revolucionária!

— Mas, Holmes, o que você quer dizer com esses compassos a mais?

— Quero dizer é que o Wilde vinha insistindo com Lord Percival Fifteenmore e o duque recusava-se a vender-lhe um dos mais valiosos tesouros de sua coleção: a partitura original da *Polonaise Heroica* em lá bemol maior, onde o compositor havia decidido riscar aqueles onze compassos, que talvez lhe tenham parecido uma repetição inútil do tema principal: Tan-tan-tan-tã! Tan-ta-ran-tan-tan-tan-tããã! E, na discussão, acabou cometendo o assassinato. Ah, só mesmo um atleta como ele conseguiria cravar tão fundo o atiçador da lareira no peito do pobre duque!

— Que horror! Mas como você descobriu que o duque não quis vender a partitura para ele, Holmes?

Meu amigo jogou a cabeça para trás e soltou aquela gargalhada que eu tantas vezes ouvira como a conclusão de mais um de seus triunfos.

— Ah, meu amigo... Uma das primeiras providências de um investigador ao examinar um local de crime que tenha sido ocupado por um intelectual é conferir o mata-borrão sobre a escrivaninha!

– O mata-borrão?! – espantei-me.

– É só examiná-lo com um espelho e qualquer um pode descobrir pelo menos parte do excesso de tinta que ele tenha absorvido do último texto que tenha sido redigido ali!

– Brilhante, Holmes!

– Não sou? E ali pude facilmente ler uma pequena frase: *Não vendo nem permito cópias*.

De queixo caído pela revelação, apenas pude balbuciar:

– Copiar a partitura! Agora entendo... O Wilde queria ser o único pianista do mundo a tocar a partitura original, sem retoques! A original, Holmes!

– Percebeu, Watson? O Wilde desesperou-se ao receber a carta do duque que recusava suas ofertas e encerrava qualquer negociação. Voltou à mansão de Lord Percival, talvez tenha tentado argumentar mais uma vez e, vendo que isso de nada adiantava, enfureceu-se e cometeu o crime. Depois jogou brasas no tapete junto à estante para provocar um incêndio que destruísse as provas do seu crime e evadiu-se, levando a pasta com o original da *Polonaise Heroica* junto com um mero relógio de bolso e dois castiçais, para que todos pensassem tratar-se de um ladrão anônimo. E o inspetor Lestrade teria encerrado o caso desse modo, não fosse meu faro de buldogue!

Quase engasgando com o gole de brandy que eu entornara garganta abaixo para acalmar-me das inusitadas revelações de Holmes, só com o olhar consegui aplaudir o raciocínio do meu amigo, que continuava:

– Ao Lestrade restou revistar o camarim do Wilde. Lá estava a partitura, e autografada pelo próprio Chopin! Um tesouro mesmo, Watson, um verdadeiro tesouro! – Pegou a garrafa de brandy e encheu novamente nossos cálices. – Façamos um brinde ao último concerto de Cornell Wilde. Ora, ora! Ele nem desconfiava que se fazer de tuberculoso não enganaria Sherlock Holmes! Ah! Ele representava a doença para afastar qualquer suspeita contra si e como desculpa para escafeder-se para a América! Nem Chopin morreu assim, mas o tal "grande" especialista da vida do querido compositor nem desconfiava disso!

Ouvindo-o, eu me excitava tanto quanto ele ao falar, e os repetidos cálices de brandy já me anuviavam a vista. E o que me enlevava eram as evoluções que Holmes fazia pela sala, gozando sua completa vitória:

– Ha, ha! O Wilde pretendia fugir à grande, sendo aplaudido no cais de Dover por uma multidão a acenar com lenços brancos! Ha, ha! Ele achava que ia escapulir impune para sempre naquela louca América! Mas não podia prever que Sherlock Holmes, além de ser o maior detetive do mundo, ainda tem um ouvido musical afinado para perceber a diferença entre duas partituras! Ora, ora, tentar esconder onze compassos do ouvido de Sherlock Holmes! Ha, ha! Daqui a poucas horas, o camarote mais luxuoso do RMS *Oceanic* partirá vazio para a América, enquanto teremos mais uma cela preenchida na Torre de Londres! Pena que por lá não haja um piano Steinway para preencher o tempo que ele terá de esperar até que o pendurem na forca pelo pescoço! Desta vez, meu caro Watson, a Arte e o crime andaram de mãos dadas, mas Sherlock Holmes desfez esse tétrico casamento!

De pé, para embasbacar-me ainda mais, Holmes empunhou o violino e presenteou-me com um *encore* da belíssima *Polonaise Heroica*, desta vez com o número certo de compassos.

Tan-tan-tan-tã! Tan-ta-ran-tan-tan-tan-tãaã!

E gostosamente embalado pela divina música de Frédéric Chopin e pelo aveludado brandy, tão completamente adormeci que nem o pã-pã-pã da vassoura da senhora Hudson reverberando em nosso piso conseguiu me acordar.

\* \* \*

## 19ª REUNIÃO DA CONFRARIA DOS MÉDICOS SHERLOCKIANOS
## LONDRES – 7 DE DEZEMBRO DE 2016

Nenhum daqueles médicos aceitaria perder qualquer debate em torno da incrível descoberta do professor Hathaway dos contos escritos pelo distante colega doutor Watson, o biógrafo de Sherlock Holmes, que era o ídolo de todos eles. Nesses contos, o grande detetive investigava o passado, procurando esclarecer as mortes de alguns dos maiores compositores do mundo!

Por isso, como ingleses que eram, embora alguns tivessem se renacionalizado ao estabelecerem-se em Londres, todos haviam chegado quase juntos ao sofisticado restaurante, quando o Big Ben badalava as sete horas da noite. Cumprimentando-se alegremente, tiraram os pesados sobretudos, as luvas e os chapéus que os protegiam do frio da primeira semana de dezembro.

Mas um deles estava atrasado, e o mais novo do grupo, o neurologista Rosenthal, procurava antecipar o prazer dos debates da noite.

– Amigos, viram que loucura o desempenho do Holmes nesse conto sobre o Chopin? Pra mim, aquilo é caso de...

– Espere, Rosenthal. O Westrup ainda não chegou. O grupo tem de estar completo. Não podemos nos precipitar, não é?

– É isso mesmo – reforçou Anna Weiss, a mais procurada das psiquiatras da Inglaterra. – Para esta noite quem foi escalado para abrir nossa discussão foi a Sheila. Vamos esperar pelo que ela vai nos trazer.

Do hall de entrada, veio a voz da mencionada doutora Sheila, que acabara de pendurar seu negro sobretudo no cabide do vestíbulo:

– É isso mesmo! Não quero palpites! A patologista sou eu ou não sou? Guardem suas ansiedades. Depois, podem palpitar à vontade!

Os outros se entreolharam, porque ninguém estava disposto a discutir com o humor duro daquela médica, mas o assunto "Holmes" continuava em todas as bocas, e o epidemiologista Peterson pôs-se a comentar a originalidade de *A aventura do soldado descorado*, um conto narrado não por Watson, mas pelo próprio detetive.

– E eles pensavam que era hanseníase o que lhe tirava a cor!
– Hum... naqueles tempos ainda se dizia "lepra"... – observou Gaetano, desenrolando o cachecol. – E aquilo não era hanseníase coisa nenhuma. Percebi logo no começo do conto, com o rapaz isolado na tal casinha distante da mansão principal!
– Bom, mas que o Holmes foi um craque naquela hora, bem que foi, mesmo sem ser dermatologista! – opinou Rosenthal.

Nesse momento, o cirurgião e estaticista Westrup fazia sua entrada, esbaforido:

– Boa noite, amigos, desculpem o atraso, mas é que a revascularização desta tarde demorou mais do que eu esperava. Ah, e eu acabei perdendo...

– Perdeu o paciente, Westrup? – espantou-se Peterson, que conhecia muito bem a maestria do colega com o bisturi na mão.

– Não – respondeu o cirurgião. – Perdi foi minha aliança! Não sei se a tirei antes de calçar as luvas, ou se ela saiu junto com a luva no final da cirurgia. Ai, ai, será que ela foi parar no lixo, junto com a luva? Ai, ai, ai, o que eu vou dizer pra minha mulher?

Phillips não perdoou:
– Diga que a aliança caiu na cavidade torácica do paciente, e ficou guardadinha junto à coronária esquerda. Agora ele tem um coração de ouro! Ha, ha! Romântico, não?

Depois de cálices de um delicioso Curvoisier, os garçons revezavam-se primeiro com as saladas e em seguida com os pratos principais. O perfume de um deles era marcante e o doutor Montalbano, bem à vontade depois do conhaque, afastou o prato que lhe haviam posto à frente e comentou em voz alta:

– Ora, ora, ora! Um jantar tipicamente inglês, é? Juro, colegas, que na minha querida Sicília, jamais alguém em estado de perfeita lucidez aceitaria trocar um delicioso prato de pasta com frutos do mar por essa horrenda torta de rins. Aliás, isso daqui alia seu péssimo paladar a um cheiro terrível! Não sei como o Império Britânico conseguiu sobreviver a esse tipo de alimentação!

O cardápio para aquele jantar havia sido planejado pelo professor Hathaway, o mais velho e o líder do grupo de fanáticos pelas façanhas do detetive de Baker Street. Inglês mais do que típico, da velha guarda, esse médico pretendera exibir aos colegas as delícias da culinária britânica e, ouvindo o comentário do colega, nem se mostrou ofendido e levantou o braço, estalando os dedos para o garçom.

Phillips não perdeu a chance de brincar com o guloso amigo.

– Como diz o velho ditado, os europeus fazem boa comida, mas só os ingleses sabem se portar à mesa!

Os colegas riram, e Phillips rematou, sobrepondo-se às gargalhadas:

– Ontem mesmo, Montalbano, jantamos juntos um excelente *penne* com frutos do mar, em Knightsbridge, no restaurante San Lorenzo. Estava ótimo, não estava? Agora faça como os ingleses e aproveite esse apetitoso frango com molho de *curry*!

Obedecendo ao comando do professor Hathaway, rapidamente o garçom tinha retirado o prato rejeitado pelo gordo médico e o havia trocado pelo anunciado frango ao *curry*.

– Hum... – aceitou Montalbano. – Isso cheira bastante bem... Um molho indiano, é? Mais um produto conquistado pelo seu velho Império Britânico!

Phillips não perdoou a deixa:

– Um produto como a lã de Caxemira que você está vestindo, meu caro. A mesma lã do cobertor do pianista do conto, ha, ha!

Aproveitando as brincadeiras do belo jantar, o vaidoso Clark ergueu sua taça, com um conteúdo da cor do seu novo colete.

– Este, amigos, não é um produto conquistado pelo Império. É um delicioso Pulingny Montrachet Champ Canet, um dos melhores tintos da Borgonha...

– E um dos mais caros, não é, Clark? – Sheila fez questão de comentar.

O radiologista ignorou o comentário:

– ... que acompanha maravilhosamente tanto a torta de rins quando o frango ao *curry*. Um produto da França, um querido aliado da Inglaterra. À saúde, senhores!

Todos ergueram suas taças, menos Sheila, que cruzou os braços.

– Humpf... Esse vinho é também a maior parte da conta que teremos de pagar!

As risadas continuavam, mas De Amicis, um cardiologista calmo, de fala mansa e pausada, tinha a virtude de conseguir a atenção de todos, mesmo sem erguer a voz.

– Beba, cara Sheila! Um tinto de qualidade, para alegrar seu coração! De corações eu entendo, minha querida colega. Até mesmo figurativamente!

No fechado semblante da doutora Sheila, houve quem jurasse ter visto a sombra de um sorriso.

Em meio a brindes e brincadeiras, o jantar transcorreu alegremente, atravessando torta de rins, frango ao *curry* e outras iguarias, até a *mousse* de morango, que vinha para adoçar a refeição e antecipar o momento tão aguardado daquela noite. Como de costume, o professor Hathaway fez tilintar com a faca o cálice do licor que acompanhava a sobremesa.

– Colegas, passo a palavra à doutora Sheila, para iniciar nossos debates sobre as verdadeiras causas da morte de Chopin. Estou certo de que ela trará surpresas para animar nossa noite.

A patologista Sheila depositou o garfo da sobremesa ao lado do prato e contornou os outros onze lugares da mesa com um olhar altivo. Levantou sua magra figura e...

Nesse momento, o indesejado toque de um celular impediu sua primeira palavra e provocou um zangado franzir de sobrancelhas do professor Hathaway, cuja censura não poderia ter sido mais eloquente.

Westrup, sorrindo amarelo, desajeitadamente puxou o celular do bolso e desculpou-se:

– Desculpe, professor, desculpem, amigos, mas é que... Alô? Hum? ... O quê? ... Mas, e a minha aliança? ... Hein? Ai, que maravilha!

O decano do grupo pigarreou:

– Doutor Westrup, todos aqui sabemos que os telefones têm de ficar desligados em nossas reuniões!

O cirurgião desligou, fez sumir o celular no bolso e prosseguiu com as desculpas:

– Perdão, professor, era minha secretária... Felizmente está tudo bem. Encontraram minha aliança ao lado da torneira!

– E o paciente?

– Bom, o paciente, não resistiu. Uma parada cardíaca... Era um caso complicado, um homem com mais de setenta anos... Segunda revascularização... Mas meus assistentes fizeram tudo que... Bem... A sorte foi que encontraram minha aliança!

– Muito bem, doutor Westrup – Hathaway cortou as explicações em meio ao silêncio constrangido que o evento provocara. – Mas, por favor, ouçamos com atenção a palavra da doutora Sheila.

A patologista continuava de pé, ainda com o rosto vermelho da raiva pela inoportuna interrupção. Fuzilou Westrup com o olhar e começou:

– É verdade, *prezado* professor Hathaway... – Acentuou a pronúncia do "prezado", como mais um protesto à perturbação do colega. – Tenho mesmo uma novidade preciosa, mas antes quero revisar o que, até setenta e cinco anos atrás, era considerado como verdade indiscutível sobre a doença e a morte de Frédéric Chopin...

Ainda tentando consertar o estrago causado pelo toque de seu celular, Westrup pretendeu ajudar.

– Sim, aquele que é considerado a própria alma do piano!

A médica voltou-se para o professor à cabeceira da mesa e elevou a voz.

– Professor Hathaway, viemos aqui para falar de ciência ou fazer poesia? Há um modo de o senhor me garantir a palavra?

O rubor da face de Westrup foi resposta mais que suficiente.

Sheila saboreou por alguns segundos o efeito da ocorrência e prosseguiu, consultando anotações que trouxera para o debate:

– Quero começar pela fala de Sherlock Holmes, quando, depois de ouvir os argumentos dos dois médicos, ele concluiu: "Tudo o que discutimos até aqui elimina a hipótese de tuberculose. E a morte de duas irmãs de Chopin, com sintomas de doença semelhantes às dele, me faz pensar em algo como uma maldição familiar, algo de nascença. Algo que tivesse sido herdado pelos três e os condenasse à morte desde o berço." E o detetive disse mais: "Deixo no ar a possibilidade de que a morte de Chopin tenha sido causada por uma doença não descrita na época e ainda desconhecida até os dias de hoje. Provavelmente uma doença hereditária, como o tamanho do nariz!"

Risadas acompanharam a leitura da patologista e alguns deles olharam de lado para Westrup, cuja entrada em qualquer recinto era precedida por seu avantajado apêndice nasal...

– O tamanho de um nariz é fácil de determinar! – O radiologista Clark acompanhava as risadas. – Na metade do século XIX, ainda nem se sonhava com a radiografia, que teria resolvido essa questão da tuberculose na hora!

Sempre contrariada com as interrupções, Sheila continuava:

– Se me deixarem completar o raciocínio, acho que posso provar que o nosso detetive tinha toda razão.

Para impedir que o clima da reunião se desviasse, o velho professor asseverou:

– É verdade, doutora. Sempre se acreditou que a tuberculose tivesse sido responsável pela morte de Chopin. Mas qual a sua opinião?

Sem responder diretamente, Sheila encarou duramente o especialista em medicina de imagem:

– Para desmentir o diagnóstico de tuberculose, Clark, na época nem se precisava de uma radiografia. Vimos que Chopin tinha uma saúde muito frágil desde criança. Poderia ele viver décadas com uma tuberculose não tratada?

– Isso é mesmo improvável – ouviu-se a voz do pneumologista Phillips, desta vez sem brincadeiras. – Mas não impossível. Sabia-se de portadores dessa doença que sobreviveram por longo tempo. Longo tempo mesmo!

– Sim, sei disso – continuou a médica, desta vez sem reclamar. – Chopin teve várias crises respiratórias que o deixaram à beira da morte, porém com recuperação quase total e anos de aparentemente boa saúde, e você há de concordar que isso não é normal para a tuberculose, não é, Phillips?

– Claro, não é mesmo normal, nada normal...

– Por isso – Sheila fez uma pausa de respiração, antecipando um ponto forte de sua argumentação –, tudo me leva à análise de um sinal importantíssimo: de acordo com o relato da mãe do tal pianista, Chopin teria na testa um exagerado sabor de sal!

Phillips soltou uma gargalhada:

– Ah, Sheila! Agora já sei aonde você quer chegar!

A médica voltou o olhar furioso para o colega:

– Se sabe, Phillips, deixe que eu chegue sozinha aonde quero chegar! A fala é minha!

O pneumologista assentiu com a cabeça, aceitando a crítica, enquanto a patologista fechava o diagnóstico:

– E aonde eu quero chegar é a uma descrição feita em 1938 pela médica Dorothy Anderson de uma moléstia congênita que denominou *fibrose cística*!

Em torno de si, a patologista Sheila percebeu diferentes expressões, umas que refletiam a surpresa que sua informação provocara e outras com sorrisinhos de lado, que denunciavam pensamentos do tipo "eu bem que desconfiava disso". E continuou:

– A partir de 1948 ficou clara a relação da fibrose cística com níveis elevados de sal no suor. E, desde 1985, sabemos que a alteração genética que causa as formas graves da doença é uma mutação no gene AF508, o que explica inclusive sua tendência de transmissão familiar.

Westrup, cirurgião e especialista em estatística, para quem a matemática era o fundamento de todas as ciências, timidamente pediu a palavra:

– Com licença, prezada Sheila. Sabemos que as irmãs de Chopin morreram, uma com 14 e a outra com 47 anos. O seu argumento contra a longa duração de uma possível tuberculose em Chopin vale também para a morte da sua irmã quase cinquentenária, numa era pré-antibióticos, não lhe parece?

Desta vez a doutora Sheila não pareceu alterar-se com a observação do colega e a aceitou.

– Correto, Westrup. Como eu já disse, tudo o que posso apresentar são só indícios. Não posso bater o martelo quanto ao diagnóstico final, mas o colega há de concordar que há muitos dados em favor de a fibrose cística ter sido a causadora desde seus sofrimentos até o remate da vida de Frédéric Chopin.

Murmúrios de aprovação percorreram toda a mesa. Sim, para eles a patologista havia levantado uma hipótese fortíssima. E a voz suave, mas firme, do doutor De Amicis trouxe nova informação:

– Colegas, como cardiologista, quero valorizar meu órgão principal de estudo. Todos vocês viram a notícia de que, em 2014, finalmente foi realizada uma reexumação do coração de Chopin, guardado na Igreja de Santa Cruz, em Varsóvia. E a retirada de um minúsculo fragmento do órgão poderia ter permitido exames capazes de certificar a verdadeira natureza da doença de Chopin. Mas... – E fez uma pausa de suspense. – Mas essa oportunidade foi perdida, pois o exame *não* foi efetuado!

A surpresa foi geral, algo como uma ofensa às profissões daqueles dez homens e duas mulheres.

– Como?! Que absurdo! Mas por quê?

– Foram alegados motivos éticos – justificou De Amicis –, além da falta de consentimento da família...

– Da família? Qual família? – espantou-se a psiquiatra Anna Weiss.

De Amicis suspirou. Enquanto sua colega Sheila pesquisara a doença física do pianista, ele investigara a burocracia que a ciência sempre teve e ainda tinha de enfrentar:

– Estava presente à reexumação de Chopin uma descendente de sua irmã, sete gerações depois... Como se chamaria esse parentesco? Uma heptaneta? E essa mulher se opôs a qualquer procedimento invasivo. Só que, meus colegas, desconfio que o verdadeiro motivo possa ter sido outro...

– E qual seria ele? – perguntou Sheila asperamente, como se a nova informação viesse para prejudicar sua hipótese diagnóstica.

De Amicis sorriu, com desalento.

– O que eu penso é que pode ter havido um certo temor das autoridades e dos guardiões do coração ali preservado. E se ficasse provado que aquele órgão na realidade não fosse o de Chopin? É claro que, levando-se em conta todas as aventuras envolvidas no seu transporte de Paris até Varsóvia, uma substituição poderia ter ocorrido, não? Por fim, terminado o procedimento, decidiu-se que a relíquia só poderá voltar a ser examinada depois de cinquenta anos...

O grupo entreolhou-se. Uma oportunidade única havia sido perdida!

O velho professor Hathaway levantou-se. A última informação viera para pôr um ponto final – e inconclusivo! – aos debates da noite.

– Imagino – disse ele, compreensivamente – que uma revelação como essa teria na certa um grande impacto no turismo para a Polônia, como um todo, e para a visitação à Igreja de Santa Cruz, em particular. Na minha idade avançada, não espero viver até ser reaberta a urna contendo o coração de Chopin. Quem sabe, em 2064, a humanidade poderá confirmar ou recusar o que discutimos nesta noite. Será que alguns dos senhores estará presente naquela ocasião?

Os olhares de todos dirigiram-se para o jovem Rosenthal. Ele corou.

\*  \*  \*

## FRYDERYK FRANCISZEK CHOPIN
## (FRÉDÉRIC FRANÇOIS CHOPIN)
## ŻELAZOWA WOLA (POLÔNIA) 01/03/1810
## PARIS 17/10/1849

Passou sua infância e juventude em Varsóvia, tendo sido iniciado na música por sua irmã e sua mãe, e completado seus estudos no Conservatório de Varsóvia. Talento precoce, apresentava-se em público como pianista desde os oito anos, já compondo suas primeiras obras. Devido a suas posições políticas patrióticas, teve de deixar a Polônia em 1830, nunca mais voltando à sua terra natal. Radicou-se em Paris, onde conheceu George Sand, com quem teve longo e tumultuado relacionamento amoroso.

Considerado a alma do piano, Chopin foi o ponto culminante do estilo romântico. Compôs basicamente para este instrumento dois maravilhosos concertos, além de baladas, scherzi, sonatas, prelúdios, estudos, improvisos, mazurkas, noturnos, valsas, e as famosas *polonaises*, num total conhecido de 264 obras, embora devesse haver outras que se perderam.

Ouça uma de suas composições mais admiradas, a *Polonaise Heroica em la bemol*, na interpretação de Arthur Rubinstein, e a *Valsa nº 1*, interpretada pelo mesmo pianista.

## Capítulo 4

---

### *RÉQUIEM* PARA UM ANJO
### OS MISTÉRIOS DA MORTE DE
### WOLFGANG AMADEUS MOZART

Minha convivência com Sherlock Holmes teve características de toda ordem, umas perigosas, outras terríficas, muitas rocambolescas, mas algumas foram até bem inusitadas. Na maioria de suas aventuras, a prisão de criminosos foi o resultado final, mas houve momentos, como no caso que passo a narrar, em que pude registrar sua inteligência sendo empregada para livrar o pescoço de inocentes que, sem a sua ajuda, teriam o patíbulo por destino.

Na fria manhã de sábado do dia 11 dezembro de 1898, depois de nosso desjejum, aconchegávamo-nos frente à lareira – em poltronas separadas, é claro! –, quando recebemos a visita de um policial, cuja eloquência restringia-se ao bilhete que viera entregar.

– É urgente, senhor – foi tudo que nos disse antes de girar nos calcanhares e desaparecer escadas abaixo com a rapidez com que as galgara.

Sherlock Holmes depositou o cachimbo ao lado do velho chinelo persa onde guardava o fumo negro que costumava receber da Turquia e, ao desdobrar o papel, sorriu levemente e voltou os olhos para mim:

– Você já adivinhou de onde vem essa urgência toda, não é, Watson?

– É claro, Holmes – respondi. – Como seu mensageiro foi um policial, este bilhete só pode ser do inspetor Lestrade.

– Muito bem, meu caro, sua perspicácia merece cumprimentos. É isso mesmo: o bom Lestrade pede nossa presença com urgência, no Teatro Real Drury Lane.

Imediatamente comecei a agasalhar-me para acompanhá-lo no atendimento à tal urgência, mesmo sabendo que o inspetor da Scotland Yard não pedia a *nossa*, mas somente a presença de Sherlock Holmes. Mas eu antecipava haver grande promessa de emoções naquele apelo. Na certa Lestrade havia mais uma vez se enrolado em algum novelo que não conseguia desatar sem os préstimos do meu amigo.

Enquanto Holmes vestia o sobretudo, enrolava-se no cachecol, abotoava a sobrepeliz e procurava o boné de feltro com protetores de orelha que havia desleixadamente jogado no chão, peguei um exemplar, também abandonado no tapete, da *Saturday Review* que saíra naquele mesmo dia e que a senhora Hudson nos trouxera junto com a correspondência e os jornais da manhã.

– Holmes! – exclamei, depois de folhear a revista à procura do anúncio do espetáculo que havia estreado no dia anterior. – O Teatro Drury Lane está apresentando...

– Sim, Watson – cortou-me ele. – Ontem estreou no Drury Lane a esperada encenação da ópera de Wolfgang Amadeus Mozart, *Cosi fan tutte*, sob a direção do famoso regente Sir Henry Wood. Se você tivesse lido a crítica que hoje saiu em todos os jornais, teria sabido do enorme sucesso do espetáculo.

– Extraordinário, Holmes! A notícia fala do estrondo que foi a estreia de uma jovem soprano russa acabada de chegar de São Petersburgo. Que nome peculiar: Briggitta *Littlebird* Haselova!

Abotoando o boné sob o queixo, meu amigo explicava:

– Dizem que a menina é mesmo um passarinho no palco e que é difícil acreditar que uma voz cristalina e intensa como a dela possa sair de um corpinho tão pequeno e delicado. Foi um crítico russo que adicionou esse "passarinho" ao nome da soprano. Em russo, ela era chamada de Briggitta *Ptichka* Haselova, mas aqui logo o crítico musical da *Saturday Review* traduziu para *Littlebird*.

– Passarinho! – O apelido me fizera rir. – Extraordinário! Um passarinho!

– Ha, ha! – continuou ele. – Esse frágil passarinho deve ter feito um belo contraste cênico com a *mezzosoprano* Lady Mildred Starling! A russinha faz o papel de Fiordiligi, enquanto nossa diva da ópera, já com bem mais de cinquenta anos e pesando 260 libras,[2] contracena com ela fazendo Dorabella. Gostaria de ter estado lá, porque os jornais informam que a plateia não vibrou tanto com a volumosa presença da nossa Lady Mildred, quanto delirou em aplausos pela performance da pequena Briggitta!

Calçamos galochas e saímos com nossos guarda-chuvas. A tarde estava muito fria, e é claro que a chuva miúda era apenas uma característica mais do que normal do clima londrino em fins de outono.

De nossa casa na Baker Street, 221B, caminhamos por cerca de 20 minutos até a Bond Street Station para embarcarmos no

---

2 De acordo com o confuso sistema de medidas do continente, isso seria cerca de 118 quilos.

Metropolitan Railway que nos levou em meia hora até a Holborn Station. De lá até o teatro, que havia dois séculos e tanto sempre estivera gloriosamente edificado na Catherine Street, tivemos de mexer nossas pernas por mais alguns minutos, e esses percursos permitiram-me ouvir mais detalhes sobre aquela ópera e seu estrelado elenco.

– À testa dessa constelação, Watson, está Lady Mildred, ostentando o título merecidamente recebido das mãos da nossa Rainha Victoria, em reconhecimento à excelência de suas performances, principalmente em *As bodas de Fígaro*, *La cenerontola* e *Il turco in Italia*. Quando jovem e antes de ela ter-se tornado uma lady, assisti à senhorita Mildred Starling fazendo Zerlina, no *Don Giovanni*. Grande, grande mesmo, meu amigo! Na época ela era mesmo demais! E bem mais magra!

– Pena... gostaria de ter podido estar lá nessa ocasião...

– Por outro lado, li que a russinha Briggitta teria personificado em São Petersburgo uma inigualável Pamina na encenação de *A flauta mágica*. E os ecos dessa atuação é que teriam motivado Sir Henry Wood a convidá-la para o espetáculo que ontem sacudiu a plateia da nossa Londres.

– As duas devem mesmo ter formado uma dupla gloriosa para encantar nossa plateia... – imaginei em voz alta.

– Terão mesmo, Watson? – Sherlock Holmes levantou as sobrancelhas, com um certo desalento. – Antes da estreia, havia quem especulasse que talvez essa dupla viesse a digladiar-se num verdadeiro duelo, e a velha diva acabasse abatida como um pato selvagem em temporada de caça. Não pude ter estado lá ontem, mas sei que o tempo é cruel! Nossa Lady Mildred já passou da idade para a maioria dos papéis de protagonista das principais óperas. E seu corpo não mais se encaixa nos figurinos de prima-donas delicadas. Assim é a vida dos artistas, meu caro. Agora parece que chegou a hora da pequena Briggitta *Little-*

*bird* Haselova. Dizem que ali está certamente a futura melhor soprano lírico do mundo. O futuro é dos jovens, meu amigo, dos jovens!

\* \* \*

 Aproximamo-nos da fachada do teatro e, debaixo das altas e brancas colunas do imponente Drury Lane, três silhuetas nos aguardavam. Uma delas era o recorte do inspetor Lestrade. A seu lado estava um homem louro e alto que eu nunca tinha visto antes. E a terceira figura deve ter reconhecido meu amigo e adiantou-se, mostrando ansiedade e chapinhando no chão molhado. Tratava-se de um baixote gorducho, de faces rosadas, com cabeleira exageradamente esticada por algum tipo de gomalina. O que se destacava nele era a expressão de pânico. Agarrou o braço de Holmes e pôs-se a falar como uma das metralhadoras Gatling com que dizimávamos no Afeganistão as colunas dos *ghazis* muçulmanos que avançavam contra nós brandindo suas espadas recurvas.

 – Senhor Holmes! Senhor Holmes! Ah, obrigado por ter vindo. Ai, senhor, senhor! Estou arruinado! Arruinado! O inspetor concordou em chamá-lo, por mim, a meu pedido! Por favor, sei de sua capacidade e tenho certeza de que o senhor encontrará uma solução que salve minha vida e resolva essa tragédia que veio para me destruir! Meu nome é Sidney Moneypecker e sou o produtor do espetáculo. Cada *penny* que tenho na vida está comprometido neste palco e não posso concordar com a conclusão do inspetor da Scotland Yard. De acordo com ele não temos somente uma desgraça, mas *duas* desgraças! Isso não pode ser! Estou desesperado, desesperado, senhor! Logo mais à noite serei processado pela multidão que virá para lotar o teatro! Isso se não for linchado e pendurado pelo pescoço nos plátanos do Hyde Park, como ocorre com os negros naquele selvagem país americano!

Por trás dele aproximou-se nosso velho conhecido, o inspetor Lestrade, com seu pequeno bigode ruivo eriçado e uma expressão de divertimento no rosto. Uma das mãos sustentava o guarda-chuva aberto e a outra pousava no ombro do baixinho desesperado. Procurou tranquilizá-lo.

– Acalme-se, senhor Moneypecker. O mistério já está resolvido, mas conheço Sherlock Holmes muito bem. Na certa ele quererá interrogar todo mundo e esquadrinhar cada canto do teatro. Volte para lá e veja que ninguém toque em nada, nem na plateia, nem no palco, nem nos bastidores. Por favor...

Balançando os braços e balbuciando lamentações consigo mesmo, o produtor deixou-nos. Abrigamo-nos sob as arcadas do Drury Lane, fechamos os guarda-chuvas e eu estranhei a presença do acompanhante do inspetor. E estranhei ainda mais quando fomos apresentados a ele.

– Obrigado por ter vindo, Holmes, olá, Watson... – começou o inspetor Lestrade apontando o louro alto de um lado e meu amigo de outro. – Este é Sherlock Holmes, um detetive que às vezes me ajuda em investigações mais delicadas. E apresento o senhor Show, um crítico de música da *Sunday Review*...

– George Bernard *Shaw*, inspetor – corrigiu o homem, sorrindo condescendência à confusão do policial. – E sou repórter especial de arte não da *Sunday*, mas da *Saturday Review*...

Mais tarde, Holmes explicou-me por que naquele momento havia sorrido matreiramente, o que me esclareceu até sobre minha estranheza a respeito daquela presença: ele havia percebido que, ao invés de Lestrade enxotar o jornalista como fazia sempre que algum repórter se intrometia numa cena de crime, daquela vez o que ele queria era ter uma testemunha que no dia seguinte espalhasse por toda a Inglaterra elogios sobre sua argúcia como agente da Yard, ao desvendar um horrendo crime numa tacada de críquete. E efetivamente ele estava pronto para exibir-se!

O louro jornalista, que na certa tinha sido o responsável pela tradução do apelido da pequena soprano, era magro, aparentava aproximadamente minha idade e a de Holmes, não muito mais de 40 anos. Tinha um queixo levemente prognata, o cabelo repartido ao meio, bigode comprido em ponta, e meio palmo de barba de pelos alourados e hirsutos. O que impressionava nele eram suas sobrancelhas espessas, peludas, e a profundidade de seus olhos muito azuis, que nos fitavam como se se preparassem para alguma observação mordaz.

– Como todo o mundo, já conheço suas façanhas, senhor Holmes – disse ele apertando a mão do meu amigo. – O senhor é como eu: *tem gente que vê as coisas como elas são e pergunta "por quê"? Eu e o senhor imaginamos as coisas que nunca foram e nos perguntamos "por que não"?*

Sherlock Holmes devolvia-lhe a mirada e o cumprimento.

– Muito prazer, senhor Shaw. Noto que é irlandês, mas que mora aqui há muitos anos. Seu leve sotaque já mais adaptado ao som londrino e suas roupas, perfeitamente dentro da moda inglesa atual, para mim são informações bastante claras – explicou meu amigo, antes que o jornalista perguntasse como ele havia descoberto aqueles detalhes.

– Sim, senhor detetive – confirmou ele. – Já moro em Londres há mais de vinte anos.

Holmes voltou-se para Lestrade:

– E a que devo a honra desta convocação?

O inspetor cofiou orgulhosamente o bigode.

– Dessa vez acho que não precisaremos do concurso de suas ideias, caro Holmes, mas creio que sua presença e seu apoio às minhas conclusões serão a única maneira de fazer com que o produtor encare os fatos como os fatos realmente são. Será bastante útil contar com sua concordância na elucidação do crime que apavora o senhor Moneypecker e que resolvi satisfatoriamente.

Sherlock Holmes fez que se impressionava:

– Um crime, Lestrade?

– Sim, meu caro – respondeu orgulhosamente o inspetor –, um crime de sangue. Mas tudo já está solucionado. Preciso apenas que você referende o que descobri. A prisão que devo efetuar é muito importante, Holmes, muito impactante, porque repercutirá por todo o país, ou melhor, pelo mundo inteiro!

– Sim? Mas o senhor Moneypecker falou em *duas* desgraças...

O inspetor tomou fôlego, como se se preparasse para um mergulho, e soltou a voz como uma trombeta que anunciasse a entrada da Rainha.

– A primeira é o desaparecimento da jovem soprano russa Briggitta *Littlebird* Haselova – a expressão do inspetor era de triunfo, como se esperasse aplausos –, e descobri que ela foi... assassinada!

Com uma voz bem neutra, Holmes perguntou:

– E também descobriu o corpo?

– Ainda não, Holmes, mas isso não será difícil, depois de eu fechar as algemas nos pulsos de certa pessoa!

Holmes continuava imperturbável.

– Bem, aí temos a primeira desgraça. E a segunda?

Dessa vez a emoção de Lestrade era tanta, que quase lhe chegavam lágrimas aos olhos.

– A segunda é a própria solução do caso, Holmes. Ela foi assassinada pelo ídolo da ópera na Inglaterra: a própria Lady Mildred Starling!

Arregalei os olhos em puro estupor. As duas sopranos, as duas estrelas do espetáculo! Uma matando a outra! Aquilo não seria apenas um escândalo, seria um terremoto de sangue que sacudiria a Inglaterra mais do que os misteriosos assassinatos de prostitutas em Withechapel ocorridos há menos de dez anos! Mas percebi que nem o senhor Shaw nem Sherlock Holmes aparentavam abalar-se com a revelação. Os dois permaneceram imóveis, sem demonstrar qualquer emoção, e isso coube ao inspetor Lestrade, que se viu claramente decepcionado por aquelas atitudes, ou melhor, pela falta de qualquer atitude por parte dos dois.

– Muito bem, Holmes, o que acha disso? E você nem imagina como eu resolvi o caso! Em menos de uma hora! Primeiro, descobri pingos de sangue sobre a bancada de maquiagem do camarim da jovem soprano russa. E logo vi que a pobre tinha sido assassinada e haviam desaparecido com seu pequeno corpo. Carregá-lo para fora seria fácil. Esse era o primeiro ponto e logo estendi a linha do raciocínio e cheguei ao segundo ponto: o culpado!

– Eu tenho certeza de que você vai nos contar como chegou a esse sucesso, Lestrade – disse Holmes calmamente.

O inspetor estava excitadíssimo:

– Ha, ha! Usando a ciência da moda, Holmes, a ciência da moda! A psicologia! A psicologia, sim! Numa investigação, quando o objeto do crime não é o lucro, sempre procuro os motivos *emocionais* que podem levar alguém a tirar a vida de outrem. E quem poderia ter motivos para assassinar aquela jovem, recém-chegada da Rússia, sem conhecer ninguém na Inglaterra e sem ter tido tempo nem de fazer amigos, quanto mais inimigos?

– Não posso imaginar, Lestrade...

– *Você* não pode imaginar, Holmes? – riu. – Então siga meu raciocínio: eliminando-se qualquer motivo material, sempre procuro por uma motivação mais profunda, emocional! Psi-co-ló-gi-ca! E estava claro que o motivo era... a inveja! Lady Mildred sentia-se ofuscada pela beleza e pelo talento de sua rival!

Seu tempo já havia passado! Nem sua idade, nem sua silhueta, nem seu peso e provavelmente já nem mais sua voz poderiam rivalizar com a senhorita "voz de passarinho"!

Parou, calou-se, e seus olhos pulavam de Holmes para o jornalista Shaw, em busca de aprovação, de estupefação, de reconhecimento por sua perspicácia criminológica.

Holmes suspirou, profundamente.

– Muito bem, Lestrade. E você precisa que eu ratifique sua conclusão *psi-co-ló-gi-ca*?

– Bem, Holmes, por isso pedi sua presença. Logo mais, após o almoço, todo o elenco, os componentes do coro, os cantores, o maestro Sir Henry Wood e os músicos chegarão para o espetáculo desta noite. Para prender Lady Mildred precisarei de seu apoio. Pelo menos moral, uma vez que o escândalo desabará sobre nós e o mundo!

Holmes encarou o inspetor da Scotland Yard e propôs, com delicadeza:

– Então você não se incomoda se eu der uma olhada na cena do crime antes de assinar embaixo do relatório que você enviará à magistratura?

– Claro que não, Holmes, claro que não...

Meu amigo detetive voltou-se para mim e para o jornalista.

– Vamos, Watson? Vem conosco, senhor Shaw?

– Vamos começar, senhor Holmes – aceitou o jornalista. – *Os ousados começam, mas só os determinados terminam!*

* * *

Dentro do prédio, Sherlock Holmes interrogou o produtor Sidney Moneypecker e fez algumas perguntas aos funcionários do teatro, sempre acompanhado por mim, por Lestrade, pelo senhor Shaw e pelo rechonchudo produtor da ópera.

O porteiro vira a jovem soprano chegar muito cedo, pela manhã, mas ninguém a tinha visto sair. Isso, porém, nada seria de mais, pois a ninguém cabia controlar os movimentos de uma artista tão importante quanto ela. Além disso, qualquer um podia entrar ou sair pelos fundos do teatro a qualquer hora. Encerrada essa parte da investigação, meu amigo pediu para conhecer o camarim da estrelinha desaparecida.

– Como não, senhor Holmes? – concordou o produtor, pressurosamente. – Por aqui, por favor...

O camarim era amplo, sofisticado e luxuosamente decorado como devem ser as instalações teatrais de uma prima-dona. Lentamente, Sherlock Holmes, esquadrinhou todos os objetos e roupas que por ali havia. Tirou dos cabides as fartas anáguas e os vestidos de saias amplas e rodadas da personagem da ópera, e abriu cada gaveta e cada armário, conferindo os sapatinhos de cena, as meias, os adereços e as joias de fantasia que enfeitavam o figurino que caracterizava a protagonista Fiordiligi. Num canto do camarim, abriu duas malas de um conjunto verde muito sofisticado, uma grande e outra bem menor. Estavam vazias. Examinou a mesa do camarim, sobre a qual havia uma pequena pilha de elegantes papéis de carta, vários lápis, tinteiros e modernas penas metálicas para escrever. Depois, deteve-se à frente da bancada de maquiagem, sob o grande espelho circundado por reluzentes lâmpadas elétricas. Com sua lupa em punho, vasculhou o tampo daquele móvel, os potes de maquiagem, os pentes e as escovas de cabelo. Percebi que ele retirou uma fotografia que estava encaixada na moldura do espelho, mas, como estava de costas para nós, pouco podíamos ver o que mais lhe chamava a atenção.

Por fim voltou-se para nós, com aquela expressão indecifrável que eu tão bem conhecia: quando sua investigação ainda estava em curso, ele mantinha em completo sigilo qualquer pista que estivesse seguindo.

— Senhor Moneypecker, quem atende à senhorita Haselova?

— A camareira dela? Oh, é uma moça muito prendada. No início dos ensaios era apenas uma das faxineiras, mas se mostrava tão capaz e atenciosa que...

— Por favor, pode chamá-la por um minuto?

— Oh, sim, é claro que sim... — Saiu e em pouco tempo suas providências fizeram com que a pessoa solicitada aparecesse recortada na porta de entrada do camarim.

Para uma garota certamente das classes mais baixas da periferia de Londres, tratava-se de uma jovem até que bonita. Mas trazia aquela expressão parva e assustada das empregadinhas do Soho na presença dos patrões. E seu inglês era desastroso!

— Chamou, senhor sir?

Holmes aproximou-se da moça, com um sorriso acolhedor, procurando deixá-la à vontade:

— Bom dia, minha cara. Como se chama, por favor?

— Eu? Sou a camareira da senhorita cantora. Com esse frege todo, só deu pra arrumar o camarim do maestro, ainda nem deu pra cuidar daqui... Mas faço tudo direitinho. Sou uma boa moça eu sou!

— Sim, claro que é. Mas qual o seu nome?

— Meu nome? Eu me chamo Iláiza Munláiti...

— Eliza Moonlight? Belo nome!

— É que minha mãe dizia que eu nasci em noite de lua cheia...

Holmes continuava mostrando-se afável, suave e agradável como só ele era capaz de fazer para deixar uma testemunha à vontade. Ofereceu uma cadeira para a garota, sentou-se em outra, recostado, apoiou um dos cotovelos na mesa e cruzou as pernas, sorrindo como se se dispusesse a mexericar trivialidades.

E a mocinha ficou mesmo à vontade. Pelo jeito que contou, percebia-se que, desde os ensaios, ela havia acudido a tudo o que a senhorita Haselova eventualmente precisasse. As duas se entendiam por gestos, uma vez que a russinha não falava nem uma palavra de inglês e a jovem camareira, o que falava de inglês, falava errado. Disse que a moça recusava as comidas inglesas, comia muito pouco, e acabou pedindo que a camareira a levasse à cozinha do teatro e lá a deixasse fazer o que quisesse.

— Até que ela sabe de cozinha, sabe sim, senhor sir. Eu nem que provo aquelas coisas que ela cozinha, eu não! Ela come pouco, como um passarinho, mas até que a comida que ela faz cheira bem. Ela gosta de cozinhar coisas com beterraba, tomate, com cenoura, vinagre forte... E gosta de comer suas comidinhas no camarim, gosta sim...

Holmes estava anotando alguns dados sobre as preferências da jovem soprano, quando a garota enxugou uma lágrima que subitamente lhe aflorava aos olhos e lamentou:

— Ahn... Mas coitadinha da senhorita cantora... Coitadinha dela...

— Coitadinha? Coitadinha por quê?

E aí veio a parte a meu ver mais importante do relato da senhorita Moonlight, e na certa o ponto ao qual Holmes queria que ela chegasse ao deixá-la relaxada falando sobre itens de cozinha. Ouvimos que a garota, embora disciplinada como artista, apesar de ser cumpridora de tudo que lhe pediam nos ensaios e não deixasse de trinar suas escalas afinando a voz, às vezes abandonava-se no camarim, em lágrimas.

— A senhorita tinha muitas fotografias do mesmo homem, senhor sir. Um homem grande, bonito, de olho claro... Lourão que só ele!

Holmes estendeu-lhe a foto que encontrara na moldura do espelho.

— O homem é este?

– É esse, é esse mesmo – concordou ela. – A moça tinha muitas fotografias dele, ficava ali, na mesa, chorando e olhando pra elas... Pegava muito papel e ficava fazendo uma porção de desenhos sem jeito, umas coisas malucas, tudo enfileiradinho, assim como coisa de bruxaria! Coisa de maçom, eu sei que são! Eu não, eu não gosto dessas coisas não. Até hoje de manhã, quando fui arrumar o camarim do maestro, vi que a mocinha tinha até deixado lá um desses papéis desenhados... Deuzinho do céu, o maestro ia ficar maluco, ele não perdoa bagunça, fica nervoso a toda hora, grita com todo mundo! Por isso...

Sherlock Holmes debruçou-se para a frente e tocou com delicadeza a mão da moça:

– E o que fez com esse papel, senhorita Moonlight?

A moça recuou, livrou-se do afago e levantou as mãos espalmadas, como se se defendesse de algum possível ataque:

– Eu? Imagine! Deixei tudo direitinho, deixei mesmo, imagine se o maestro viesse e...

Holmes levantou-se e pegou a moça pelos ombros:

– Por favor, senhorita Moonlight. Preste bem atenção. O que fez com o desenho que encontrou no camarim do maestro?

A camareira espantou-se:

– Com o lixo? Ora, senhor, o que eu fiz com o lixo? Aquilo que se faz com o lixo: joguei no lixo!

Pela primeira vez naquela manhã, meu amigo mostrava-se excitado:

– E onde fica o lixo do teatro, senhorita?

A moça franziu as sobrancelhas:

– Ora, as cestas de lixo a gente esvazia nos latões do lixo, lá no beco atrás do teatro...

Enquanto eu me perguntava por que o tal papel estaria no camarim do maestro, Holmes apressava-se para sair do camarim e me chamava:

– Watson, venha me ajudar!

Corremos, formando uma procissão de maratonistas pelos meandros dos bastidores do Teatro Drury Lane. Holmes ia à frente, logo seguido por mim, pelo inspetor Lestrade e pelo senhor Shaw, com o gorducho Moneypecker a rematar a retaguarda e a protestar explicações.

No beco, havia uma meia dúzia de latões de lixo e Holmes, sem hesitar, atirou-se ao primeiro, virou-o e esparramou seu conteúdo no chão. Sem demonstrar desconforto ou nojo, escarafunchou sofregamente aquele conteúdo malcheiroso. Logo se levantou e fez o mesmo com o segundo latão.

– Ajude aqui, Watson! Me ajude a procurar!

– A procurar o quê, Holmes?

– Um papel de carta, Watson. Amassado. Um papel de carta escrito em russo!

Ao ouvir aquilo, uma luz acendeu-se na expressão do senhor Shaw e logo havia três homens chafurdando no lixo. Só três, porque o inspetor Lestrade cruzara os braços e assistia àquela cena extremamente contrariado, e o senhor Moneypecker se sacudia e nos rodeava como um peão, demandando explicações e escandalizando-se com a cena que presenciava.

Até que, da sujeira do quarto latão, Holmes levantou-se triunfante, com uma folha de papel amarfanhada na mão. Desamassou-a como pôde, por um minuto passou os olhos pelo conteúdo e em seguida comandou:

– Venham comigo!

A procissão de homens apressados percorreu novamente os bastidores do teatro na direção do camarim da pequena cantora, e dois homens com os ternos sujos de lixo e mais dois ainda impecáveis debruçávamo-nos sobre o ombro do quinto, esse um pouco mais sujo, que se sentara à mesa e escrevia freneticamente num dos papéis de carta.

No final, Sherlock Holmes levantou-se teatralmente e dirigiu-se ao produtor da ópera:

— Senhor Moneypecker, é provável que possa indicar a mim, ao doutor Watson e ao senhor Shaw um banheiro onde possamos nos livrar dessa sujeira, e é também possível que nos empreste alguns itens dos figurinos do guarda-roupa de peças anteriores, não é? Para mim, creio que deve servir muito bem o terno que o ator Basil Rathbone usou no primeiro ato da *Dama das camélias*, de Alexandre Dumas Filho, representando o galã Armand Duval. Para meu amigo Watson, penso que talvez o grande baixo Nigel Bruce, que repetirá a esplêndida atuação de Don Alfonso na encenação de logo mais à noite, possa emprestar algumas roupas. Creio que servirão muito bem, muito bem mesmo no Watson...

Sem parecer perturbar-se com as quatro caras de estupefação que o fitavam, estalou os dedos, como se de repente tivesse se recordado de algo.

— Ah, senhor Moneypecker, não se preocupe. Seu elenco estará completo logo mais à noite...

Antes que o gordo produtor explodisse, Holmes voltou-se para o inspetor da Scotland Yard:

— Lestrade, por favor, não perca tempo: corra até a Victoria Station e vá buscar a senhorita Briggitta *Littlebird* Haselova na plataforma 8, de onde à uma hora da tarde partirá o trem para Dover. Você vai encontrá-la em um dos vagões de primeira classe, é claro. É uma garota bem loura, bonitinha, com cerca de dezenove anos, que não deve pesar mais do que 110³ libras e está levando uma mala verde de tamanho médio. E lhe entregue isto!

---

3 Se este texto cair nas mãos de alguém do continente, imagino que corresponda a algo como 50 quilos.

Em sua mão estendida estava a carta que acabara de redigir, um pouco suja das porcarias anteriormente manuseadas no beco e com fileiras de "desenhos" iguais aos do papel encontrado no lixo...

\* \* \*

Um pouco mais tarde, sob as arcadas do Drury Lane, eu me sentia ridículo, vestindo um espalhafatoso terno xadrez emprestado pelo robusto Nigel Bruce. A roupa estava um pouco larga, mas Holmes parecia muito elegante num costume preto, que era rematado por um colete dourado em delicadas filigranas e uma gravata prateada, com laço extravagante. O senhor Shaw havia sido mais bem-sucedido, ao conseguir um conjunto discreto no guarda-roupa do teatro. Porém as pernas das calças e as mangas do paletó não alcançavam plenamente o comprimento de seus membros.

O produtor Sidney Moneypecker roía as unhas, mas Holmes não permitia que tocássemos no assunto principal: matava o tempo de espera dirigindo a conversa para genéricas especulações sobre as dificuldades momentâneas do governo.

— Continuamos com problemas nas colônias, cavalheiros, especialmente na Índia... E as providências do primeiro-ministro não estão trazendo os resultados esperados. Pelo jeito devemos aguardar para breve uma mudança no gabinete, não lhe parece, senhor Shaw?

— Que seja breve mesmo, senhor Holmes. Porque, na minha opinião, *as fraldas e os políticos devem ser trocados com frequência. E pelo mesmo motivo!*

Naquele momento, opiniões sobre fraldas e política britânica esvaneceram-se com a chegada da carruagem da Yard. Lestrade, com cara de poucos amigos, ou até mesmo de nenhum amigo, trazia uma chorosa mocinha, bem loura, que foi recebida por Holmes e levada para um canto discreto do saguão de entrada. Nenhum de nós ousou interferir no que meu amigo conversava com a moça, mas, mesmo a alguma distância, pudemos notar que, aos poucos, a cabecinha da soprano acenava concordâncias. Pelo jeito, Holmes havia combinado algo com a camareira Eliza Moonlight, que atendeu a um discreto chamado seu. Logo as duas desapareciam na direção do camarim da estrelinha Briggitta *Littlebird* Haselova.

O senhor Moneypecker derretia-se de alívio.

\* \* \*

Com a tranquilidade restaurada pela solução do caso, embora não com sua explicação, eu, Holmes e o senhor Bernard Shaw almoçamos no restaurante do teatro a convite e em companhia do produtor do espetáculo. Tínhamos ainda a honra de dividir talheres com o famoso maestro Sir Henry Wood. Era um homem alto, com o garbo de um embaixador e um discreto bigode rematando um rosto desses que foram moldados para jamais serem contrariados. Era a face de um líder, mas, após a refeição, reunidos no salão de fumar, o comando da conversa era de Sherlock Holmes, que se preparava para nos apresentar um resumo dos acontecimentos daquela manhã. Os cinco charutos já estavam acesos, a pesada nuvem de fumaça já flutuava abafando o ambiente, e nós quatro contínhamos a tosse, na expectativa.

– Senhor Moneypecker, amigo Watson, meu caro senhor Bernard Shaw, e especialmente estimado maestro Wood... – começou Sherlock Holmes, lentamente, enquanto um garçom nos servia cálices de um perfumado digestivo –, nada como a bizarrice dos últimos acontecimentos para animar o início desta fria tarde de sábado, e até para acrescentar um pouco mais de emoção ao sucesso que será a apresentação da obra-prima com que o senhor nos brindará logo mais à noite, maestro.

Terminados os rapapés, Holmes deleitava-se com os holofotes acesos na direção de sua pessoa.

— Meu processo, ao investigar um caso, parte da suposição de que, quando eliminamos tudo o que é impossível, aquilo que permanece, ainda que improvável, deve ser a verdade. Na manhã de hoje, tudo teria sido absolutamente banal não fosse o açodamento do inspetor Lestrade, ao interpretar uma simples fuga por amor com um sangrento assassinato. Quem tivesse tido a atenção que eu tive para, nesta manhã, ter posto os olhos no semanário *Saturday Review*, não correria o risco de ter saído daqui com a cara no chão, como nosso bom inspetor Lestrade, da Scotland Yard...

Tossimos e rimos com a discrição que se espera de cavalheiros britânicos como éramos.

— O senhor se refere à minha coluna de música no *Saturday Review*, senhor Holmes?

— Exatamente, senhor Shaw. Conforme o senhor redigiu, num texto impecável, aliás, seu correspondente em Moscou enviou-lhe um telegrama com a informação de que, há quatro dias, na última terça-feira, dia 7, na Ópera Privada de Moscou, estreou a ópera *Mozart e Salieri*, de Rimsky-Korsakov. O papel de Mozart foi interpretado pelo tenor Vasily Shkafer, enquanto o grande barítono Fiodor Chaliapin vivia Antônio Salieri... — E estendeu-nos a fotografia encontrada no espelho do camarim. — Este é Chaliapin, a grande paixão da senhorita Briggitta *Littlebird* Haselova!

E ali estava o belo russo, uma das vozes mais aclamadas da Europa...

— A pobre Briggitta, apaixonada até a loucura, como costuma acontecer com os jovens, sofreu de saudades deste homem por semanas, sozinha em Londres e, num momento de desespero, decidiu abandonar tudo e oferecer-se aos abraços de seu amado. Como o único idioma que conhece é sua língua-mãe, escreveu em russo uma carta muito amável para o maestro Henry Wood. Perdão, senhor Wood, esta é a carta que se encontrava sobre a mesa de seu camarim e que a camareira – ciosamente ela acreditava – jogou no lixo...

E estendeu o papel para o surpreso maestro. Este pegou-o, deu-lhe uma olhada e retornou os olhos para Sherlock Holmes:

– Desculpe, mas eu não...

Meu amigo detetive sorriu:

– É claro, maestro, mas felizmente eu conheço a língua russa. De outro modo, como leria Tolstoi? Nesta carta, sua linda soprano pede desculpas por sua deserção e, embora ao arrepio da fisiologia, romanticamente alega que seu coração está acima de sua laringe!

Todos nos entreolhamos, fascinados com a exposição, mas ainda sem entender todos os seus aspectos. E eu perguntei:

– Mas, Holmes, o que você argumentou na carta que mandou Lestrade entregar à moça, e que a convenceu a abandonar essa tresloucada decisão e retornar ao teatro?

Holmes respondeu-me olhando não só para mim, mas em volta, para o grupo todo:

– Pobre menina! Se ela soubesse inglês, e se um exemplar da edição desta semana do *Saturday Review* lhe tivesse chegado às mãos, ela também teria sabido que o belo barítono Fiodor Chaliapin, aos vinte e seis anos, acabara de se casar com a cantora italiana Iola Tornagi! Foi isso que escrevi na carta que mandei Lestrade entregar à apaixonada mocinha. Garanti-lhe que nada mais havia a fazer e que ela se poupasse de uma viagem tão longa, tão acidentada, de Londres a Dover, de Dover a Calais, de Calais a Paris e daí a um longo caminho de trem até Moscou! Pedi que viesse conversar comigo, pois a confidência que tinha a revelar-lhe haveria de resolver seus problemas...

– Confidências? Garantias de felicidade, Holmes? – estranhei. – Mas que garantias poderiam ser essas?

– Uma pequena mentira, Watson, mas uma probabilidade, tratando-se de jovens. Quando ela chegou, confessei-lhe que o belo tenor Albert Folliot, que contracena com ela fazendo brilhantemente o papel de seu noivo Guglielmo, estava apaixonado por ela e inconsolável após seu desaparecimento!

– Mas, mas... Holmes! Esse é um risco enorme! E se...

Meu amigo não me deixou terminar:

– Deixemos essa hipótese nas mãos das probabilidades, meu caro Watson. Logo mais à noite, no palco, quando a ópera chegar à cena da reconciliação final entre os casais e a menina Briggita apertar seu corpinho quente e perfumado adequadamente contra o corpo do jovem Folliot, tenho certeza de que a natureza fará a sua parte!

Desta vez, as gargalhadas foram mais masculinas do que britânicas, e Holmes continuou:

– Paixões adolescentes à parte, cavalheiros, era elementar concluir pela fuga da garota. Ao vasculhar o camarim, notei que, no conjunto de malas de viagem, faltava justamente a de tamanho médio. Nela, a senhorita Briggitta não levava muitas coisas, até pela pressa de sua decisão, mas pude perceber que nas gavetas não havia nenhuma roupa íntima, nenhuma meia de seda, nenhuma joia verdadeira e, de sua toalete, só restavam potes de maquiagem praticamente vazios...

Para o senhor George Bernard Shaw, tanto quanto para mim, ainda faltava um detalhe muito importante.

– Mas, senhor Holmes, não acredito nos inocentes. Para mim, *inocente é só aquele que ainda não foi pego em flagrante*!

E os pingos de sangue sobre a bancada de maquiagem do camarim? O senhor não os percebeu?
Holmes jogou a cabeça para trás, numa gargalhada:
– Aquilo?! Esta foi a melhor prova do açodamento do meu caro Lestrade: a menina não gostava da comida inglesa, senhores! Por isso cozinhava tomates, cenouras, cebolas, vinagre forte e... beterrabas! Aqueles pingos eram apenas de *borsch*, uma deliciosa receita da culinária russa, vermelha como o sangue, que a menina consumia no camarim!
Em meio às risadas de compreensão, Bernard Shaw aplaudiu:
– Brilhante, senhor Holmes! O senhor não se contentou com as explicações óbvias do inspetor. Nada mais perigoso do que o óbvio. *Nenhuma pergunta é tão difícil de responder quanto aquela cuja resposta é óbvia!* Como sempre digo, *um vencedor é aquele que sai em busca de oportunidades e, se não as encontra, ele as cria!*[4] Exatamente como fez o senhor!
Holmes agradeceu com um aceno de cabeça e lamentou:
– Pobre Lestrade! Desconfiar que a grande Lady Mildred Starling pudesse roer-se de inveja da soprano iniciante! Quantos pratos de *borsch* aquela menina ainda terá de comer até poder colecionar glórias comparáveis às acumuladas ao longo da vida inteira de nossa divina diva inglesa! E vejam a coincidência: Rimsky-Korsakov, em sua ópera, repetiu quase integralmente o enredo do drama *Mozart e Salieri*, escrito por Alexander Puchkin em 1830. Nele, Puchkin criou, e Korsakov achou por bem repetir, uma lenda que permanece até hoje, onde Antonio Salieri é acusado de ter envenenado Mozart... por inveja! Tal qual a suspeita de Lestrade, uma invenção, uma fabulação sem qualquer base na realidade, cavalheiros!

---

4 As frases grafadas em itálico neste capítulo assemelham-se a outras criadas por um famoso teatrólogo e frasista irlandês. (N. do E.)

Alguns riram, outros sorriram e o produtor teatral Moneypecker, desacorçoado, perguntou:

– Mas como, senhor? Se todo mundo sabe que Mozart foi mesmo assassinado por Salieri!

Como resposta, a voz grave do maestro Henry Wood reboou com autoridade e um claro acento de censura.

– Essa lenda é injusta e criminosamente malévola! A invenção de Puchkin, corroborada pela ópera de Rimsky-Korsakov, manchou, parece-me que para sempre, a honra de um grande músico, que morreu amargurado por essa acusação. Antonio Salieri foi um compositor maiúsculo, que não merecia essa desonra. Talvez, como qualquer artista, invejasse a impressionante genialidade de Mozart, mas não tinha nenhum motivo para atentar contra sua vida! Há uma diferença, cavalheiros, entre inveja e admiração. Como todo musicista, também rabisco minhas composições, mas aos grandes mestres não invejo. Admiro-os e procuro aprender com eles!

Todos balançamos a cabeça e murmuramos concordância, enquanto estendíamos nossos cálices ao garçom, para o reabastecimento de seus conteúdos.

– Antonio Salieri era o compositor-chefe da corte de Joseph II, imperador do Sacro Império Romano-Germânico, Rei da Boêmia e da Hungria e arquiduque da Áustria – continuava o maestro. – Usufruía de todo poder e tinha uma situação econômica muito superior à de Mozart. Por isso, não há nada a indicar que o talento de Mozart tivesse sido uma ameaça à posição de Salieri como músico ou em relação ao seu prestígio junto ao imperador. Para que façamos uma ideia, o próprio imperador encarregou Salieri, por ser seu compositor favorito, de compor uma ópera cômica com o enredo que resultou na ópera *Così fan tutte*, que estou encenando. Pois Salieri chegou a iniciar essa composição, mas logo repassou a encomenda para Mozart. Seria esta a atitude de um rival, de um invejoso? Ora... Salieri sempre lhe manifestou publicamente sua estima, e o fato é que, quarenta e cinco dias antes da morte de Mozart, os dois foram juntos a uma apresentação da *Flauta mágica*, e o compositor ficou comovido com as manifestações de apreço de Salieri por sua obra...

– Desculpe-me, maestro – humildemente pedia o produtor Moneypecker –, mas li que Salieri, já envelhecido, teria confessado ser o envenenador de Mozart...

O maestro balançou a cabeça, demonstrando o cansaço de por tanto tempo ter de carregar o peso daquela inverdade e de viver a desmenti-la. Levou o cálice aos lábios e prosseguiu:

– Essas "confissões" de Salieri, senhor, teriam sido proferidas em meio a uma crise delirante, quando já estava internado num sanatório. Nem se pode afirmar com segurança que tenham mesmo ocorrido. A verdade que temos é que, pouco antes de morrer, Salieri pediu a um de seus discípulos que defendesse sua memória, relatando a verdade ao mundo e inocentando-o dessa horrenda acusação...

Com um ar irônico, o senhor Shaw intrometeu-se.

– Mas, se o senhor se encarregou de refutar essas lendas sobre o envenenamento do compositor, o que pode nos dizer sobre os famosos diários de Mary e Vincent Novello, *Uma peregrinação de Mozart*? Eles são praticamente os fundadores da moderna indústria da edição musical aqui, na Inglaterra, e naquela publicação citam uma entrevista feita em 1829 com a viúva de Mozart, Constanza, que teria declarado que, seis meses antes de morrer, seu marido tinha a suspeita de que estava sendo envenenado com *acqua toffana* por desconhecidos. Sempre digo que *uma boa esposa é um grande consolo para o homem em seus contratempos e dificuldades, problemas esses que o marido nunca teria de enfrentar se tivesse continuado solteiro...*

Respondendo à expressão de desentendimento do produtor, Holmes segredou-lhe:

– Senhor Moneypecker, *acqua toffana* é o nome de um veneno, também usado como cosmético, que contém arsênico, chumbo, e possivelmente beladona. Foi criado por uma distinta senhora de Palermo chamada Giulia Toffana. Ela e sua filha produziam e forneciam o produto a senhoras que ansiavam por tornarem-se viúvas. Antes de ser executada em Roma, em 1659, juntamente com sua filha e mais algumas auxiliares, sob tortura, a farmacêutica confessou ter auxiliado no passamento de cerca de seiscentos homens...

Enquanto meu amigo sussurrava com o gorducho, o maestro sorria e continuava rebatendo como um campeão de críquete cada argumento apresentado:

– Envenenamento? Ora... como levar em consideração declarações feitas trinta e oito anos após a morte de Mozart? Ele foi o maior gênio musical da História, mas que conhecimento de medicina teria ele para se autodiagnosticar? Sua saúde estava no fim e ele definhava, atormentado pela responsabilidade de compor um réquiem que lhe havia sido encomendado!

– O *Réquiem*! – exclamei. – Eu não sabia que essa havia sido sua última composição...

Ao ouvir-me, o maestro dirigiu-se a mim.

– O senhor é o único médico presente à nossa conversa, doutor Watson. O que nos diz sobre essa hipótese de Mozart ter sido envenenado?

Eu era o mais modesto dos interlocutores do grupo, mas aquele era um assunto sobre o qual já me havia debruçado muitas vezes e sentia-me, como médico, capacitado a corresponder à confiança do maestro. Pigarreei e dei meu depoimento.

– Senhores, tive a oportunidade de ler diversos relatos sobre os sinais da agonia de Mozart e nenhum deles revela a possibilidade de qualquer tipo de envenenamento. Houve suspeitas absurdas, inclusive de que ele teria sido envenenado a mando da maçonaria, por ter supostamente revelado segredos dessa confraria no enredo de sua *Flauta mágica*!

– Absurdo! – declarou o maestro, que era maçom.

– Absurdo! – concordou Moneypecker, que também era maçom.

– Hum... – fez George Bernard Shaw, que não era maçom, mas militava como socialista fabiano.

– Outra ilação maluca seria a de que ele estaria se autoenvenenando ao ingerir mercúrio para tratar-se de uma possível sífilis – continuei –, mas nada na descrição de seu precário estado de saúde aponta para qualquer veneno conhecido. Seus sintomas e sinais são absolutamente incompatíveis com a possibilidade de envenenamento. E os médicos que o examinaram disseram que...

– Mas, doutor Watson – interrompeu-me o maestro –, se Mozart não foi envenenado, o que podemos supor acerca de sua causa mortis? Se bem me lembro de todos os testemunhos disponíveis, podemos situar o início de sua doença no final de 1791. Ele recolheu-se ao leito e as testemunhas relatam que seu suor cheirava mal, que seus lábios tremiam, como a imitar tímpanos, seus pés e mãos começaram a inchar, sua mobilidade ficou dificultada, mas seu estado mental continuava perfeito, embora com fantasias nos picos febris, o que seria de se esperar, não?

– Sim, é verdade, com febre alta podem ocorrer fantasias e delírios, sim...

– Mas, apesar da debilidade, Mozart ainda compunha – continuou Wood –, mas estava profundamente triste e abatido. No dia de sua morte, pediu a alguns amigos que cantassem a parte do *Réquiem* já pronta. Teve, então, uma crise de choro pela certeza de que nunca completaria a obra. À meia-noite, sentou-se abruptamente, com os olhos congestionados fitando o vazio, e, segundo sua esposa Costanza, vomitou sangue. Depois reclinou-se, adormeceu e, aos cinquenta e cinco minutos do dia 5 de dezembro de 1791, o mundo perdeu seu maior compositor. E então? De que doença teria falecido Mozart, doutor Watson?

Mais uma vez provocado a opinar, lembrei-me de um relato que havia lido recentemente no *British Medical Journal*.

– Seu atestado de óbito, encontrado nos registros da Catedral de St. Stephen, mencionava febre alta acompanhada de brotoejas na pele. A que isso se deveria? Não podemos afirmar que essa indicação tão vaga indique alguma patologia específica. Essas brotoejas podem apenas ser resultantes de uma sudorese profusa, como se vê tão frequentemente em quadros febris mais prolongados.

– Uma descrição muito interessante, Watson – comentou Holmes que estava calado até aquele ponto –, mas nada disso nos esclarece sobre a verdadeira causa da morte de Mozart...

– Um minuto, Holmes – interrompi –, tenho algo a acrescentar, que pode nos levar a uma nova pista. Mozart teve escarlatina aos nove anos, e bronquite, além de frequentes amigdalites. Por outro lado, vários relatos, inclusive de seu pai Leopold, sugerem que o menino teria tido pelo menos dois episódios de uma doença reumática na infância, com o último surto bem mais tarde, apenas um ano antes de sua morte. Um certo doutor Eduard Guldener von Lobes, então o profissional mais conceituado da cidade, embora não visitasse o paciente em vida, era informado de seu estado de saúde pelo médico que cuidava dele, o doutor Thomas Franz Closset. Pois esse figurão, ao finalmente examinar o cadáver do compositor, declarou que a doença que o matou teria sido uma "febre inflamatória e reumática". Essa doença havia atacado muitos habitantes de Viena naquela época, inclusive levando à morte muitas pessoas, com sintomas similares aos de Mozart...

– Podemos então afirmar que foi a febre reumática que matou nosso querido Wolfgang Amadeus Mozart, doutor Watson?

– Infelizmente, não, maestro, infelizmente, não. Sem a possibilidade de uma autópsia, nada poderemos afirmar com certeza.

O garçom mais uma vez trazia uma bandeja com novos charutos para aquecer nossos pulmões e uma renovada garrafa de brandy para manter anuviados nossos cérebros. O senhor Sidney Moneypecker, depois de um acesso de tosse, comentou, com voz lamentosa:

– É uma pena que esse que é considerado o maior compositor do universo tenha morrido na miséria e seu corpo tenha sido atirado numa vala comum, com sua mortalha coberta por pás de cal, como um indigente!

A tosse já formava um coral, e a voz do maestro sobrepôs-se.

– Esta é outra fábula sem sentido! Embora Mozart tenha tido sérias dificuldades financeiras, as coisas estavam melhorando em seu último ano de vida, com o recebimento de várias boas remunerações. Ele já tinha poucas dívidas e boas perspectivas econômicas para o futuro. Ocorre que naquele tempo os enterros de primeira classe eram reservados somente à aristocracia. A seguir havia outros tipos de funerais pagos, e os enterros gratuitos, estes sim, eram para os mendigos e indigentes. Pois bem, sua esposa Costanza não podia arcar com as despesas da nobreza, por isso providenciou um funeral modesto, mas não de indigente! Sabe-se inclusive que ela pagou pelo enterro pouco menos de nove florins para cobrir o custo do carro fúnebre e os estipêndios do pároco e da igreja. Por fim, pagou por um túmulo individual, não em vala comum como se propaga! Além de tudo, vários músicos estavam presentes acompanhando o féretro, inclusive Antonio Salieri! Definitivamente, Mozart não foi enterrado como um mendigo! Ora essa!

O senhor Moneypecker, no entanto, insistiu:

– Como não? Então por que não se encontrou nenhuma identificação de seu túmulo?

Essa curiosidade era também minha, e o maestro a satisfez.

– Porque, há cem anos, na Áustria, até mesmo as covas dos ricos eram reabertas entre sete e dez anos após o enterro. Era um direito da municipalidade para resolver o problema da falta de espaço nos cemitérios. Os restos mortais eram então depositados em ossuários e a cova reutilizada. E não se colocavam marcadores para lembrar dos ocupantes anteriores...

Teimoso, o produtor ainda tinha objeções.

– Mas como isso seria possível? Como não se conhecia a localização do túmulo dele se todo mundo sabe que o cachorro de Mozart ficou meses ao lado do túmulo! E o animal só sobreviveu esse tempo todo porque populares pesarosos lhe levavam comida!

O maestro tossiu e gargalhou tossindo, quase a engasgar-se.

– Ridículo! Mais uma lenda ridícula! Mozart não tinha cachorro! Seu animal de estimação era um canário! E dizem que o passarinho cantava tão maviosamente, e ele se emocionava tanto com seu canto, que tiveram de tirar a gaiola do quarto pouco antes de sua morte para que ele não se excitasse!

– Um passarinho canoro! – procurei fazer um chiste. – Como nossa pequena soprano, senhorita Briggitta, que... – calei-me frente ao olhar severo de Holmes.

– Ah, cavalheiros, quantas são as lendas e desinformações sobre o nosso Mozart! – informava o maestro. – Houve até um certo Joseph Deiner, que afirmou ter presenciado seu enterro. Na ocasião, disse ele, o caixão teria sido transportado numa tarde de chuva intensa, muito vento e até neve, a ponto de o mau tempo ter feito com que o pequeno cortejo fúnebre tivesse de se dispersar! Mas isso ele declarou sessenta e cinco anos após a morte de Mozart! Já devia estar bem velho e como poderia lembrar-se com certeza de um evento ocorrido há tanto tempo? Bobagem: naquele dia, o Observatório Astronômico de Viena assinalava ausência de vento e temperatura ao redor dos 38 graus Fahrenheit![5]

A informação era mesmo cômica e o maestro, já com o brandy a arrefecer-lhe a seriedade, completou:

– A causa da morte de Mozart pode não ser bem conhecida, senhores, mas podemos ter certeza de que houve bastante ajuda dos colegas do doutor Watson para apressá-la!

– Colegas meus?! – protestei. – Como assim?

– Todos sabemos que o tratamento médico mais comum na época eram as sangrias – explicou o maestro. – Lancetavam-se veias a torto e a direito, como "tratamento" para praticamente todo tipo de doença. E o pobre Mozart foi submetido a várias! Calcula-se que ele pode ter perdido mais de 70 onças[6] de sangue em uma semana! Para um homem pequeno como Mozart, que mal chegava a cinco pés e pouco de altura,[7] podemos imaginar as consequências! Se ele não estivesse doente, o tratamento médico o teria matado!

Nesse ponto, Bernard Shaw jogou o corpo para trás na poltrona e proferiu:

– Ah, os médicos! *A reputação de um médico se faz pelo número de pessoas famosas que morrem sob seus cuidados!* – Repentinamente, percebendo que eu havia corado, abriu os braços e

---

5 No continente, dizem que isso corresponderia a cerca de 3 graus Celsius.
6 Um exagero, mas os franceses diriam que isso representaria aproximadamente dois litros.
7 Na terra dele, diriam que ele mediria algo como 1,60 m de altura.

inclinou a cabeça, numa mesura. – Perdão, doutor Watson, mas não pude resistir a uma de minhas frases mais citadas!

Embora para mim o salão estivesse girando desagradavelmente, levantei-me, enquanto os outros também pareciam considerar que havíamos chegado ao final de nosso encontro. O maestro também se ergueu, com visível esforço, e concluiu:

– Cavalheiros, retiro-me para um repouso merecido, pois daqui a poucas horas terei de reger nosso espetáculo. Mas ainda quero contestar mais uma lenda a respeito do meu compositor favorito. Mozart não morreu na obscuridade. Não só Viena o homenageou como, em Praga, um concerto em sua memória reuniu mais de quatro mil pessoas dez dias após sua morte. E hoje não existe compositor mais executado no mundo todo!

Na saída, o senhor Shaw estendeu a mão ao meu amigo Sherlock Holmes.

– Quero cumprimentá-lo, senhor, não só pela solução do mistério, mas por ter possibilitado que a apresentação da ópera não tivesse de ser cancelada pela ausência da soprano.

Holmes apertou-lhe a mão.

– Obrigado. Mas, se não fosse pela colaboração da senhorita Eliza Moonlight, eu pouco poderia ter feito, senhor Shaw. Essa é uma mocinha bastante satisfatória. Seu problema, como o de toda a classe baixa, é não dominar o idioma inglês. Tenho certeza de que, se eu me dispusesse a treiná-la por uns três meses e se vestisse apropriadamente, poderia apresentá-la até no baile da embaixada, que ela faria o maior sucesso no meio da aristocracia passando-se por uma perfeita lady!

O jornalista arregalou os olhos e declarou:

– Hum... sabe, senhor Holmes, que me deu uma ótima ideia?

E acompanhei a saída apressada de Holmes, sem imaginar que ótima ideia seria aquela que o comentário do meu amigo teria sugerido ao senhor George Bernard Shaw.

\*\*\*

## 20ª REUNIÃO DA CONFRARIA DOS MÉDICOS SHERLOCKIANOS
## LONDRES – 22 DE JANEIRO DE 2017

Era pequeno e extremamente acolhedor o restaurante alemão reservado pelo velho professor Hathaway para a reunião daquela noite. A neve caía com rigor, branqueando Londres como raramente ocorria em outros janeiros, e o proprietário da casa, que recebia os médicos fanáticos pelas aventuras de Sherlock Holmes, azafamava-se para organizar tantos sobretudos, chapéus, casacos e cachecóis nos cabides do saguão. Era um alemão de meia-idade, alto, corpulento e loiro como uma espiga, com as faces avermelhadas pelo forte aquecimento do local.

– *Willkommen, meine Herren... meine Damen...* – reverenciava ele, enquanto, na cozinha, sua esposa e meia dúzia de ajudantes ultimavam os pratos encomendados pelo professor Hathaway: tudo bem calórico, para compensar aquele clima tão severo.

Depois de aquecerem-se internamente com cálices de Kirschwasser, um ótimo conhaque alemão de cereja, os doze médicos sherlockianos passaram a saborear perfumados *kasslers* e *eisbeins*, acompanhados por avinagrados chucrutes, gordurosas salsichas e fumegantes batatas nadando em manteiga. Cada um dos convivas ali reunidos podia perceber a intenção do velho Hathaway ao escolher o restaurante e o cardápio especial: ele pretendia criar um ambiente adequado à discussão de um enredo em que a investigação incluía o clima austríaco das cidades onde viveu Wolfgang Amadeus Mozart...

A doutora Sheila torceu o nariz.

– Hum... vinho branco? Com esse frio?

– Oh, *meine dame...* – apressou-se o alemão para defender o conteúdo da garrafa que oferecia. – Este é um Fritz Haag Trocken! Um Riesling excelente de 2012 que...

– Não perguntei a idade, meu senhor – cortou ela, do modo pouco gentil que lhe era característico. – Prefiro vinho tinto!

O homem curvou-se, sorrindo de modo servil.

– *Gute, meine dame...* Posso então sugerir um Weingut Becker Landgraf Spätburgunder Gau-Odernheimer?

– Hein?! – arregalou-se a patologista.

O jovem neurologista Rosenthal traduziu, do outro lado da comprida mesa que os acolhia a todos.

– É um Pinot Noir, doutora. Um tinto de alta qualidade!

– Deve custar uma fortuna! – reclamou ela, aceitando a taça oferecida pelo alemão. – Nem quero ver a conta!

As garrafas do Spätburgunder e do Fritz Haag Trocken esvaziavam-se uma após a outra, os pratos perfumados eram solicitamente substituídos à medida que os convidados refestelavam-se, e as conversas pulavam excitadamente de uma a outra das antigas aventuras do detetive londrino narradas pelo saudoso doutor Watson. Nada abordavam, porém, que dissesse respeito aos tesouros literários que o professor Hathaway descobrira nos subterrâneos da Universidade de Londres. Isso porque, na reunião daquela noite, chegava-se a uma das histórias que incluía o grande Mozart numa intrincada investigação! Assim, a ansiedade em debater os detalhes daquele conto era cuidadosamente contida, para que ninguém avançasse no que o relator escolhido haveria preparado.

E o relator da vez era De Amicis, o cardiologista do grupo.

No meio de várias conversas, a voz do estaticista Westrup elevava-se um pouco, como se pretendesse pedir a concordância dos colegas:

— Acredito que sei por que tantos médicos interessam-se pelas aventuras de Sherlock Holmes, meus amigos. Afinal, nossas profissões assemelham-se às do fabuloso detetive: o que é um exame clínico senão uma investigação detalhada, uma procura minuciosa de indícios, de pistas que nos levem a um diagnóstico adequado? O que fazemos senão procurar os insidiosos vilões que causam sofrimentos e óbitos a nossos pacientes? Qual a diferença da ação de Sherlock Holmes numa cena de crime, comparada à nossa, quando enfrentamos os desafios do sofrimento humano?

A gargalhada de Phillips ressoou pelo salão.

— Ha, ha! Westrup, você está me saindo um verdadeiro poeta! Só quero ver como você faz para algemar um par de bactérias! Ha, ha, ha!

Mc Donald aproveitou a deixa:

— Neste caso, sou a favor da pena de morte! Morte às prisioneiras! E o carrasco é o antibiótico! Ha, ha!

Mas a última piada tinha sempre de ser de Phillips.

— Se os vilões forem os vírus, sou a favor da polícia preventiva: vacina neles! Ha, ha!

O lauto jantar foi se encaminhando alegremente para o final, e o atencioso alemão fez brilhar os olhos de Montalbano ao apresentar a sobremesa: *apfelstrudel* com creme e acompanhada por cálices de um famoso licor.

— Que beleza! — exclamou Clark. — É um Jägermeister! Um licor que inclui sangue de alce!

— Lendas, Clark, apenas lendas! — contradisse Peterson, com um sorriso discreto.

— Hum-hum... — resmungou Montalbano, atracando-se com seu *apfelstrudel*.

Anna Weiss discretamente cutucou o braço do colega.

– Montalbano, você está com um pouco de chantili no bigode...

– Hum-hum... – agradeceu o guloso gastroenterologista, servindo-se de mais uma colherada de creme.

Como sempre, o garfo da sobremesa do professor Hathaway fez tilintar seu cálice e todos os outros onze médicos dirigiram-lhe os olhares. Era chegado o grande momento!

– Doutores – começou ele. – Esta noite está sendo muito especial e creio que se tornará mais excepcional ainda. Todos lemos com atenção esse conto inédito escrito há tanto tempo por nosso querido colega, o doutor Watson. Encarreguei o doutor De Amicis de relatar nossos debates de hoje e tenho certeza de que ele nos apresentará hipóteses provocadoras.

De Amicis era o mais calmo e reflexivo de todos eles, e sua voz suave conseguia o milagre de provocar a atenção de qualquer plateia, como se ele fosse um orador inflamado:

– Colegas, essa narrativa do doutor Watson apresenta aspectos realmente desafiadores. Talvez, como eu, todos vocês concordem com a habilidade de Holmes, de Watson, desse jornalista Shaw e do maestro Henry Wood ao refutar ponto a ponto as suspeitas de que o nosso querido Mozart possa ter sido envenenado, embora...

As cabeças de todos concordavam:

– Claro...

– Lógico...

– Um absurdo!

E De Amicis continuava:

– ... embora essa lenda, principalmente em relação à acusação ao pobre Antonio Salieri, não consiga ser enterrada. Começou em 1830, com o pequeno drama de Alexander Puchkin, foi aproveitada em 1898, como libreto da ópera de Rimsky-Korsakov, e avançou pelo século XX, com o sucesso da peça teatral

*Amadeus*, de Peter Shaffer. Para piorar as coisas para os lados de Salieri, logo em seguida a peça foi levada às telas e fez um sucesso planetário![8]

– Ah, sim, que filmão! – comentou Sheila. – Adorei! Acabei de reassisti-lo, e chorei de novo com a morte de Mozart e com a crueldade de Salieri, só pensando em apossar-se da autoria do *Réquiem*...

Clark e Peterson entreolharam-se, ambos pondo em dúvida a capacidade de Sheila chorar, enquanto De Amicis retomava a palavra:

– Estão vendo? Se perguntarmos a qualquer pessoa qual a causa da morte de Mozart, só ouviremos que a culpa foi de Salieri! Por sorte, o diretor do filme só mostrou Salieri como um invejoso e medíocre compositor, sem acusá-lo diretamente. Até um clima como o de hoje aqui em Londres, com neve, chuva e vento está lá no filme, dramaticamente apresentado nas cenas do enterro. Tudo falso como uma moeda de três libras! Enfim... acho que, como médicos, nada temos para justificar a morte de Mozart como produto de qualquer envenenamento.

– Sim. – A concordância de todos assinava embaixo das palavras do decano do grupo. – Nada nos sinais e sintomas descritos justifica a ação de qualquer substância venenosa.

– Obrigado, professor Hathaway – continuou De Amicis. – Então creio que posso começar por onde Holmes e Watson terminaram, ou seja, com o possível diagnóstico de febre reumática, o que justificaria minha escolha como relator do assun-

---

8 Essa peça estreou em Londres, no Royal National Theatre, em 1979, com Paul Scofield no papel de Salieri, e Simon Callow no de Mozart, e o filme *Amadeus* foi dirigido por Milos Forman e lançado em 1984, com F. Murray Abraham no papel de Salieri e Tom Hulce no de Mozart. Venceu oito Oscar, incluindo o de melhor filme, melhor diretor para Forman e de melhor ator para F. Murray Abraham. (N. do E.)

to. Muito bem, comecemos: verifiquei que, logo em 1904, seis anos depois dos eventos descritos pelo doutor Watson, o grande pesquisador J. K. Fowler...

– Sim, Fowler! – reforçou McDonald. – O primeiro a relacionar faringoamigdalites com febre reumática!

– Isso, era isso que eu queria lembrar – continuou De Amicis. – Três anos depois de Fowler, em 1907, Béla Schick, professor da Universidade de Viena, chamou atenção para a possibilidade de a febre reumática ser uma consequência tardia da escarlatina. Mas... o que dirão os senhores se eu sugerir que o coração *não tem* nada a ver com a doença de Mozart?

– Eu não ficaria surpresa – disse Sheila, naquele seu tom de voz de mordomo de filme de terror. – Já tenho minhas teorias sobre o assunto, e espero que elas sejam confirmadas pela sua explanação, De Amicis.

O cardiologista pareceu não gostar muito do comentário da colega, e recomeçou, consultando anotações que havia tirado do bolso do paletó:

– Primeiro vamos às suspeitas. O que consta é que Mozart teve escarlatina aos nove anos, além de frequentes amigdalites. Vários relatos, inclusive de seu pai Leopold, sugerem que o filho teria tido uma doença reumática na infância, e teria apresentado o último surto um ano antes de sua morte. O doutor Eduard Guldener von Lobes, o médico mais conceituado da cidade, não examinou Mozart em vida, mas era diariamente informado de seu estado de saúde pelo doutor Thomas Closset, que cuidava do compositor. Mas Guldener acabou examinando o cadáver de Mozart e concluiu que sua causa mortis seria uma "febre inflamatória e reumática", que atacou muitos habitantes de Viena naquela época, levando muitos à morte, com sintomas similares aos de Mozart.

– Como microbiologista, eu discordo – interveio Gaetano, com a elegância de sempre.

– Tem razão, doutor Gaetano, há realmente muitos motivos para tornar essa hipótese difícil de aceitar, embora ela fosse bastante plausível na época. Em primeiro lugar, a febre reumática costuma atacar as grandes articulações e é bastante incomum atingir articulações pequenas, como mãos e pés. No entanto, segundo as descrições das testemunhas, eram *essas* as juntas doentes de Mozart! Além disso, essa doença se manifesta inicialmente na infância, sendo raras as recaídas na idade adulta. E, quando leva à morte, é basicamente por acometimento cardíaco, o que claramente não ocorreu no caso do nosso compositor.

Phillips interrompeu.

– Isso! Em se tratando de febre reumática, a falta de ar é um sintoma sempre presente, e isso, De Amicis, está *ausente* nos relatos dos que cercaram os dias finais de nosso genial compositor!

– Verdade, verdade mesmo. No entanto, essa foi a hipótese predominante durante todo o século passado e vem perdurando, pois, em 2009, ainda encontramos artigos em revistas médicas de primeira linha defendendo esse diagnóstico, meus amigos!

– Li alguns desses artigos – informou Westrup. – E, como estaticista, fiquei fascinado com a profundidade deles. Os autores analisaram os padrões de morte em Viena de novembro de 1791 a janeiro de 1792, justamente os meses ao redor da morte de Mozart. E encontraram um único com aumento estatisticamente significativo: o edema.

– Exato, Westrup – concordou De Amicis. – E isso nos deixa a tarefa de tentar individualizar uma doença epidêmica, acompanhada de erupção cutânea, edema e, mesmo nos casos mortais, lucidez do paciente até o final, como aconteceu com Mozart.

O microbiologista entrou na discussão.

— A suspeita principal agora recai sobre nosso amigo... o estreptococo!

— Sim, meu caro Gaetano — continuou De Amicis —, mas hoje sabemos que o estreptococo, além de quadros infecciosos agudos, pode desencadear outros processos imunológicos. A febre reumática é um deles. E o outro...

Sheila cortou, com uma agressividade descabida.

— Ora, De Amicis! Isso é óbvio demais! Ou você pensa que somos alguns dos seus alunos do primeiro ano da faculdade?

— Desculpe, Sheila — De Amicis falou num tom que recusava polêmicas. — Claro que todos vocês imediatamente pensaram na doença renal em que ocorre lesão dos pequenos vasos sanguíneos dos rins, a glomerulonefrite.

— No caso de Mozart, aguda? Crônica? — insistiu a patologista na provocação.

— As duas possibilidades são aceitáveis. — Mais uma vez o cardiologista manteve a fleuma. — Se havia um surto da doença, Mozart poderia ter sucumbido a uma crise aguda de glomerulonefrite. Mas, como ele teve escarlatina aos nove anos e frequentes infecções de garganta, a hipótese de morte por glomerulonefrite crônica também é bastante plausível.

Phillips demonstrou-se entusiasmado.

— E isso explicaria o inchaço sem falta de ar, e alguns sintomas de uremia que Mozart apresentou, como respiração lenta e profunda, os espasmos que podem ocorrer pelo efeito da uremia no sistema nervoso central, os tremores de lábios e bochechas que foram interpretados pelos que estavam ao seu lado como tentativa de imitar tímpanos e o mau odor corporal intenso!

— Sim — concordou De Amicis com um leve sorriso —, e, com as sangrias a que foi submetido o pobre Mozart, tudo poderia ter-se agravado e a morte antecipada, não acham?

Montalbano animou-se.

– Ah! Então foi a glomerulonefrite que matou nosso querido compositor? Ela foi a nossa vilã? Chegamos ao fim dos nossos debates? Mas onde se esconde o alemão dono deste restaurante? Eu bem tomaria mais um cálice desse licor pra acompanhar minha última fatia dessa deliciosa torta de maçã...

O apetite do gastroenterologista ítalo-britânico arrancou uma gargalhada dos colegas, e De Amicis pediu:

– Calma, Montalbano, saboreie seu *apfelstrudel* sem pressa, pois eu deixei minhas duas melhores hipóteses para o final...

O proprietário do restaurante, que por especial deferência os servia pessoalmente, encheu novamente o cálice de Montalbano e preparou-lhe novo prato com a sobremesa. E o siciliano recomendava:

– Ótimo, ótimo, mas uma fatia só um pouquinho maior... Isso!

Satisfeito o desejo do colega, De Amicis recomeçou:

– A primeira das hipóteses que quero apresentar é de finais do século passado, quando foi sugerido que a morte de Mozart teria sido causada por um hematoma subdural, causado por diversas quedas que ele teria tido nos últimos anos de vida...

– Ah, chegou a minha vez! – bradou o neurologista Rosenthal. – Isso é comigo! Se havia mesmo um hematoma subdural crônico, isso justificaria a fraqueza, as dores de cabeça e os desmaios que Mozart teria sofrido em seus anos finais. Só que aí falta um elemento de prova fundamental...

– Claro – reforçou Anna Weiss. – Falta é um exame do crânio para que se constatasse uma fratura!

– Sim, doutora Weiss, isso seria fundamental – concordou De Amicis. – E essa hipótese surgiu quando teria sido encontrado um crânio que se acreditou ser o de Mozart e apresentava uma fratura temporal esquerda. Os técnicos do Mozarteum de

Salzburg fizeram uma perfeita reconstrução forênsica a partir dos restos de tecido mole ainda aderente ao crânio, e foi divulgado que a ciência finalmente conseguira a verdadeira imagem da cabeça de Mozart. Mas...

— Ho, ho! — Era o radiologista Clark. — Li muito a respeito disso. Qual o quê! Alegava-se que o tal crânio *teria* sido retirado do túmulo por um sucessor do coveiro que *teria* enterrado Mozart, e a relíquia *teria* sido depositada no Museu Mozarteum. Quanta condicional! Qual a credibilidade que tem essa história? Do crânio de Mozart já foram feitas diferentes imagens e fornecidos os mais diversos aspectos do semblante de nosso compositor! Qual o verdadeiro? Nunca se saberá!

McDonald corroborou.

— É isso mesmo. Não, caros colegas, não podemos ter qualquer certeza sobre qual seria o verdadeiro aspecto facial de Mozart. Como lemos no conto do doutor Watson, sabe-se que as covas em Viena eram esvaziadas entre sete e dez anos depois de cada enterro, para o depósito de novos "hóspedes", com o perdão da palavra. Assim sendo, ninguém pode ter certeza de que o crânio dado como o de Mozart seja verdadeiramente o dele.

A voz calma de De Amicis retomou a palavra.

— Obrigado, meu caro Clark, obrigado meu amigo McDonald. Mas agora quero apresentar outra hipótese. Em 1825, um estudante de medicina, James Paget, dissecando cadáveres, observou ao microscópio cistos musculares cheios de vermes. Levou o achado a seu professor Robert Owen que... publicou a descoberta como sendo sua!

— Já se fazia isso naquele tempo! — lamentou Hathaway.

— Infelizmente, sim, professor. Owen deu à nova espécie o nome de Trichuria spiralis. A importância desse achado em patologia humana só ficou clara em 1860, quando Friedrich von Zenker encontrou vermes nos músculos de uma jovem falecida após doença caracterizada por dores musculares intensas. Eram os mesmos parasitas que o cientista encontrou na carne de porco servida na taverna onde ela trabalhava e onde havia ocorrido outros casos similares. Para confirmar a hipótese de doença causada pelo consumo de carne suína infectada, nos anos seguintes, na Alemanha, ocorreram epidemias dessa doença. E Von Zenker ainda observou que, quando há evolução para a morte, isso ocorre em geral na segunda ou terceira semana da doença, período semelhante ao do final da vida de Mozart.

– Carne de porco! – brincou Peterson. – E hoje tudo o que nos foi oferecido foi *kassler* e *eisbein*! Que bom que a culinária atual já pode contar com o eterno preservador das boas carnes que é a simples geladeira!

Phillips pediu a palavra.

– Essa sua segunda hipótese é mesmo forte, De Amicis. A triquinose causa febre, edemas, dores musculares, exantemas e dispneia. E sabemos que Mozart *não* sentia falta de ar em seus dias finais!

As palavras do pneumologista causaram um momento de silêncio entre os médicos. Entreolharam-se, sisudos. A hesitação foi quebrada pela voz delicada de Peterson, com sua visão de epidemiologista.

– De Amicis, sabe-se que essa doença pode levar uma pessoa ao óbito cerca de treze dias após o início dos sintomas. Como saber qual a dieta de Mozart em qualquer momento de sua vida, especialmente nas semanas que antecederam sua morte?

Sob os olhares atentos de todos os seus colegas, o cardiologista retomou a palavra.

– Senhores, aqui vai minha surpresa final: em uma carta escrita por ele para a esposa Constanze um mês e meio antes de adoecer, Mozart comentou o prazer que sentiu ao deliciar-se com costeletas de porco. Ora, o período médio de incubação da triquinose é de oito a 50 dias, bem coincidente com o tempo do início dos padecimentos de nosso compositor, não é? Assim, meus amigos, nesta carta Mozart pode ter-nos oferecido uma excelente pista quanto à causa de sua própria morte!

A revelação causou um verdadeiro rebuliço entre todos, que falavam entre si ao mesmo tempo, comentando detalhes da descoberta, e o Professor Hathaway levantou a voz.

– Maravilhosa apresentação, doutor De Amicis! Eu agora queria...

Nesse momento, o proprietário do restaurante fazia uma entrada triunfal, sobraçando uma pilha de caixas preciosamente enfeitadas. Obedecendo a um aceno de cabeça do velho professor, distribuiu-as a todos os participantes do jantar, enquanto o decano e líder da Confraria dos Médicos Sherlockianos concluía:

– Como lembrança desta noite, doutores, quero oferecer-lhes caixas de Mozartkugel, as famosas bolinhas de chocolate de Salzburg. Um doce típico, para prolongar o sabor de termos discutido a vida e o fim da vida de um homem que espalhou doçura para toda a humanidade. Um homem que...

E deteve-se, emocionado. Os colegas respeitaram a pausa e deram-lhe tempo para que se recompusesse.

– Mozart... – prosseguiu ele. – Sabem, amigos? Desde jovem fui um apaixonado pela música. Mas o talento não nasceu comigo, só a paixão. Eu sempre procurava aprender mais e mais sobre minha paixão. Lembro-me de ter assistido a uma aula na faculdade de música, na qual um famoso maestro destacara os três B – Bach, Beethoven e Brahms – como os maiores gênios da História da Música. E eu, um simples ouvinte, ousei interpelá-lo, protestando pela exclusão de Mozart. O maestro sorriu, encarou-me docemente e respondeu: "Meu jovem, todos aceitamos que Bach, Beethoven e Brahms foram gênios imensos, mas sem perder sua característica humana. As partituras de Beethoven, por exemplo, mostram inúmeras alterações e correções, enquanto as de Mozart contêm um mínimo de anotações, como se a arte nele brotasse pronta, irretocável, contínua e naturalmente, desde a infância até o último minuto de sua vida. Mozart foi mais que um ser humano. Mozart foi... foi um anjo! Ninguém se compara a ele, como não se comparam discursos com sonhos, como não se comparam seres humanos com anjos..."

E o velho decano baixou a cabeça, emocionado.

Uma lágrima brilhava na face de Anna Weiss.

– Ah, e ele tinha de morrer com apenas trinta e cinco anos! Quanta beleza ele ainda nos teria legado se pudesse ter vivido mais vinte ou pelo menos mais dez anos!

A doutora Sheila elevou a voz, como num protesto contra o destino.

– Um artista como Mozart nunca deveria morrer! Deveria viver para sempre! Tornar-se eterno!

O professor Hathaway levantou os olhos molhados para a médica e respondeu:

– E por acaso ele não se tornou?

\* \* \*

## WOLFGANG AMADEUS MOZART
## SALZBURG 27/01/1756
## VIENA 05/12/1791

Primeiro menino prodígio célebre da história da música, Mozart foi filho do compositor e violinista Leopold Mozart, seu primeiro professor, e irmão de Maria Anna, exímia pianista e cravista. Mozart casou-se com a cantora Constanze Weber, que sempre o apoiou e com quem teve seis filhos.

Mozart escreveu mais de 600 obras apesar de sua morte precoce com apenas trinta e cinco anos. Demonstrou sua genialidade em praticamente todos os gêneros musicais: sinfonias, óperas, músicas de câmara, concertos para variados instrumentos, música religiosa, e até uma cantata maçônica. Espírito livre, já antes de Beethoven caracterizou-se por uma grande independência de caráter e uma profunda consciência da importância do papel da música na sociedade.

Ouça a "Lacrimosa", do *Réquiem*, com Bruno Walter regendo a Vienna Philarmonic Orchestra, e a "Alla turca", o *allegretto* da *Sonata para piano K 331*, com a pianista Sonia Rubinski.

# Capítulo 5

## TRIBUNAL DE HONRA
## OS MISTÉRIOS DA MORTE DE
## PIOTR ILITCH TCHAIKOVSKY

– Há vitórias que se transformam em derrotas, meu caro Watson. A principal dificuldade de um detetive é não poder entregar ao carrasco alguém de quem se pode provar a culpa por não haver lei anterior que a preveja!

Isso me ensinara meu amigo Sherlock Holmes havia anos, mas confesso que na época não compreendi a profundidade da afirmação, pois para mim a infalível justiça britânica sempre tivera a abrangência necessária para proteger a estabilidade de nossa sólida civilização. Somente tempos depois, já em plena era georgiana, pude testemunhar um exemplo claro do que Holmes havia sentenciado. Esse exemplo me foi apresentado na forma de uma de nossas aventuras mais peculiares, que passou a fazer parte do rol das que fui obrigado a manter no mais absoluto segredo. Isso porque suas implicações poderiam abalar não só nossa política externa como também fazer tremer os alicerces de uma das mais tradicionais casas aristocráticas da ilha. Ninguém até hoje dela soube, mas, por ser tão importante, preciso relatá-la nem que seu destino venha a ser a escuridão das gavetas.

Era uma noite de úmido e chuvoso verão inglês de fins de agosto de 1922 e já havíamos saboreado a ceia que a senhora Hudson nos preparara. Holmes redigia a segunda parte de seu ensaio sobre os aspectos psicológicos das recentes descobertas da grafologia, e eu aparava as unhas do pé direito, quando ouvimos o suave ronronar do motor de um automóvel que estacionava em frente à nossa residência.

– Ah! – exclamou ele, erguendo os olhos do teclado da sua recém-adquirida Imperial Typewriter, pois se recusava a utilizar-se das Remington americanas e, depois de dar uma olhada pela janela, continuou: – Ou se trata de uma emergência ou só uma extrema necessidade de sigilo faria Lord Willowby enviar seu mordomo para procurar-nos a uma hora dessas. Qual dessas hipóteses é a sua, Watson?

Eu naturalmente não tinha hipótese nenhuma e me apressava a calçar as meias e amarrar os atacadores das botinas, enquanto meu amigo explicava as razões de suas deduções.

– Esse reluzente Rolls-Royce deve ser o exemplar da esplêndida indústria inglesa que foi entregue ontem a Lord Willowby, conforme o *The Times* publicou na edição de hoje. E é claro que quem nos dá o prazer da visita só pode mesmo ser seu mordomo, pois o lord jamais se arriscaria a provocar, na coluna de mexericos do *Star*, a perturbadora pergunta: "O que levou o velho Lord Willowby a procurar o detetive Sherlock Holmes às onze horas da noite de ontem? Teria algo a ver com a viagem de sua jovem terceira esposa a Paris... sem levar nenhuma bagagem?"

As duas hipóteses de Holmes estavam corretas, o que fez com que nos vestíssemos apressadamente enquanto o mordomo enviado pelo lord aguardava para conduzir-nos ao suntuoso e sombrio Willowby Manor.

\* \* \*

Holmes reclinou-se na poltrona de onde ouvira atentamente o pedido de Lord Willowby, depois de o mordomo ter-lhe enchido de novo o cálice de brandy. Bebericou mais um gole e perguntou:

— Nenhum bilhete, nenhum pedido de resgate, nada mesmo, não é, milorde? Hum, compreendo... E compreendo perfeitamente sua preocupação, mas por que não comunicou à Scotland Yard o desaparecimento de seu filho?

O lord afundava-se em sua *bergère*, mas a voz projetava-se com a imposição que seu título permitia.

— Espero que não discuta minhas razões, senhor detetive. E proíbo-lhe que sequer uma palavra de nossa conversa chegue ao conhecimento de qualquer outra pessoa, especialmente da polícia. Não terei qualquer objeção aos valores que o senhor vier a me cobrar. Só exijo sua discrição e a localização do meu Bruzzie... bem, de Bruster Willowby, meu único filho e o legítimo herdeiro das tradições dos varões da casta dos Willowby, que já sangraram pela defesa da Inglaterra desde Ricardo Coração de Leão, desde João Sem-Terra, desde a Magna Carta, desde as Cruzadas!

A um pedido de meu amigo, o Lord tirou uma fotografia de uma moldura que se exibia no patamar da lareira e estendeu-a.

— Esta é a última foto que tenho de meu filho. Foi tirada na primavera, por ocasião do torneio de críquete da Universidade de Cambridge.

Por cima do ombro de Holmes, pude ver a expressão de um rapaz muito magro e muito branco, de cabelo repartido no meio, que empunhava seu taco e olhava avoadamente para o fotógrafo.

– Meu Bruzzie é o segundo *bowler* reserva da equipe de críquete. Elegante, muito elegante, o meu Bruzzie... Não foi escalado para esse torneio, embora eu tenha contribuído com mil libras para a organização dos jogos. Bom, eu sempre digo que a política de Cambridge é... desde o meu tempo... Bom... Piorou muito, piorou muito, senhor detetive, já não se respeitam os brasões como antigamente...

Meu amigo delicadamente o interrompeu, pedindo-lhe autorização para investigar o quarto do rapaz.

– Sim, sim, senhor Holmes! O mordomo o levará aos aposentos de Bruzzie. Fique lá o tempo que quiser, pegue o que quiser, mas traga meu filho de volta!

\* \* \*

Sob o severo olhar do mordomo, Holmes examinou detidamente o quarto do jovem herdeiro. Meu amigo nada comentou, mas eu logo pude supor que o rapaz era um verdadeiro garanhão, porque alguma garota havia deixado delicadas peças íntimas femininas que encontramos no fundo de um dos gavetões da cômoda de roupas. Sobre o tampo, ao lado de itens de maquiagem na certa esquecidos pela namorada e debaixo de um grosso livro sobre decoração e de algumas revistas de moda feminina, meu amigo retirou um folheto. Examinou-o e o estendeu para mim:

– Veja, Watson. É o programa do balé *O quebra-nozes*, de Tchaikovsky, que está em cartaz no Royal Opera House.

Era um programa luxuosamente impresso em papel cuchê, que trazia na capa a foto dos protagonistas do espetáculo, um belo casal de bailarinos. O homem era musculoso, de pernas sólidas, espremidas dentro de uma malha justa, e a garota era uma ruivinha linda, frágil, envolta em gazes e florezinhas. Contive um sorriso ao perceber de quem eram os apetrechos de maquiagem e as peças íntimas femininas: ah, a bailarina ruiva havia conquistado o coração do herdeiro da fortuna dos Willowby!

Sobre a foto, havia uma frase escrita à tinta, na certa uma dedicatória:

IS BREÁ LIOM TÚ

\* \* \*

Na manhã seguinte, Holmes decidiu que o primeiro passo de nossa investigação fosse uma visita à Royal Opera House.

No caminho, lembrei-me de perguntar:

– Por que Lord Willowby não comunicou o desaparecimento do jovem Bruster à Scotland Yard? Na certa o inspetor Lestrade haveria de oferecer-lhe toda dedicação e eficiência!

Meu amigo olhou-me, erguendo as sobrancelhas, com uma sombra de sorriso.

– Outra coisa, Holmes, o que estaria escrito naquele programa do balé? Que palavras mais estranhas! *Is breá* nem sei o quê!

Ele respondeu-me, mas de modo incompleto.

– Aquilo é irlandês, Watson. E você percebeu que as letras estavam bastante inclinadas para a esquerda? Peculiar, muito peculiar...

O que percebi é que aquele comentário era mais um reflexo de sua recente dedicação à grafologia e nada mais perguntei até chegarmos ao teatro.

\* \* \*

Grandiosamente pendurada entre as arcadas, lá estava a mesma foto do programa, com o casal de bailarinos agarrado numa pose elegante, desta vez em tamanho bem maior que o natural. Ampliada, a garota ruiva mostrava-se ainda mais bela, o que só aumentou minhas suspeitas de que aquele desaparecimento fosse apenas uma fuga por amor.

O imenso cartaz era encimado pelos dizeres:

> THE NUTCRAKER SUITE
> PIOTR ILICH TCHAIKOVSKY

E o nome dos dois protagonistas vinha a seguir, encabeçando o corpo de baile:

> MARY KATE DANAHER
> SEAN THORNTON

A solicitação de Holmes pela presença do responsável pelo espetáculo resultou na aparição do coreógrafo, um homem cujos trejeitos eram de desespero: os dois bailarinos, justamente os responsáveis pelos papéis da menina Clara e do próprio *Quebra-Nozes* que se transforma em príncipe no final, haviam desaparecido no ar.

– Sumiram! Meus bailarinos sumiram! Como vou ensaiar os substitutos para esta noite? Todos vêm ao teatro por causa de Mary Kate e de Seanny! Ai, esses irlandeses! Tragédia! Horror! O que faço? Ai, ai, o que vou fazer?

Em meio ao desespero e às imprecações do nervoso diretor, ficamos sabendo que, do hotel onde se hospedava, o famoso casal de bailarinos irlandeses tinha desaparecido desde a manhã do dia anterior.

Holmes tirou do bolso a foto do filho do lord e nem precisou perguntar nada.

– Esse? Ah, essa paixão! É Laurie, é claro! Não perde um espetáculo. Esses dois não se desgrudam!

Holmes pôs a mão no ombro do homem.

– Laurie? Tem certeza de que esse é o nome do jovem desta foto?

– Bem... – O homem acalmou-se um pouco, pronunciando com afetação. – O nome é *Laureeen*... Lauren Doubleflower. Todo mundo o chama de Laurie. Fez um teste para o coro, mas... Imagine! Ele queria dançar o papel de Fritz, o irmão da personagem Clare! Pretensão! Até me ofereceu dinheiro se eu o aprovasse! Ha, ha, mas vai ter de gastar muita sapatilha se quiser fazer parte do meu elenco! Onde ele pode estar? Ora, nem me importo! Vai ver, desapareceram juntos! Eles não se desgrudam! Olhem, os senhores me desculpem, mas vou ter de passar o dia inteiro ensaiando os substitutos. Ai, o que será desta noite? O que será do meu balé? A obra-prima de Tchaikovsky! Ai, ai, ai!

E o coreógrafo desapareceu para os camarins.

* * *

– Laurie? – espantava-se meu amigo Holmes praticamente falando para si mesmo. – Por que o filho do Lord Willowby viveria no mundo da dança clássica usando o nome de Lauren Doubleflower?

Procurei ajudar.

– Ora, Holmes, o pai desse rapaz é um conservador de primeira! Para frequentar o mundo artístico sem chamar a atenção, é claro que o filho teria de usar um pseudônimo!

– Está bem, Watson – devolveu meu amigo. – Mas... *Laurie*?!

Um homem bem mais velho, vestido com o uniforme dos funcionários do teatro, pareceu ter ouvido seu raciocínio e aproximou-se.

— O senhor está falando do jovem Laurie? Boa pessoa, nunca esqueceu de deixar uma gorjeta para os porteiros... Boas gorjetas, aliás. Só que anteontem nem prestou atenção em mim quando...

— Anteontem?! — cortou Holmes. — O que aconteceu anteontem?

O homem arregalou os olhos.

— Anteontem? Ele e o outro passaram por mim, abraçando a menina. Coitada... Como chorava!

Depois de embolsar o soberano que meu amigo lhe estendeu, o homem concluiu:

— Coitadinha, ela só dizia "meus irmãozinhos... tenho de ajudar meus irmãozinhos...".

Sherlock Holmes pegou-me pelo braço e arrastou-me para fora do teatro.

— Venha, Watson, não temos tempo nem de fazer as malas. Vamos para a Victoria Station. Em Dublin compraremos tudo o que precisarmos.

— O quê?! Em Dublin, Holmes?!

— Temos de conseguir chegar à cidadezinha de Ennis o mais rápido possível, Watson. Ah, hoje não vai mais ser possível, mas...

— Ennis, Holmes?! — Eu já estava desesperado, quase como o nervoso coreógrafo do balé. — Mas o que é isso? O que tem o desaparecimento do filho de Lord Willowby com a Irlanda?

Entramos num táxi, e Holmes fez o motorista parar em um jornaleiro seu conhecido. Desceu, e em dois minutos voltava trazendo jornais.

— Consegui, Watson. Aqui está um exemplar do *St. James's Gazette* de anteontem — folheou-o e exultou: — Eu sabia que já tinha lido isso! Minha memória não me falha! Leia, Watson!

Passou-me o jornal. E eu li que, no extremo oeste da Irlanda, perto de Doolin, o corpo de um certo Liam Fitzgerald havia sido encontrado no sopé das Falésias de Moher e que um grupo de cinco homens estava preso na cadeia de Ennis por suspeita de homicídio.

Vendo meu ar de incompreensão, Holmes apontou com o comprido indicador para um ponto da matéria jornalística.

– Leia os nomes dos cinco prisioneiros, Watson.

E lá estava a lista: Keenan MacLaglen, Victor Wynn, Brandon O'Hara, Barry Danaher e Michaleen Danaher.

– Esses dois devem ser parentes, não acha, Holmes? – especulei.

– São irmãos, Watson! O resto da matéria mostra que são gêmeos de uma ninhada de dez irmãos irlandeses. E a mais bela fruta dessa penca pelo jeito é justamente a ruivinha Mary Kate Danaher, que neste exato momento está correndo para a Irlanda, na esperança de ajudar os irmãos, e acompanhada pela solidariedade do seu parceiro de palco e do nosso pequeno lord desaparecido!

\* \* \*

Daí foi mesmo uma correria! Conseguimos pegar o trem para Liverpool e chegamos a tempo de embarcar no *ferry* que nos atravessaria para Dublin. Chegamos, porém, muito tarde e, como o comércio já estava fechado, tivemos de nos hospedar num pequeno hotel onde dormimos apenas com nossas roupas de baixo. Para nossa sorte, era verão, e a temperatura estava em agradáveis 54 graus.[9] Na manhã seguinte, Holmes passou pelo correio para enviar um telegrama. Em seguida compramos apenas o essencial para manter a higiene e logo embarcamos na Heuston Station rumo à pequena cidade de Ennis.

---

9 No continente, eles diriam que isso corresponde a cerca de 12 graus na escala sem sentido deles.

Enquanto ouvíamos a sucessão monótona das voltas dos mancais que faziam girar o aço das rodas do trem, meu amigo estava taciturno na cabine que nos coubera. Eu bem sabia que, naqueles momentos, seu cérebro começava a elucubrar teorias que haveriam de guiá-lo na investigação que viria a seguir.

– Temos duas horas e quarenta e sete minutos até nosso destino, Watson – começou ele, consultando o relógio e recolocando-o no bolsinho do colete. – Tempo mais que suficiente para recapitularmos os eventos em cuja sequência logo teremos de mergulhar...

– Eventos? Que eventos, Holmes?

– Estamos na Irlanda, meu caro, exatamente uma semana após uma bala dundum do IRA ter perfurado o osso frontal do famoso Michael Collins, o comandante-chefe do Exército Nacional da recém-estabelecida república. Uma emboscada, Watson, uma traiçoeira emboscada. E uma morte esperada, porque somente a ala protestante do IRA, na pessoa de Collins, aceitou o Tratado Anglo-Irlandês de dezembro do ano passado que criou o Estado Livre da Irlanda. Todo o restante do IRA, na maioria católicos, não aceitou o tratado e jurou continuar a luta até a conquista da completa independência do Império Britânico. Por isso, há dois meses, a Guerra Civil ensanguenta esta bela ilha, Watson...

E continuou, comentando que Michael Collins fora um grande herói, fundador do IRA e conhecido como The Big Fellow, o criador do The Squad, o grupo secreto de assassinos responsável por perseguir e matar agentes e oficiais britânicos, até que nossa velha Albion se visse forçada a oferecer parcial independência à Irlanda, mantendo-a, porém, dentro de nosso glorioso império, o que exigia o juramento de fidelidade ao querido Rei George.

– Collins sabia dos riscos que correria depois de assinar o tratado. Mas, para ele, esse era um passo necessário para a conquista de uma futura independência total. E, como ele mesmo temia, acabou emboscado pelos dissidentes católicos do IRA no Condado de Cork, ao sul do país...

Senti-me, na ocasião, bem ilustrado acerca dos eventos da História dos braços de nosso império, mas não imaginava que aquela viagem tão apressada estivesse acontecendo apenas para servir de sala de aula.

– Mas, Holmes, o que isso tem a ver com o pedido de Lord Willowby? Não nos teria bastado informar a ele que seu filho foi localizado numa urgente viagem de solidariedade para consolar a aflição de sua linda namorada?

Meu amigo olhou-me franzindo os sobrolhos, como se eu tivesse dito um disparate. Em seguida olhou pela janela do trem, para a verde-amarelada paisagem irlandesa de verão, e apresentou-me o que seria uma explicação:

– Meu caro amigo, estamos aqui por causa de um nome: Fitzgerald. Liam Fitzgerald, a vítima encontrada no sopé das Falésias de Moher...

– Fitzgerald? Mas...

– Liam Fitzgerald é o nome de um dos seis membros da equipe de segurança de Michael Collins, Watson. Os nomes dos outros cinco você leu no *St. James's Gazette*: são os prisioneiros da polícia irlandesa. Esse grupo de cães de guarda foi bastante alardeado pela nossa imprensa, pois fazia a segurança do homem que assinou a paz com o nosso rei. Lembra-se das fotos orgulhosamente posadas que vêm saindo no *The Times*, no *Standard* e até no *Pall Mall*?

– Bem, na verdade, eu...

– Não é estranho ele ter sido jogado no abismo por cinco de seus colegas? Por que eles matariam um companheiro?

\* \* \*

Uma volumosa figura com cara de pouquíssimos amigos, sardenta como uma banana e encimada por uma cabeleira cor de palha de milho mal encoberta pelo negro chapéu-coco, postava-se na gare da estação ferroviária da pequena cidade de Ennis.

Estava à nossa espera.

– Hrum... – rosnou ele quando nos aproximamos. – São os detetives ingleses, é?

Antipaticamente, talvez pretendendo desafiar-nos, o sujeito falava em irlandês! Bem, disso eu nada entendia. E como continuo a narrativa? Bem, não desperdicemos nosso tempo com explicações para não perdermos a sequência dos fatos, pois o certo é que Sherlock Holmes não se abalou e respondeu com a maior tranquilidade, na língua do homem:

– Não exatamente. Meu nome é Sherlock Holmes. E este é o doutor Watson.

O mal-encarado apertou lábios grossos, contrariado, e seus olhos de um verde bem irlandês cravaram-se em Holmes.

– Recebi vosso telegrama... – informou. – Sou o Inspetor Lonergan, chefe de polícia de Ennis.

Holmes procurava desanuviar a relação.

– Lonergan, é? Posso saber seu primeiro nome?

– Meu primeiro nome é para meus amigos irlandeses. Para os ingleses, meu primeiro nome é... *Inspetor*!

– Muito bem, Ins-pe-tor – silabou Holmes. – Mas, como informei em meu telegrama...

O irlandês cortou.

– Não é de meu conhecimento que esse maldito tratado com o seu país me obrigue a dar satisfações para a polícia inglesa sobre um crime ocorrido na nossa terra, senhor!

Meu amigo não se deixava abalar facilmente.

– Não somos da Yard, Inspetor Lonergan. Sou apenas um pesquisador de criminologia interessado no estranho assassinato de Liam Fitzgerald...

– Estranho? O que há de estranho nisso?

– É que... há certeza de que se trata de um assassinato, inspetor?

– Foi um assassinato sim, e ele foi bem assassinado... – percebeu que dissera o que não devia dizer e procurou consertar. – Quer dizer, já solucionamos tudo. Infelizmente já tivemos de prender os culpados. E não sei o que os senhores...

É claro que suspeitei do que o inspetor acabara de dizer. Ele havia *infelizmente* prendido os culpados? Suspeitei ainda mais de um homem da lei afirmar que a vítima havia sido *bem* assassinada! Por quê? Mas isso não era comigo. Suspeitar de qualquer coisa era só com meu amigo Sherlock Holmes.

E foi isso o que Holmes fez. Interrompeu o discurso do inspetor, mas não comentou a estranheza da declaração. Apenas perguntou:

– Mas talvez o senhor não se importe se eu der uma olhada no caso, não é?

O enorme policial, que mais parecia uma comprida espiga de milho vestida de preto, parou por um momento, encarou meu amigo e perguntou:

– Os senhores são católicos ou protestantes?

Suavemente, Holmes respondeu:

– Somos *ingleses*, Inspetor Lonergan.

\* \* \*

Um telefonema para seus superiores em Dublin desanuviou um pouco o clima entre o inspetor e meu amigo.

– Hrum... Ahan... – concedeu ele. – Acabo de receber ordens de colaborar com os senhores... hrum... em tudo... Bom, o caso é que, quatro dias atrás, era ainda cedo quando atendi um telefonema do pastor O'Flaherty, da igreja luterana de Doolin. Dizia ele que o garoto Patrick Flynn, um aprendiz de sapateiro, vinha pedalando sua bicicleta para o trabalho quando foi até a beira do penhasco para urinar. E lá embaixo, meio encaixado no sopé do penhasco, quase despencando para o mar, havia o corpo de alguém encravado nas saliências da rocha, sustido pelos galhos da vegetação.

O inspetor gesticulava, crispando os dedos e fazendo a mímica do corpo pendurado, e terminava apontando para baixo, como para significar a profundidade da falésia.

– Eu e três dos meus policiais fomos para o ponto certo da falésia, guiados pelo garoto Flynn. Foi uma trabalheira, senhor detetive inglês! Por sorte eu tinha levado o Billy Boy, meu mais novo recruta, um rapaz recém-casado que é metido a fazer isso de alpinismo, essas coisas... Não tem medo de nada! Parece que seu único medo é da esposa quando ele chega tarde em casa, depois de uma cerveja no pub com os colegas. Como um artista de circo, o Billy desceu por uma corda e... Bom, o certo é que pescamos de lá o cadáver do Liam Fitzgerald. Despedaçado!

E Lonergan informou que o caso fora facilmente solucionado no mesmo dia. No caminho entre as falésias e Doolin, interrogou o empregado do único posto distribuidor de combustíveis e o homem lembrou-se de, no dia anterior, ter completado o tanque de um Austin cor de vinho, a bordo do qual havia seis homens.

– Eram todos os seis do grupo de guarda-costas do nosso Michael Collins – testemunhou o empregado do posto –, que esteja em bom lugar, nosso querido Mike, mataram ele, coitado... Era um pouco antes do meio-dia, e o carro ia na direção das falésias. Sei da hora porque eu havia acabado de alimentar meu cachorro... é, eu sempre digo que a gente tem de alimentar os animais primeiro, nada de restos do almoço, é o que eu digo. Por isso, eu preparei... hum... eu... hum... bem, daí almocei, sabe, a essa hora pouca gente anda por aqui e... Pois passava pouco das duas horas, quando o mesmo Austin passou de volta, a toda, a toda mesmo, também, com aquela cor, quem não notaria, não é? Não eram nem duas e quinze, isso eu sei porque o Tommy chega às duas e meia pra me substituir, todos os dias, sabe, fico aqui desde às seis da manhã, no inverno então, é uma dureza, porque se o Tommy se atrasa, eu...

— Caso encerrado, senhor detetive inglês — concluiu o Inspetor Lonergan. — Vi muito bem as marcas de pneu na relva, chegando e saindo da beirada do penhasco, exatamente acima do ponto de onde pescamos o Fitzgerald. Não há nenhum furo nessa investigação. É uma pena, pois há quem diga que esse maldito católico traidor merecia a mesma forca que esganará os pescoços desses rapazes, que são o orgulho da Irlanda!

— Traidor, inspetor?

Estávamos a bordo da viatura policial, a meio caminho da delegacia, e daí pudemos entender por que Lonergan deixara escapar que "infelizmente" tivera de prender os culpados.

— Traidor maldito, sim, porque todo mundo sabe que foi ele quem informou aos católicos o trajeto, o local, o dia e a hora em que nosso Michael Collins ia passar indo para Bandon, no Condado de Cork. Se não fosse esse desgraçado do Liam Fitzgerald, nosso Big Fellow ainda estaria vivo! Os rapazes acabaram com ele e fizeram muito bem de acabar! Deviam é dar uma medalha pra cada um, mas eu tive de prendê-los, não é? Pois é, eu sou a lei e, feliz ou infelizmente, a lei tem de ser cumprida para que

nossa Irlanda Livre possa ser erguida. E, pelo bem ou pelo mal, é a lei que faz um país, senhor detetive inglês...
E, carrancudo, calou-se até chegarmos à delegacia.

* * *

Fomos levados ao subsolo da delegacia de Ennis e chegamos à semiescuridão das masmorras que trancafiavam os cinco suspeitos, à espera do final do inquérito que os levaria ao presídio de Dublin onde eles aguardariam um julgamento que provavelmente os condenaria ao cadafalso. Mesmo com a popularidade de Michael Collins, mesmo com metade da Irlanda achando que eles tinham feito o que deveria mesmo ser feito, de acordo com a lei esse triste desfecho era mais do que provável. Era quase certo.

Lá estava a bela bailarina ruiva abraçando dois dos prisioneiros, rapazes iguaizinhos como um par de vasos de lareira e com cabeleiras tão vermelhas quanto as da irmã. Um pouco mais atrás, o atlético bailarino do cartaz que víramos na fachada do Royal Opera House envolvia os ombros de um magrelo que logo reconheci como o filho desaparecido de Lord Willowby.

Aquele conjunto formava um quadro plangente, carregado de desespero, inundado de lágrimas, e comovi-me com a solidariedade carinhosa com que o bailarino abraçava nosso jovem herdeiro, que desconsolado descansava a cabeça em seu peito.

Holmes não quis interrogar os prisioneiros. Como a vítima já tinha sido enterrada, pediu para examinar as roupas e os pertences encontrados no corpo.

– Uma queda como essa naturalmente arrancou-lhe parte das roupas – disse Lonergan. – Só sobrou um dos sapatos!

Holmes esquadrinhou a camisa ensanguentada, em tiras, e os bolsos das calças. Mas pouca coisa havia restado. Em seguida, educadamente pediu:

— Pode nos levar ao ponto do penhasco onde a vítima foi encontrada, Inspetor Lonergan?

* * *

A bordo da viatura da polícia de Ennis, rodamos por cerca de vinte e cinco milhas,[10] admirando a bela paisagem irlandesa, com os campos exibindo os grossos rolos de turfa enrolada e com os verdes e amarelos do verão aqui e ali pontilhados por uma infinidade de pedras, muitas empilhadas formando muretas que nem serviam para dividir coisa nenhuma, só para libertar a terra para as plantações.

Depois de pouco menos de uma hora, desembarcamos da viatura e percorremos a pé uma boa extensão de relva fofa e verdejante até a beirada de onde Liam Fitzgerald teria sido jogado por seus companheiros e onde o aprendiz de sapateiro havia parado para urinar.

Os penhascos de Moher eram mesmo de uma beleza rara que justificava as dificuldades que tantos turistas enfrentavam para chegar até ali. A tarde já caminhava para o final, com o sol avermelhando tudo. Deslumbrante! Que espetáculo as falésias de Moher! Era como se toda a ilha, em tempos imemoriais, tivesse se arrancado do mar, alçando-se mais de duzentas jardas[11] em direção ao céu! Só um cataclismo desses justificaria aquelas bordas escarpadas que formavam um abismo de tirar o fôlego!

---

10 Cerca de quarenta quilômetros, traduziria algum vizinho do continente, como se isso tornasse as distâncias mais compreensíveis!
11 Duzentos metros, vá lá!

O grande Turner deveria estar ali, conosco, para pintar mais uma de suas fabulosas telas!

– Senhor detetive inglês – informava o Inspetor Lonergan sempre com um tom de contrariedade, mas obedecendo ao que seus superiores de Dublin haviam ordenado –, este é um ponto pouco visitado e por isso pudemos descobrir estas marcas das rodas do Austin trazendo os suspeitos e a vítima e retornando após o crime. Vejam!

Holmes debruçou-se sobre as marcas na relva, examinando-as detidamente. Nesse ponto, o inspetor vangloriou-se.

– É claro que tiramos um molde de gesso dessas marcas e elas se encaixaram perfeitamente nos pneus do Austin dos suspeitos...

Meu amigo sorriu, condescendente, e aproximamo-nos da beirada do abismo. Esquadrinhou em torno e apontou:

– Notou esses pontos mais claros lá embaixo, Watson? É possível localizar exatamente o caminho que o corpo de Fitzgerald percorreu na queda, rebatendo-se ali, ali... Veja, há duas manchas que se destacam... ou melhor, há três manchas sucedendo-se verticalmente. Na certa são pedaços das roupas do rapaz, arrancadas enquanto despencava e estraçalhava-se nas rochas.

– É mesmo, Holmes! Que horror!

Meu amigo voltou-se para o inspetor.

– Lonergan, parece que precisaremos novamente do seu recruta. Como era mesmo o nome dele? Billy Boy, não é?

A uma ordem do inspetor, apresentou-se um jovem que ainda vivia aquela idade em que toda ousadia é possível. Despiu a farda e, só com as roupas íntimas, revelou um corpo exageradamente branco. Veio com uma corda comprida, uns espeques, uns ganchos e, com a maior habilidade, começou a descer falésia abaixo, corajosamente, como um atleta. Foi uma meia hora em que tive de prender o fôlego, temendo pelo pior, mas ao fim da qual o rapaz retornou trazendo um paletó despedaçado e trapos de uma camisa.

– Foi só isso que encontrei, inspetor – disse ele. – Não vi nem sinal do sapato.

Sherlock Holmes apossou-se dos despojos e os esquadrinhou. Meteu as mãos nos bolsos do paletó e seu rosto se abriu num grande sorriso.

– Inspetor Lonergan, pode soltar os rapazes!

As três bocas que o cercavam abriram-se de espanto. Até eu, que não entendo irlandês, abri a minha!

– Soltar os prisioneiros?! – exclamou Lonergan. – Isso eu bem que gostaria, mas com que desculpa?

Sherlock Holmes estendeu a mão, exibindo um relógio de bolso, bem amassado.

– Aí está, senhores. Um relógio que se espatifou marcando três horas e vinte minutos. Mais de uma hora *depois* de o empregado do posto de gasolina ter visto o Austin dos cinco suspeitos passar de volta a Ennis!

\* \* \*

Apesar da vizinhança das duas ilhas, os hábitos irlandeses eram bem diferentes do modo inglês de comportar-se em público. Eu compreendia muito bem o regozijo de os prisioneiros verem-se inocentados, de a bailarina, seu parceiro de palco e seu apaixonado sentirem-se aliviados, entendia, enfim, até mesmo as razões para os componentes da ala protestante do IRA comemorarem a libertação de cinco de seus mais importantes soldados.

Mas nada justificava aquele exagero!

Estávamos num pub da cidade de Ennis e todos cantavam, dançavam, abraçavam-se e entornavam quantidades imensas de cerveja goela abaixo. Numa ampla mesa, os cinco libertados comemoravam junto com os bailarinos Mary Kate Danaher e Sean Thornton, abraçados com o rapaz que nos provocara a aventura, o herdeiro Bruster Willowby, Bruzzie para o pai, e Lauren Doubleflower, ou apenas Laurie para os amigos da companhia de balé.

Até mesmo o Inspetor Lonergan participava daquele comportamento inusitado e sua cara sardenta já se avermelhava com o consumo de *pints* e *pints* de cerveja morna e com a excitação que fazia vibrar as paredes do pub. Sempre rindo, aproximou-se de nós, trazendo pelas alças três canecas transbordantes de espuma.

– Senhor Holmes, nunca em minha vida pensei que teria vontade de um dia abraçar um inglês!

– E espero que o senhor adie esse impulso, Inspetor Lonergan – respondeu meu amigo, aceitando uma caneca de cerveja enquanto eu ficava com a outra.

– Vamos lá, ingleses! – convidou o inspetor. – Bebamos à liberdade da Irlanda!

Sem discutir a motivação política, entornamos nossas cervejas. O inspetor, enxugando a boca com a manga do paletó, estava totalmente diferente daquele irlandês carrancudo que nos havia recepcionado pela manhã. E foi com uma voz alterada pela bebida e pela alegria que, de certa forma, pediu desculpas por seu comportamento anterior.

– Obrigado, senhor Sherlock Holmes! Graças ao seu talento pudemos provar a inocência desses cinco valentes irlandeses! Agora posso fechar meu relatório com esses rapazes fora dele!

Sherlock Holmes sorriu.

– Mas sempre temos a morte de Liam Fitzgerald, inspetor. Como vai explicá-la no relatório?

O homem abriu os braços e respondeu:

– Ora, senhor inglês. É claro que se trata de um caso de suicídio! O traidor, transtornado pelo remorso de ter entregado a vida de seu grande líder aos católicos, não suportou essa carga e sufocou-a jogando-se do penhasco!

Meu amigo sorriu de leve e acenou com a cabeça.

– Muito bem, inspetor. Encerremos assim o caso. – Repousou sua caneca sobre a mesa e voltou-se para mim. – Vamos, Watson, nosso trabalho por aqui terminou. Ainda temos tempo de pegar o último trem para Dublin. Amanhã estaremos em casa.

Levantei-me e pedi:

– Sim, Holmes, mas espere só um minuto. Não quero perder a oportunidade de conseguir um autógrafo desses dois bailarinos tão famosos. E este é o melhor momento, não é? O momento da alegria!

Holmes arregalou os olhos.

– Boa ideia, Watson! Então deixe que eu mesmo faça esse pedido a eles. Você tem aí sua caderneta de anotações? E trouxe sua moderna caneta-tinteiro?

Passei a ele minha caderneta e orgulhosamente a caneta-tinteiro que recebera da América. Em largas passadas, Holmes encaminhou-se para a grande mesa, onde os jovens comemoravam. A bulha diminuiu com a aproximação de meu amigo e todos os olhares voltaram-se para ele. O maior de todos, talvez o chefão da turma, um gigante que eu soube chamar-se Keenan MacLaglen, levantou-se cambaleante e estendeu a mão para Holmes.

– Ah! O detetive inglês que salvou nosso pescoço! Obrigado, inglês, ficamos lhe devendo uma! Aliás, ficamos devendo cinco! Ha, ha, ha!

Holmes ignorou a mão estendida e, sorrindo amigavelmente, dirigiu-se ao jovem Bruster Willowby.

– E então, meu jovem? Quando vai voltar para casa? Seu pai está bastante preocupado!

O rapaz respondeu, timidamente:

– Amanhã mesmo, senhor. Já telegrafei para ele. Agora que está tudo bem, nós três vamos voltar para Londres.

Com um aceno de cabeça, Holmes voltou-se para os dois bailarinos, com um ar de aficionado da arte da dança.

– E estou certo de que chegarão a tempo para o espetáculo da noite, não? Ah, eu e meu amigo, o doutor Watson, lá estaremos, com certeza! E, aproveitando a oportunidade, seria demais eu pedir autógrafos a tão fabulosos artistas? – Estendeu minha caderneta e minha caneta para eles, ainda acrescentando: – Se não for incômodo, poderiam dedicar o autógrafo ao meu amigo?

A moça Danaher autografou primeiro e em seguida foi a vez de Sean Thornton, que pegou a caderneta com a mão direita, a caneta-tinteiro com a esquerda e, bem no meio de outra página, floreadamente após a dedicatória para mim seguida de sua assinatura.

\* \* \*

Já estava escuro quando ocupamos nossa cabine no trem para a capital da Irlanda e confesso que me senti exausto por toda a excitação do dia.

– Mais um caso bem-sucedido, não foi, Holmes? Você acaba de salvar cinco pescoços da forca! Afinal, os rapazes eram inocentes!

Holmes enchia o cachimbo, calmamente, e balançou a cabeça.

– Inocentes, Watson? Por que acha que eu me recusei a apertar a mão do grandalhão? É claro que eles são culpados!

Quase dei um pulo no banco do trem.

– Culpados, Holmes?! Como assim? O carro deles passou pelo posto de combustível mais de uma hora *antes* de o rapaz jogar-se do penhasco. Você mesmo provou isso com o relógio quebrado!

Meu amigo sorveu profundamente a primeira fumaça do cachimbo, para que a chama do fósforo que acendera penetrasse pelo fornilho, aquecendo todo o fumo espremido.

– Ah, Watson, Watson! As coisas nem sempre são como gostaríamos que fossem! Há várias maneiras de matar, mas nem todas estão cercadas pela lei...

Não foram nem uma nem duas vezes que, no final de alguma investigação, as conclusões de Holmes me deixaram desarvorado. E aquela era mais uma.

– Mas, Holmes, você mesmo concordou que o inspetor encerrasse o caso como um suicídio! Como pode ter sido um crime?

– É claro que foi um crime, Watson! De um modo pouco comum, Liam Fitzgerald foi executado por seus companheiros!

– Pouco comum? De modo algum! Fitzgerald estava sozinho, a hipótese do suicídio seria a mais prov...

– Os cinco saíram de lá com ele vivo, sim, Watson, é verdade – cortou Holmes –, mas deixaram junto com ele seu próprio executor!

– Não entendo, Holmes, não estou entendendo!

– Liam Fitzgerald foi executado pelo próprio Liam Fitzgerald, Watson! Aquilo não foi um simples suicídio, foi um suicídio *induzido*.

– Induzido? Por quem? E por quê?

Meu amigo ergueu a mão, num gesto que me pedia calma, e didaticamente começou a explicar-me melhor toda aquela confusão que, se não descarrilhava o nosso comboio, havia me tirado totalmente dos trilhos.

– Watson, lembra-se de o inspetor Lonergan nos dizer que todo mundo desconfiava, aliás, que todo mundo *sabia* que Liam Fitzgerald se bandeara para o lado dos católicos e suas informações teriam permitido que fosse armada a emboscada que resultou na morte do comandante Michael Collins? Pois nessa horrível guerra civil que está dividindo a Irlanda, Watson, uma traição como essa só pode ser punida com a morte!

– Verdade, Holmes... – disse eu, lembrando-me das atrocidades da Grande Guerra que terminara havia apenas quatro anos –, mas, nesse caso, por que não o fuzilaram? Por que não cumpriram lá mesmo a macabra sentença?

– Neste país, neste momento especial, meu amigo, as coisas estão num ponto extremo. O recém-criado Estado Livre da Irlanda tem de ser sustentado a todo custo e, para os dirigentes do IRA, seria um desastre a divulgação de que seu líder mais proeminente, aquele que assinou o Tratado Anglo-Irlandês, teria sido traído por um de seus próprios companheiros! Assim, a execução pública do traidor poderia tornar-se um fator de desequilíbrio dessa república que já nasce tão frágil...

– Quer dizer... quer dizer que, quando levaram Fitzgerald para a beira da falésia...

– Sim, Watson – interrompeu-me novamente. – Nada posso provar, mas aposto que naquele lindo cenário ocorreu o que se pode chamar "tribunal de honra". Se, por um lado, a sentença tinha de ser secretamente executada, e de modo não oficial, de outro, o próprio Fitzgerald não gostaria de morrer sob a pecha de traidor, condenando sua família a viver em vergonha para sempre. Ao jovem traidor foi dada a oportunidade de tornar-se seu próprio executor. Devem ter efetuado o sinistro julgamento, proferido a sentença e obrigado que ela só fosse cumprida pelo carrasco uma hora depois de os "juízes" terem partido. E o carrasco de Liam Fitzgerald foi o próprio Liam

Fitzgerald. Mas, para todos os fins, o que houve não passou de um suicídio!
– Mas, Holmes, por que você não falou tudo isso para o Inspetor Lonergan?
– De que isso adiantaria? Que lei existe que possa enquadrar esses rapazes? Eu mesmo consegui a prova de que os assassinos não estavam presentes no local na hora em que o crime foi cometido! Tribunal de honra? Acha que a justiça condenaria alguém com base nessa mera suposição? Não, Watson, consideremos isso como mais uma baixa de guerra nos atribulados tempos em que vivemos...

Lembro-me de, na ocasião, eu ter-me calado, avaliando o peso de um acontecimento tão inusitado. Holmes continuava de pernas cruzadas, cachimbo na boca e olhar perdido na escuridão da noite irlandesa. Nem me lembro quanto tempo se passou até que eu conseguisse comentar:

– Eu nunca poderia imaginar uma coisa como essa, Holmes. Como você chegou a esse raciocínio?

Holmes tirou o cachimbo da boca, abriu a janela do vagão e bateu com o fornilho na beirada, para esvaziar o que já tinha sido fumado. Uma brisa de verão desanuviou um pouco a cabina, que estivera tão cheia de fumaça como um dia londrino comum.

– Sabe, Watson, fui auxiliado pelo início de nossa aventura, na Royal Opera House, frente ao cartaz que anunciava mais uma encenação do fantástico balé *O quebra-nozes*, do imortal Piotr Ilitch Tchaikovsky.

Aquela mudança de foco parecia ter sido feita por Holmes só para aumentar minha desorientação. E protestei:

– Ora, Holmes! O que o russo Tchaikovsky tem a ver com a Irlanda? E qual a relação entre uma sentença política de morte e a vida de um grande compositor abatido pela cólera?

– Pela cólera, Watson? Sim, essa é a hipótese mais conhecida, mas há especulações bem mais interessantes. Uma delas é... bem, uma delas parece bem aceitável se levarmos em conta que Tchaikovsky era homossexual. Essa condição muito o atormentava pois, para ele, apesar de seu sucesso, de tanto ser aplaudido, não era fácil conviver com uma Rússia conservadora, hipócrita, tirânica, onde o homossexualismo era severamente execrado e sujeito a penalidades brutais como deportação para a Sibéria, perda dos direitos civis e até chicoteamento!

– Chicoteamento? Que atraso! E isso há apenas três décadas!

– A desonra era certa. Por tudo isso, Watson, nosso grande compositor procurava impedir que sua sexualidade viesse a público. Para tentar acobertá-la, chegou ao ponto de casar-se com uma de suas alunas para posar como um "marido normal", do jeito que a sociedade exigia...

– Uma tentativa de arranjo bastante comum, em situações como essa.

– E é claro que o matrimônio não deu certo. Logo eles se separaram e isso provocou comentários irônicos por toda a sociedade, e a maledicência acabou sendo levada ao próprio czar. Dentre a vileza dos comentários, estava inclusive a denúncia de suas ligações homossexuais com fidalgos da própria corte de Alexandre III. E o resultado foi a sentença do czar que determinava o seu "imediato desaparecimento"!

– Morte? Ele teria sido condenado à morte?

– Talvez do mesmo modo que Liam Fitzgerald o foi, Watson. Dizem que a cunhada de Tchaikovsky afirmara que essa sentença teria sido cumprida pelo próprio médico de Tchaikovsky, Vassily Bertenson, que o teria envenenado. Mas a teoria mais prevalente na atualidade é outra...

– Um Tribunal de Honra?

– Exatamente, Watson. Consta que, após a condenação pelo czar, um grupo de colegas de Tchaikovsky da Escola de Jurisprudência de São Petersburgo, onde ele estudara havia anos, teria se reunido com ele e o convencido a cometer suicídio para salvaguardar a própria honra, a da sua antiga escola e a de seus colegas e amigos...

– Mas como poderiam tê-lo induzido a contrair cólera? Não havia um procedimento garantido para isso na época!

– É verdade, Watson. Mas não se esqueça de que os sintomas de envenenamento por arsênico são muito similares aos da cólera. Você é médico... mas sobre envenenamentos um detetive como eu tem de ser um perito!

– Arsênico? Você acredita que ele possa ter se suicidado ingerindo arsênico?

– É uma hipótese que tem circulado muito entre os pesquisadores. Mas ninguém pode ter certeza disso, Watson, pois não foi realizada autópsia e seu corpo nunca foi exumado. Até o dia em que isso venha a ocorrer, tudo que teremos sobre o assunto não passará de opiniões pessoais.

– Lamentável!

– Ah, Watson, Tchaikovsky era famoso no mundo todo! Em sua época, ele e Tolstoi foram os artistas mais amados pelo povo russo, que se sentia muito honrado pelo sucesso planetário desse grande compositor!

– Mas que horror se isso aconteceu mesmo, Holmes. Na Inglaterra, algo parecido nunca poderia ter ocorrido!

– Nunca, Watson? Apenas dois anos após a morte de Tchaikovsky, o grande escritor Oscar Wilde, por motivos similares, foi condenado a dois anos de prisão com trabalhos forçados! Saiu da cadeia com a saúde e a reputação arruinadas, morrendo três anos depois, ainda mais precocemente do que Tchaikovsky!

– Bem, mas Oscar Wilde não era inglês, era irlandês.
– Como o nosso Liam Fitzgerald, Watson. Recordo-lhe que a Irlanda fazia e ainda faz parte de nosso império. Wilde era súdito de nossa amada Rainha Victoria e foi condenado à prisão em Londres. Não, Watson, receio que os preconceitos de raça, religião, postura sexual e tantos outros sejam bem mais universais do que o desejável. Talvez no futuro o mundo venha a se tornar mais tolerante com as diferenças, mas será que nós ainda estaremos vivos para ver isso ocorrer?

O comboio já se aproximava de Dublin. Lá teríamos de passar a noite para no dia seguinte pegar o *ferry* para Liverpool. Ao anoitecer, poderíamos estar de volta ao conforto de nossa Baker Street, 221B. Suspirei:

– Ah, Lord Willowby deve estar aliviado. Coitado! Mal sabia ele que seu filho apaixonado acompanharia sua amada, envolvendo-se num caso criminoso como esse! Quanta coincidência, hein, Holmes? Tchaikovsky, música, balé, tribunal de honra, tudo enleado em nossa aventura. Só nos faltava mesmo um caso de homossexualismo para completar a similaridade!

Meu amigo sorriu, balançou a cabeça vigorosamente e meteu a mão no bolso interno do paletó, de lá tirando um folheto dobrado.

– Lembra-se disso, Watson?
– Oh! É o programa do balé que encontramos no quarto do jovem Willowby!

Estendendo-o para mim, lá estava a capa com a foto dos dois bailarinos e a estranha frase: Is breá liom tú.

– Ah, Holmes, você disse que essa frase está escrita em irlandês. O que quer dizer?

Holmes recostou-se no banco e traduziu:
– Quer dizer "eu te amo"...
Exultei:

– Ah, nosso jovem aristocrata é correspondido! Uma bela moça, Holmes, uma bela ruiva. Qualquer um cairia facilmente por seus encantos! Esta é uma terna declaração da ruivinha para o nosso jovem lord!

Holmes soltou uma gargalhada.

– Da ruivinha?! Ha, ha! Compare essa frase com as letras dos autógrafos em sua caderneta! De três amostras, você verá que duas foram escritas pela mesma pessoa: por uma pessoa canhota, Watson! Notou que as letras estão inclinadas para a esquerda? Escrever assim é comum para muitas pessoas canhotas. Não são todos os canhotos que escrevem desse modo, mas é raríssimo no caso dos destros. Percebeu que o bailarino deu o autógrafo para você usando a mão esquerda?

– O quê, Holmes? Isso quer dizer que...

– Que você está enganado quanto à constituição do casalzinho, meu caro!

– O quê, Holmes?! O quê? Holmes! Espere aí! Holmes! Holmes!

\* \* \*

## 21ª REUNIÃO DA CONFRARIA DOS MÉDICOS SHERLOCKIANOS
## LONDRES – 30 DE JANEIRO DE 2017

Ainda que alguns dos membros daquele grupo de médicos tivessem dificuldade de adequar suas agendas profissionais ao horário das reuniões da Confraria dos Médicos Sherlockianos, era raro alguém se atrasar. Assim, às sete horas da noite em ponto, todos já estavam reunidos no Whitechapel Bridge Club, no East End, naquele gelado final de janeiro, no coração do inverno.

Um clube de bridge? Aquele local pareceu a todos bastante inusitado para uma reunião da confraria, que sempre acontecia em bons restaurantes, mas verificaram que, no centro do imenso salão de jogos, uma mesa comprida estava adequadamente arrumada para um faustoso jantar, como acontecera em todas as reuniões anteriores.

O salão estava bem aquecido, e os médicos livravam-se de seus sobretudos, cachecóis e chapéus, conversando, rindo e preparando-se para horas agradáveis.

– Ah, desta vez o foco é Tchaikovsky, o meu favorito! – revelava a doutora Sheila, ao entregar seus agasalhos para uma recepcionista.

– Sim? Também gosto muito da música daquele russo – a psiquiatra Anna Weiss concordava. – A sinfonia que todo mundo adora, a mais popular, é mesmo a *Patética*, mas a minha preferida é a *Quinta*. E pra você? Qual sua favorita?

Sheila baixou os olhos.

– Pra mim, desde pequena... é *O lago dos cisnes*... É que... desde criança eu sonhava em ser bailarina...

Passando ao lado, o pneumologista Phillips acabava de descobrir a careca para entregar o chapéu à mesma mocinha da entrada quando ouviu a última frase da colega. E não perdoou.

– Pessoal! Ouçam só! Contra todas as expectativas, a Sheila é um ser humano!

– Cala a boca, Phillips!

O doutor Clark daquela vez vestia um vistoso colete verde-esmeralda sob o paletó e falava com o elegante microbiologista do grupo, o doutor Gaetano, que ajeitava a gravata, depois de tirar o sobretudo.

– Ha, ha! O Watson mal sabia que o nosso Hathaway, tantos anos depois, haveria de encontrar seus manuscritos nos porões da Universidade de Londres e tirar o seu "Tribunal de

Honra" lá da escuridão das gavetas, como ele escreveu. Eu adorei o conto!

– E eu – respondeu Gaetano –, o que quero ver é o que nos aprontou o Montalbano, nosso escalado de hoje para discutir esse tal "suicídio induzido", a pulga atrás da orelha que nos pôs esse grande Sherlock Holmes para nos coçarmos!

– Ei! – lembrou o jovem neurologista Rosenthal –, e onde está o Montalbano? Ele não é de se atrasar!

De um ponto menos iluminado do salão, destacou-se a figura respeitável do decano Hathaway. Trazia um sorriso nos lábios e levantou as duas mãos pedindo a atenção de todos.

– Senhores e senhoras, queridos colegas, vocês devem ter estranhado minha escolha de reservar esse clube de bridge para nossa reunião. Ocorre que, a pedido de um dos nossos confrades, tivemos de preparar uma noite especial, que não poderia ser acolhida facilmente em um restaurante tradicional. E esse colega é o nosso amigo, o doutor Montalbano!

Estendeu o braço e, do mesmo canto de onde surgira, apareceu a grande figura do cirurgião. E ele vinha com o sorriso mais aberto desse mundo.

– Amigos, quando fui convidado para minha tarefa de hoje, a pesquisa das controvérsias sobre a morte de Tchaikovsky, achei que deveria aproveitar a oportunidade para trazer a vocês um pouco de minha amada terra natal. Mas como fazer isso? Bellini já esteve em nossa reunião com sua maravilhosa música... e... bem, eu não sou um artista, sou somente um especialista em tubo digestivo...

As risadas dos colegas foram de simpatia: aonde chegaria aquele discurso?

– E – continuou o médico –, ao meditar sobre isso, veio-me a ideia de trazer a Sicília a este nosso encontro procurando fazê-los conhecer os encantos de minha terra justamente... pelo estômago! O que teremos hoje será um jantar típico da ilha mais bela da Itália!

Aplausos! Os colegas comentavam e apoiavam com alegria a ideia de Montalbano.

— Boa! Muito bem!

O gorducho curvou-se levemente, agradecendo a simpatia.

— Mas, meus caros, eu não faria à minha terra natal a afronta de trazer-lhes uma simples macarronada, especialmente se preparada por um cozinheiro inglês...

Risadas, comentários, e um certo desconforto entre os médicos nascidos na Inglaterra, cansados de ouvir críticas à gastronomia britânica. Mas Montalbano continuava:

— Por isso, decidi trazer-lhes algo verdadeiramente especial. Para mim, especial demais, pois o jantar de hoje foi preparado nada mais, nada menos, do que pela melhor cozinheira da Sicília, a minha própria mãe!

Ante a surpresa de todos, estendeu o braço na direção da porta que pelo jeito dava acesso à cozinha. E de lá fez sua entrada triunfal no salão uma senhora alegre, uma espécie de Montalbano feminino, bem mais velho, exibindo, porém, a mesma simpatia do filho.

— Amigos, apresento-lhes a *mamma* Lucia!

Novos aplausos receberam aquela senhora, agradecendo a carinhosa homenagem do colega. Montalbano exultava, passava o braço em torno dos ombros da mãe, mais de um palmo mais baixa do que ele, e informava:

— Convidei minha querida *mamma* Lucia para passar uma semana comigo em Londres e expliquei meu desejo de que ela preparasse para nossa reunião um prato típico de nossa terra, com suas incomparáveis qualidades de *cuoca*, famosas em toda Palermo. Pois bem, ela chegou três dias atrás e logo pôs mãos à obra. Porque um bom prato de *arancini* precisa bem de dois dias para sua preparação. E o que será servido agora é o resultado do seu precioso trabalho. Vamos tomar nossos lugares à mesa, amigos!

Alegremente, o grupo foi se instalando e, a um sinal do gordo Montalbano, entraram garçons trazendo bandejas cheias de bolinhos dourados.

– Hum... – comentou McDonald – que perfume! Isso é capaz de abrir o apetite até de um morto!

Várias travessas foram distribuídas ao longo da mesa. A patologista Sheila, olhando para a que fora posta à sua frente, admirou-se:

– Mas o que é isso? Apenas bolinhos?

– *Apenas* bolinhos?! – retrucou Montalbano. – Não diga um sacrilégio desses! Se você soubesse como se prepara e o que vem dentro de um *arancini* siciliano não chamaria essa delícia de "bolinhos"!

Os tais "bolinhos" foram sendo consumidos com uma rapidez e uma voracidade bastante condizentes com a propaganda que apresentara a iguaria. As expressões de prazer e os elogios ouvidos incharam o médico siciliano, e ele acrescentou:

– E o vinho que escolhi para acompanhar nosso jantar desta vez não será nenhum daqueles caríssimos que costumamos tomar em nossas reuniões. – Os garçons contornavam a mesa enchendo todas as taças com um líquido âmbar intenso, mas translúcido. – Este é um honesto e econômico Nero D'Avola, típico de minha terra – e concluiu olhando de lado para Sheila, como uma pequena vingança pela provocação que ela havia feito: – Um vinho bom e barato, para evitar as queixas de nossa colega...

Um após outro, novos pratos típicos foram sendo apresentados, e o grupo foi concordando plenamente com a propaganda de Montalbano, que se renovava a cada iguaria que era servida.

– Mas que maravilha de refeição, Montalbano! – cumprimentou Phillips. – Sua mãe não quer abrir um restaurante em Londres? Já teria pelo menos doze clientes garantidos!

– Obrigado, caro amigo, mas ela sentiria falta de nosso sol e de nosso povo. Vamos agora à sobremesa. Para quem não conhece, esses *canoli* serão uma boa novidade para complementar a refeição. Temos *canoli* com recheio de creme, de ricota, de maçã, de chocolate... Vamos nos regalar... a menos que alguém aqui esteja fazendo dieta!

Na altura do vinho do Porto que rematava a refeição, todos se sentiam próximos do céu quando o decano Hathaway deu início à segunda parte da reunião.

– Senhores, o jantar foi maravilhoso, a tal ponto que me vi tentado a convidar a mãe do doutor Montalbano para fazer parte permanente do nosso grupo. Mas, ao olhar pela janela e ver a neblina que nos cerca, concluí que um cesto de flores em nome de todo o grupo será uma maneira melhor de demonstrar-lhe nossa gratidão!

– Apoiado, apoiado! – concordaram os outros, fazendo Montalbano corar de satisfação.

– Obrigado, amigos. – Montalbano pôs-se de pé. – Vamos agora à razão de nosso encontro desta noite. Todos lemos o conto do nosso distante colega, o doutor Watson, e minha tarefa agora é apresentar tudo o que pesquisei sobre a estranha morte do grande Piotr Ilitch Tchaikovsky.

Abriu uma pasta e quem estava ao seu lado viu que nela havia uma série de papéis impressos todos cheios de anotações feitas à mão.

– Estudei depoimentos, comentários e especulações acerca de sua morte, e o que tenho aqui é um grande número de suposições, mas infelizmente apenas alguns fatos. Em primeiro lugar, é indiscutível que Tchaikovsky era homossexual. Teve numerosos amantes, artistas, empregados, e até um sobrinho, trinta e um anos mais jovem. Aliás, parece que Tchaikovsky sempre teve preferência por homens mais moços. Segundo, sabe-se que ele viveu em permanente conflito com sua orientação sexual, e até manifestava ao irmão Modest, também homossexual, remorsos após seus encontros amorosos. Estes eram sempre às escondidas, pois Tchaikovsky temia embaraçar sua família.

O narigudo Westrup olhava de soslaio para a colega Sheila, que parecia incomodada pela referência à homossexualidade de seu compositor predileto.

Montalbano prosseguia:

– O incômodo que sua preferência sexual lhe causava pode ser avaliado por frases encontradas em seu diário como "O que posso fazer para ser normal?" e tantas outras, que revelavam seu tormento. Como Watson escreveu, ele chegou até a ter um casamento de fachada com uma ex-aluna, Antonina Miliukova, que evidentemente não deu certo, fazendo com que eles passassem a viver separadamente embora tivessem permanecido legalmente casados e Tchaikovsky tenha continuado a sustentá-la por toda a vida. Em desespero, nosso compositor chegou a permanecer algumas horas nas águas frias do rio Moskova para tentar suicidar-se contraindo pneumonia, vejam só! Mas isso felizmente não aconteceu.

– Desculpe, Montalbano, mas quais foram as características clínicas do quadro final de Tchaikovsky? – perguntou a psiquiatra Anna Weiss.

– Este seria o terceiro fato que eu gostaria de abordar, doutora Weiss. Até 20 de outubro de 1893, nosso compositor apresentava um estado de saúde aparentemente normal. Foi ao teatro com parentes e amigos, e depois foi jantar com eles. Até o cardápio dessa ocasião foi registrado: macarrão, vinho branco e água mineral. Na noite do dia seguinte, surgiram problemas gastrintestinais que o levaram a procurar seu médico, o doutor Bertenson, que diagnosticou cólera. Após alguns dias, Tchaikovsky aparentemente começou a recuperar-se, mas, na manhã do dia 6 de novembro, veio a falecer por insuficiência renal.

Após uma curta pausa para um gole de vinho do Porto, continuou:

– Estes são os fatos conhecidos. E aqui, colegas, começam as várias teorias e suposições envolvendo o final de vida de nosso compositor. Vou apresentar a vocês todas e só ao fim delas vou externar minha opinião pessoal.

– Parabéns pela honestidade, caro Montalbano – cumprimentou Peterson.

– E pela organização – acrescentou Gaetano.

– Todo cirurgião precisa ser organizado, caro colega, do contrário correria o risco de deixar uma compressa na barriga de um paciente ao final de uma cirurgia abdominal!

Depois de algumas risadas, começou a elencar seus achados.

– A primeira hipótese é homicídio. Tchaikovsky teria sido envenenado pelo seu próprio médico, o doutor Vassily Bertenson, que lhe teria administrado arsênico, obedecendo ordens do Czar. A segunda hipótese é só um pouco diferente: ele teria se suicidado ingerindo arsênico ainda por ordem do Czar, que atendeu às queixas de um nobre que acusara o compositor de haver seduzido seu filho. A favor da primeira possibilidade só temos a queixa da cunhada Olga Tchaikovskaya. Em relação à segunda, só rumores.

– E contra? – perguntou Peterson.

Montalbano deteve-se um pouco, apoiou as mãos na mesa e declarou:

– Senhores, acredito que o Czar Alexandre III deve ter tido muitos pecados em sua consciência, mas não o de ter causado a morte de Tchaikovsky. Todos os elementos históricos de que dispomos falam exatamente o oposto. Em 1884, o Czar deu a Tchaikovsky um título de nobreza da Ordem de São Valentim. Além disso, ofereceu-se para pagar os custos do funeral do compositor e autorizou que os serviços fúnebres fossem realizados na Catedral de Kazan. Não, colegas, seria bastante ilógico que o Czar ordenasse a morte de uma das pessoas mais amadas de seu país e um dos melhores embaixadores de sua pátria no exterior.

– Não vejo dificuldade em aceitar estes seus comentários iniciais, Montalbano – opinou Gaetano. – Creio que todos nós sempre acreditamos que Tchaikovsky teria morrido de cólera.

– É verdade – interveio Anna Weiss. – Para mim a dúvida sempre foi quanto à cólera ter sido adquirida acidentalmente ou se se tratou de suicídio.

– Bem lembrado – retomou Montalbano. – Na época, houve quem duvidasse do diagnóstico de cólera. Em sua autobiografia, outro compositor russo da época, Nikolai Rimsky-Korsakov...

– Ah! – lembrou Sheila. – O detrator de Salieri!

– Exatamente. Korsakov comentou que procedimentos de quarentena, habituais nos casos dessa infecção, não teriam sido obedecidos. Tchaikovsky teria recebido muitas visitas em seus últimos dias, seu caixão não era de zinco nem teria sido selado, e Korsakov recorda inclusive que um dos professores do conservatório de São Petersburgo embriagou-se e ficou a beijar a cabeça e a face do cadáver!

Peterson estava intrigado.

– De fato, isso parece mesmo estranho. Mesmo para a época, é inaceitável a falta dessas precauções que são habituais em mortes por doenças infectocontagiosas.

Como historiador da medicina, McDonald não perdeu a oportunidade de interferir.

– Perdão, caro Montalbano, mas isso só seria aceitável... se fosse verdade. Mas não é. Em seu livro sobre os últimos dias de vida de Tchaikovsky, seu biógrafo, Alexander Poznasky, relata justamente o contrário: três médicos constataram que a doença era cólera e medidas foram tomadas para impedir o contágio. Seu corpo teria sido coberto por panos embebidos em uma solução de mercúrio, em seguida foi posto num primeiro caixão metálico, que foi soldado, e em seguida este caixão foi posto dentro de outro de madeira, que permaneceu fechado. Parece, portanto, que não há dúvida quanto ao diagnóstico de cólera. A verdadeira questão é o modo como foi adquirida a doença: acidental ou voluntariamente?

Montalbano agradeceu ao colega.

– Obrigado, McDonald. E isso justamente nos conduz às hipóteses seguintes, todas ao redor do diagnóstico de cólera. A primeira seria o suicídio por ingestão voluntária de água contaminada. Rumores nesse sentido surgiram a partir de comentários sobre o caráter mórbido de sua sexta sinfonia, a *Patética*, estreada nove dias antes do óbito do compositor. Sugeriam ser isso um prenúncio de sua decisão de pôr fim à própria vida. Este ponto de vista logo caiu no olvido, até que, em 1980, Alexandra Orlova, musicóloga soviética emigrada para os Estados Unidos, publicou uma nova versão dos fatos que acabou causando grande impacto e até hoje tem seus defensores. Sua história se baseia no relato pessoal de um historiador idoso, Alexander Voitov, que disse ter ouvido as informações, em 1913, de uma mulher que alegava que a reunião do Tribunal de Honra teria ocorrido justamente em sua casa!

– Tribunal de Honra... – lembrou McDonald. – Justamente o que Sherlock Holmes havia proposto...

– Bem – comentou Westrup –, ele "teria ouvido falar", vinte anos depois da morte de Tchaikovsky? Um depoimento de pouco peso...

– Isso mesmo, colega – continuou Montalbano. – E inclusive Alexandra Orlova reconheceu haver dúvidas quanto a esse depoimento. No entanto, até alguns dicionários de música registraram essa versão do tribunal de honra...

– É, mas o *New Grave* retificou esse dado em sua segunda edição como "não comprovado" – acrescentou McDonald.

A psiquiatra continuava vivamente interessada no pretenso julgamento de Tchaikovsky por ele ser homossexual.

– Mas vamos à teoria de Orlova, Montalbano. Estou curiosa!

– Vamos lá. Segundo Alexandra Orlova, Tchaikovsky teria se envolvido sexualmente com o sobrinho do Duque Stenbock-Fermor. Este ficou furioso e denunciou o compositor ao Czar, em carta a Nikolai Jakobi, procurador-chefe do senado russo. No entanto, Jakobi não teria entregado a carta ao destinatário. Como tinha sido colega de classe de Tchaikovsky na Escola de Jurisprudência de São Petersburgo, preferiu formar um Tribunal de Honra para julgá-lo: convocou seis colegas de turma de Tchaikovsky que o teriam induzido a suicidar-se para evitar o exílio e ver manchada a própria honra e a da escola que havia cursado. Essa condenação teria sido aceita pelo grande músico, e o suicídio teria sido cometido através da ingestão de água contaminada por cólera, ou mesmo por arsênico, que produz sintomas similares.

– Mas que história incrível! – comentou De Amicis, o mais emotivo de todos.

Montalbano sorriu.

– Não se emocione cedo demais, meu amigo. Isso pode até ter acontecido, ele pode até ter aceitado a sentença, mas logo se verificou que essa história tinha uma série de incoerências.

– Imagino que sim – opinou McDonald. – Na Rússia da época, embora considerada uma forma de libertinagem, a homossexualidade era vista com indulgência. E, segundo o já citado Poznasky, biógrafo do compositor, ela era até bastante comum na Escola de Jurisprudência. Tinha até um hino próprio exaltando as delícias do homossexualismo!

– Que coisa! – exclamou Anna Weiss, surpresa com a informação.

– Sim – continuou Montalbalno –, mas Poznasky citou ainda uma série de outras informações incorretas relativamente à teoria do Tribunal de Honra. Por exemplo, não existia um tal "Duque" Stenbock-Fermor. Esse nome pertencia a um conde, que era um colaborador muito próximo do Czar, e que, portanto, nunca teria usado um intermediário para levar uma carta ao próprio chefe. Teria apresentado sua queixa pessoalmente.

– Devemos, portanto, afastar a hipótese de suicídio? – perguntou a psiquiatra.

– Não, prezada doutora – contrapôs o relator. – Eu tenderia a afastar a hipótese de suicídio induzido por um tribunal de honra. Mas há outra hipótese envolvendo suicídio que foi bastante aceita desde a morte de Tchaikovsky. E esta é de suicídio por ingestão voluntária de um copo d'água provavelmente contaminada com o agente da cólera...

De Amicis ergueu a voz.

– Desculpem-me, mas eu reluto em aceitar que esse homem cuja música tanto nos emociona possa ter posto fim a uma vida ainda produtiva e bastante promissora! Seu homossexualismo o deprimia? Isso parece ser verdade, mas seu sucesso, tanto na Rússia como em todo o mundo, deveria ter um peso muito maior!

Anna Weiss interveio:

– De Amicis, é muito difícil avaliar o quanto pode pesar uma depressão em um ser humano. Suicídios podem ser cometidos por motivos que para qualquer outra pessoa poderiam parecer banais...

Montalbano consultou mais uma de suas anotações.

— Há vários defensores da hipótese do suicídio. A maioria deles lembra que Tchaikovsky vivia mesmo deprimido, sempre em conflito com sua sexualidade e com a possibilidade da revelação pública de sua condição. Apontam a *Sinfonia patética* como o seu canto fúnebre, e seu último movimento, o adágio, seria inclusive o seu próprio réquiem.

McDonald interveio:

— Hipóteses, hipóteses... Mas que base têm elas? A *Patética* foi escrita muito tempo antes da morte dele e, depois de ela ficar pronta, Tchaikovsky ainda trabalhou em outras peças nem um pouco tristes nem depressivas!

— Para qualquer confirmação de suicídio, o que precisamos é de provas concretas. Chega de hipóteses e conjecturas! — exigiu Westrup.

O relator siciliano deu de ombros.

— Creio que poucas provas temos nesse sentido, a não ser o testemunho de um garçom do restaurante Leitner, ao qual Tchaikovsky teria solicitado um copo d'água não fervida e bebeu-a, mesmo alertado do perigo que corria!

— Esse depoimento mais parece uma fábula! — opinou Gaetano, que muito bem conhecia a ação daqueles microrganismos no corpo humano. — Suicidar-se ingerindo um copo d'água que o levaria a uma morte horrível, demorada, dolorosa e humilhante demais? Duvido! Se ele quisesse mesmo matar-se haveria de descobrir métodos mais rápidos e eficientes!

Houve um aceno geral de aceitação. Para todos eles, a ingestão voluntária de água contaminada pelo vibrião da cólera parecia fantástica demais!

Montalbano mostrou que concordava com essa fantasia, trazendo a última alternativa ao debate.

— E assim chegamos à última hipótese: cólera por ingestão acidental de um copo de água contaminada. A seu favor temos as lastimáveis condições sanitárias de São Petersburgo na época. As pessoas recebiam água do mesmo rio que recebia os esgotos da cidade. Assim, ferver a água a ser ingerida tornou-se um pré-requisito para a saúde pública. E será que Tchaikovsky, que tinha perdido pai e mãe com cólera, poderia ter sido tão displicente nessa questão? Não, senhores, creio que nossa resposta quanto à causa da morte de Tchaikovsky deve ser procurada entre possibilidades mais simples. Creio que houve uma falha humana, por exemplo, do garçom que lhe serviu o copo de água contaminada por descuido, e que, também desavisadamente, Tchaikovsky o tenha bebido.

A questão, pelos comentários de todos, parecia encerrada, e o doutor Hathaway falou, já se pondo de pé:

– Mais um encontro em que saímos bastante informados, mas impossibilitados de chegar a qualquer certeza. Quem sabe, um dia, as autoridades russas autorizem a exumação do cadáver do grande Piotr Ilitch Tchaikovsky. E, ao terminar nossa reunião, permitam-me fazer uma constatação curiosa: todos estão com os copos d'água ainda cheios. Será que não beberam por falta de sede? Pois dou-lhes uma boa notícia: o doutor Montalbano gentilmente decidiu levar o seu cardápio siciliano às últimas consequências e nos ofertou duas garrafas do delicioso vinho doce de Pantelleria para um brinde de encerramento da noite. E creio que nos despedimos com mais um lembrete ainda importante na atualidade: cuidado com a água que bebem!

\* \* \*

## PIOTR ILYICH TCHAIKOVSKY
### KAMSKO, WOTINSKI SAWOD (RÚSSIA) 07/05/1840
### SÃO PETERSBURGO 06/11/1893

Talento precoce, aos cinco anos já tocava órgão e mostrou surpreendente capacidade para ler partituras musicais. Apesar de seu amor à música, seguiu a vontade de família de vê-lo advogado, tendo frequentado a Escola de Direito de São Petersburgo. No entanto, a partir de 1863, decidiu dedicar-se totalmente à carreira musical.

Teve uma vida pessoal turbulenta, inclusive com um casamento rapidamente fracassado, em tentativa vã de encobrir sua homossexualidade. A causa da sua morte até hoje está cercada de dúvidas.

Foi um compositor romântico de sucesso mundial, de enorme popularidade no mundo todo. De suas sinfonias, as mais famosas são a *nº 4 em fá menor opus 36*, a *nº 5 em mi menor opus 64* e a *Patética, nº 6 em si menor opus 74*. Talvez tenha sido o maior compositor de música para balé, sendo as mais conhecidas *O lago dos cisnes*, *O quebra-nozes* e *A bela adormecida*. Além de corais, música de câmara e solos para piano, compôs 11 óperas, entre elas destacando-se *Eugene Onegin*.

Ouça a *Abertura 1812*, com Antonio Pappano regendo a Santa Cecília Academy Corus and Orchestra, e a *Valsa das Flores* do balé *O quebra-nozes*, com Vasely Petrenko regendo a Royal Liverpool Philarmonic Orchestra.

## Capítulo 6

---

**SINFONIA RENANA
OS MISTÉRIOS DA MORTE DE
ROBERT SCHUMANN**

No enregelado janeiro de 1928, eu e Sherlock Holmes acabáramos de ultrapassar sete décadas de existência sempre enredados em fabulosas peripécias contra o crime. Quem acompanhou meus registros das incríveis aventuras de meu amigo talvez se surpreenda com o que narrarei nas próximas páginas, pois na certa lembra-se de que, no conto que denominei *A aventura da segunda mancha*, escrevi que, em 1927, ao completar setenta anos, Holmes aposentara-se, dedicando-se à criação de abelhas no litoral, em Sussex Downs. Fiz isso para corresponder ao desejo dele de preservar-se do assédio que vinha dos quatro cantos do mundo, mas a verdade é que ele continuou na ativa, por toda a vida, sempre comigo a seu lado.

    Naquela ocasião, o talento criminalístico do meu amigo, já reconhecido por toda a Europa, fazia com que muitas vezes tivéssemos de atravessar a Mancha chamados ao continente para casos de difícil solução. Alguns, aqueles de explosiva natureza política, amordaçam-me os lábios e secam-me a pena, pois, do contrário, meus registros poderiam fazer rolar cabeças coroadas e mesmo desagasalhar pescoços de alguns governantes das frágeis e modernosas democracias que espocavam depois do final da Grande Guerra.

Era um desses casos que ora se encerrava, talvez o mais extremo dos solucionados por Holmes, como na certa eu o registraria se me fosse permitido fazê-lo. Por causa desse sucesso, respirávamos politicamente mais aliviados ao despedirmo-nos de Viena, o palco do grave incidente. Aliviados, sim, porque, não fosse o brilhantismo de Holmes, a Liga das Nações estaria morta e uma nova guerra, talvez ainda mais brutal, explodiria envolvendo o mundo inteiro.

E mais uma vez nossa querida Inglaterra na certa seria chamada para resolver a questão...

Além de salvar o mundo, meu amigo acabara de livrar a bela Áustria da ameaça de ser invadida por uma exótica ideologia que crescia na vizinha Alemanha, insuflada por um ainda mais exótico ex-cabo do derrotado exército alemão. Uma loucura, sim, ameaça equivalente à que havia pouco mais de uma década derrubara e assassinara o milenar governo imperial da grande Rússia. Felizmente, graças ao meu amigo, a paz na Europa estaria garantida pelos próximos cinquenta anos, talvez mais. Essas eram e ainda são as razões pelas quais revelações sobre aquela façanha de Sherlock Holmes devam permanecer para sempre na obscuridade dos subterrâneos da Universidade de Londres.

Logo após o encerramento do caso e depois de Holmes ter-se esquivado aos agradecimentos da chancelaria austríaca, fomos envolvidos em uma ocorrência que, se não teve a relevância diplomática daquela que nos havia trazido a Viena, foi uma das mais expressivas demonstrações das qualidades daquele já consagrado como o maior detetive do mundo.

\* \* \*

Antes de retornar a Londres, a conselho de Holmes, estávamos almoçando num dos mais aprazíveis restaurantes de Viena, o famoso Cafe Landtmann. Naquele horário, o estabelecimento já estava praticamente lotado, mas ainda conseguimos uma boa mesa. O ambiente estava bem aquecido por uma enorme lareira, o que nos fez despir nossos grossos capotes, que foram levados por um recepcionista junto com nossas luvas, nossos cachecóis, nossos chapéus e a sobrepeliz do meu amigo.

Pedimos Wiener Schnitzel e o famoso Pinot Noir Blauer Spätburgunder para acompanhar. Fomos servidos e, antes que eu tivesse podido dar a primeira garfada no bife à minha frente, o proprietário ligou um reluzente gramofone e o fez girar, reproduzindo o que estava registrado num desses modernos discos de cera. Imediatamente, os olhos de Holmes acenderam-se, felizes.

– Ah, Watson, que bela escolha do nosso anfitrião! Estamos ouvindo o magnífico *Bunte Blätter Opus 99*, de Robert Schumann! Sim, sim, é uma das minhas favoritas... E, se não me engano, esta é a gravação de 1924, do grande pianista Ossip Gabrilowitsch! – Tomou um gole do Blauer Spätburgunder e balançou a cabeça. – Devo confessar que um dos poucos enigmas que minha inteligência não consegue compreender é por que um artista como aquele tenha tentado o suicídio atirando-se no rio Reno...

Espantei-me.

– Este pianista Gabrilowitsch tentou se matar?

Holmes alterou-se ligeiramente.

– Não, Watson! Quem se atirou no Reno foi o grande compositor Robert Schumann!

– Ah...

Meu amigo encarou-me e continuou:

— Você, como médico, diga-me: o que teria levado um artista bem-sucedido como Robert Schumann a tentar o suicídio jogando-se de uma ponte?

— Bem... — tentei corrigir-me de minha confusão. — Posso pensar em numerosas hipóteses para explicar isso, Holmes. Poderiam estar ocorrendo com ele apertos financeiros graves. Ou um diagnóstico recém-recebido de câncer de laringe... ou problemas de natureza sexual... isso para citar somente algumas possibilidades...

Holmes balançou a cabeça, como se repelisse minhas hipóteses.

— Não, Watson, esse seu materialismo me incomoda. Diagnósticos de doenças terminais? Ora, sabe-se que o que abreviou a vida de Schumann não foi nenhuma doença desse tipo. Ele sempre foi um homem generoso a ponto de, com seus estudos, facilitar a penetração no mundo da música de gênios como Chopin e Brahms. Era querido por todos. Apertos financeiros? Os concertos da grande pianista que foi sua esposa Clara na certa mantinham equilibradas as finanças da casa. Problemas sexuais? Mas ele era casado com uma mulher linda e talentosa, que sempre o amou perdidamente! Juntos, os dois geraram oito filhos, uma criança atrás da outra, o que pressupõe uma atividade sexual satisfatória para qualquer casal!

— Bem, Holmes, nesse caso...

Meu amigo não me deixou terminar.

— Não! Temos de buscar explicações em outro ramo do conhecimento humano, meu caro Watson, um ramo menos material, menos palpável. Você sabe muito bem que, desde o século passado, há médicos que encaram as patologias da mente humana de uma maneira totalmente nova, sem atribuir a causa das alterações mentais somente a agentes infecciosos ou a tumores.

No caso de Schumann, por que não pensar então nesses distúrbios mentais que podem atormentar indivíduos que todos apontam como aqueles que deram certo?

– Bem lembrado, Holmes... – fui obrigado a concordar. – Essa não é minha especialidade, mas o aspecto psicológico deve ser levado em consideração, sim, deve mesmo. Mas, que condições temos para isso?

– Não temos? Pois é justamente esse aspecto que pretendo considerar, Watson. O psiquiatra Paul Mobius publicou um estudo afirmando que a música de Schumann revela uma pessoa extremamente nervosa, com provável doença mental, talvez demência precoce, que atualmente chamam de esquizofrenia.

– Um certo exagero, Holmes, um certo exagero! – ousei comentar. – Como diagnosticar uma alteração psíquica em alguém apenas ouvindo suas composições?

Holmes sorriu, sobranceiro.

– Do mesmo modo que podemos avaliar a saúde mental de um pintor, simplesmente examinando suas telas!

Na ocasião, senti-me meio sem jeito.

– Hum-rhum... Você se refere a quem? Gainsborough, talvez?

Sherlock Holmes suspirou, não entendi direito por quê.

– Ai, ai, ai... Não, Watson, não... Eu estava pensando em um holandês, um certo Vincent van Gogh...

Pego em flagrante de desconhecimento, ainda tentei me defender.

– Bom, no caso de pintura, talvez, mas, no da música...

Meu amigo interrompeu-me, mudando de estratégia.

– Está bem, então, Watson. Raciocinemos apenas com aquilo que se conhece da vida de Schumann. Sabemos que, na ocasião de sua tentativa de suicídio, ele já apresentava sérios problemas mentais. Tanto que, salvo do afogamento por barqueiros, pediu para ser internado em um asilo para alienados de onde nunca mais saiu, vindo a falecer dois anos depois, com somente quarenta e seis anos.

Meio desconfortável por demonstrar pouco conhecimento sobre a vida e a morte do compositor, pincei do fundo da memória um artigo sobre uma das mais graves doenças venéreas que eu havia estudado há tempos.

– Lembro-me de uma teoria sobre essa morte que pretendia explicar sua causa provável, Holmes. Li que Schumann teve sífilis primária aos vinte e um anos e foi dado como curado pela regressão dos sintomas iniciais. No entanto, hoje se sabe que essa regressão é a regra na evolução da doença. Assim, seu estado de saúde teria piorado de modo assintomático para uma forma mais avançada da moléstia, com comprometimento cerebral, e daí decorreria o restante: agravamento progressivo dos problemas mentais... óbito...

Holmes fixou em mim aqueles seus olhos penetrantes como punhais e rebateu:

– Sua explicação me parece muito cômoda, Watson. Sabe-se que a produtividade de Schumann flutuava durante todo esse tempo, passando de momentos sublimes de criatividade para outros sombrios de depressão. Como as complicações mentais da sífilis explicariam tudo isso?

– De fato, Holmes, a sífilis é uma boa hipótese, mas não explica tudo...

Nesse ponto, nossa atenção foi desviada para a grande porta de entrada do restaurante, onde o *maître* desajeitadamente procurava desculpar-se por não ter nenhuma mesa vaga para oferecer a um recém-chegado. Este era um homem pequeno, magro, mais ou menos da nossa idade, com uma barba grisalha e redonda muito bem aparada, um bigode penteado com esmero, óculos e um bom início de calvície. Vestia um impecável terno de lã, com uma corrente de ouro afivelada num dos botões do colete, que terminava no bolsinho à esquerda, onde ali certamente estava o relógio.

Sherlock Holmes arregalou os olhos.

– Watson, veja só quem acabou de entrar!

– Hum...? Quem? Confesso que não tenho a honra de...

Num sussurro de entusiasmo, meu amigo informou:

– Trata-se do doutor Sigmund Freud, Watson! O próprio!

Dessa vez fui eu que me espantei.

– Freud?! O criador da psicanálise? Sigmund Freud?

Com os olhos fixos no recém-chegado, Holmes entusiasmava-se.

– Ele mesmo! Parece ter adivinhado nossa discussão sobre a loucura, meu caro Watson. Como o restaurante está lotado, vamos convidá-lo à nossa mesa!

Meu coração de médico provinciano saltou-me no peito.

– Imagine, Holmes! Um homem importante como ele! Esse professor já é um mito! Ele pode nos ignorar!

– Bobagem, Watson – argumentou meu amigo –, os grandes gênios costumam ser indivíduos humildes, pois têm consciência do grão de areia que somos no universo. São na verdade modestos, como eu!

Dessa vez, pretendi vingar-me dos vários enganos que eu havia cometido naquela ocasião.

– Ah, é? E como ficamos com a prepotência de Wagner?

Holmes acedeu.

– Bem, toda regra tem suas exceções, Watson, mas não creio que Freud seja uma delas. E, num dia como este, com a neve castigando lá fora, estou certo de que o professor Freud aceitará meu convite com prazer. Espere um pouco!

O pequeno médico parecia começar a convencer-se com os argumentos do *maître* e estava quase fazendo a meia-volta para sair quando foi detido por Sherlock Holmes. Da nossa mesa, eu não podia ouvir o que diziam, mas logo notei o sorriso do criador da psicanálise enquanto entregava o sobretudo, as luvas, o cachecol e o chapéu aos cuidados do recepcionista.

O grande Sigmund Freud almoçaria conosco!

\* \* \*

Apresentamo-nos e Sherlock Holmes, adiando qualquer tema mais sério, deu todo o tempo necessário para que nosso convidado se acomodasse. Aguardou que ele escolhesse sua refeição no cardápio oferecido pelo *maître*, que não parava de desculpar-se por não poder tê-lo acolhido de imediato e, a pedido de meu amigo, trouxe um conhaque para aquecer-lhe o ânimo.

– Um clima terrível, terrível mesmo para essa quadra do ano! – dizia Holmes, trivialmente, para deixar o convidado à vontade.

Freud e Holmes entendiam-se perfeitamente, pois a língua alemã era uma das muitas que meu amigo dominava, embora eu deva confessar que desse idioma eu não entendia nem uma palavra. E como pude eu, sem nada entender da língua alemã, estar relatando o que foi conversado naquela ocasião? E eu respondo: É mesmo! Com eu pude? Mas deixemos de lado esses detalhes e continuemos a narrativa, pois o que eu pensava naquela hora é que o mundo seria bem mais esclarecedor se todos falassem inglês.

– É uma honra, professor Freud – confessava Holmes –, compartilhar esta refeição com o grande criador da psicanálise...

Freud sorriu levemente, e respondeu ao elogio:

– Obrigado. Para mim é também um privilégio ser recebido na mesa do grande Sherlock Holmes. Como o senhor disse, sim, *a Psicanálise é criação minha, mas ela tem sido alvo de copiosas desconfianças e malquerenças...*[12]

Sherlock Holmes não podia deixar passar uma dica como aquela e ajuntou:

– Também a mim, como criador da moderna criminologia, não me faltam remoques invejosos...

Já na sobremesa, enquanto estávamos sendo apresentados ao famoso *apfelstrudel* do Cafe Landtmann, Holmes perguntou:

– Professor Freud, eu e meu amigo aqui, o doutor John Watson, conversávamos sobre o grande compositor Robert Schumann. Isso porque as causas da morte desse gênio da música sempre me incomodaram...

O médico levantou os olhos.

– Sim, *herr* Holmes? E quais as razões de seu incômodo? Estou certo de que as suspeitas de sífilis como causa mortis não o satisfazem, não é?

– Exatamente, professor – continuou meu amigo. – Muitos, como eu, duvidam dessa hipótese. Por isso sua opinião seria esclarecedora, uma vez que, por ocasião da morte de Schumann, foi levantada a hipótese de distúrbio mental e proposto um diagnóstico a que chamavam "malinconia". Hoje, esses sinais seriam interpretados como síndrome depressiva, não é?

– Sim – concordou Freud. – Vários estudiosos diriam isso, simplificando a questão. Mas eu não sou um deles.

– Não? – Holmes estranhou. – Como entender então os distúrbios do compositor? Schumann era muito bem-sucedido em seu trabalho, estava casado com uma mulher linda e talentosa e tinha uma penca de filhos alegrando sua casa. Não possuía

---

[12] As frases em itálico podem ter sido da autoria do doutor Sigmund Schlomo Freud. (N. do E.)

tudo para ser feliz? Então quais as razões concretas para essa síndrome depressiva?

O professor depositou o garfo ao lado do prato da sobremesa e explicou:

– Razões concretas, *herr* Holmes? Há pouco de concreto na psicologia humana. Esses sucessos que o senhor expõe são apenas o que o *ego* de Schumann mostrou à sociedade. *Eu chamo de* ego *a essa vitrina que exibimos aos outros, para conquistar simpatias em nosso entorno, de modo que todos aceitem que somos aquilo que as convenções esperam de nós. E essas regras a nós impostas abrigam-se no que eu denominei* superego, *onde estão contidos os registros das leis sociais e morais que nos são impostas pela civilização. É esse* superego *que nos ajuda a controlar nossas palavras e ações.*

– Sim, mas...

– *Mas a convivência entre* ego *e* superego *não é tranquila. Pressionando os dois, perturbando esse equilíbrio, flutua o* id, *que guarda nossas pulsões mais primitivas, como nossas taras, nossas paixões, nossa libido, nossa intolerância, nosso egoísmo, nossa agressividade. E, segundo mim mesmo, o conflito entre o* ego *e as tentações do* id, *desobedecendo as regras do* superego, *resultam no que eu chamo* neurose. *O desequilíbrio causado pela luta do* ego *com o mundo externo eu chamo* psicose. *Em meus escritos, eu ensino que tudo se resume às interações e consequentes conflitos entre as três estruturas do aparelho mental, o* ego, *o* id *e o* superego.

– Neurose? Psicose? Em que lugar desses dois abismos teria caído a mente de Schumann?

– Difícil chegar a qualquer diagnóstico sem que eu pudesse ter submetido Schumann a um tratamento psicanalítico longo e profundo, *herr* Holmes. *Nosso* ego *é sempre pressionado pelos demônios internos do* id, *esse repositório que armazena nossos impulsos, nossos desejos e nossas taras, que são controlados, ne-*

*gados e policiados pela sociedade para garantir aquilo que chamamos "civilização".* Que desejos e impulsos estariam reprimidos pelas regras da civilização no *id* de Schumann? Impossível saber. *Todas as civilizações são construídas sobre a coação ao trabalho e a repressão aos impulsos. Por isso, o sonho da humanidade é ver-se livre de controles, de dores, de medos, para que possamos viver somente de gozos e de alegrias.*

– Ora, professor! O senhor está propondo uma definição de felicidade impossível de ser alcançada!

– Ao contrário! *Eu acredito que a felicidade seja possível na Terra* – provocou Freud. – *Mas sempre será necessário reprimir os maus impulsos. A lei e a civilização têm papel importante na maneira de controlar as pulsões, pois tais desejos impulsivos podem levar ao incesto, ao prazer de matar e até ao canibalismo. A civilização, herr Holmes, é algo imposto à maioria por uma minoria que entendeu apoderar-se dos meios de poder e coação.*

– Na verdade creio que todo trabalho criativo seja mesmo uma luta pela liberação dos impulsos – sugeriu Holmes –, uma resistência às coações impostas por essa minoria que o senhor menciona.

– Verdade. *Mas, para resistir à coação ao trabalho e à repressão aos impulsos, tampouco podemos escapar ao domínio da maioria pela minoria, pois as massas são inertes e sem inteligência, e não podem ser convencidas por argumentos racionais. Essa é mesmo uma luta especial, reservada aos especiais,* como foi este compositor.

– Sim, especial como eu sou e o senhor é, apesar de sermos, nós ambos, tão modestos. Mas não podemos buscar compreender o dilema da vida somente através da razão?

– Sem dúvida podemos e obrigatoriamente devemos. *O trabalho científico é, para nós, o único caminho que nos pode conduzir ao conhecimento da realidade. A Ciência não é ilusão alguma.*

*Ilusão seria, porém, crer que pudéssemos obter em outra fonte aquilo que a Ciência não nos pode dar. Não há instância alguma acima da razão! Sem a razão, só nos resta a angústia.*

Essa verdadeira ode à ciência e à razão provocou em Sherlock Holmes, o mais racional ser humano que jamais existiu, um exalar aliviado.

– Quer dizer, professor, que não há um céu de esperança para os angustiados?

O professor passou o guardanapo pelos lábios, sorriu e sentenciou:

– *O céu, abandonemo-lo às nuvens e aos pardais!*

Nessa altura da conversa, através da vidraça do restaurante, vimos uma grande viatura estacionar, espirrando neve congelada. Do seu interior, saltaram dois homens, encasacados em negro como exigia a extrema temperatura. Logo reconheci o corpulento Inspetor Helmut Rosenmüller e seu inseparável e calado assistente, formando o par de policiais que nos havia acompanhado enquanto Holmes destrinchava o novelo que por um triz não destruíra a Europa.

– Holmes! – exclamei. – Terá havido mais complicações com o primeiro-minis...

– Calado, Watson! – repreendeu ele. – Aquilo está encerrado, mas estou certo de que novas confusões nos esperam!

A suspeita de Holmes confirmou-se: em poucas palavras, o enorme austríaco convocava meu amigo para mais um desafio. O professor Freud pareceu excitado pelo chamado e meu amigo convidou-o a nos acompanhar na investigação. Assim, com a companhia de Sigmund Freud, o pai da psicanálise, embarcamos na viatura policial para um novo destino, sob um frio de congelar pinguins do lado de fora e só um pouco menos congelante no interior do carro, que seguia pilotado pelo calado auxiliar de Rosenmüller.

– Hum, bem, *herr* Holmes... – explicava o inspetor. – Sou obrigado a novamente recorrer ao seu auxílio... Han-hum... é que... Bom, trata-se de uma ocorrência grave, bastante grave, *mein herr*...

Mais uma vez, tudo foi dito em alemão, que eu continuava não entendendo, mas a verdade é que meu amigo Sherlock Holmes procurava ajudar o homem a desembuchar sem mais delongas o motivo de nossa convocação.

– Estou às suas ordens, caro inspetor.

Rosenmüller pigarreou mais uma vez.

– Um assassinato, *herr detektiv*. Um bárbaro assassinato, e um crime avassalador, pois envolve uma linha bastarda, mas muito poderosa, da casa real dos Habsburgos, país do saudoso Império Austro-Húngaro, infelizmente deposto por esta república que nos levou a uma crise da qual não conseguimos sair. Nossa última esperança agora será o auxílio de nossos irmãos alemães, que agora estão sob uma forte liderança que haverá de unir todos os povos de língua germânica e devolver-nos o orgulho ariano que...

– Muito bem, inspetor – Holmes interrompeu o policial, usando seu tom de barítono que tão bem se encaixava na língua alemã. – Creio que teremos de esperar muito até que vossos irmãos alemães venham ajudá-los. Enquanto isso, esclareça-nos sobre o tal crime avassalador...

O inspetor voltou a pigarrear e a desculpar-se:

– Hum... É que, hoje em dia, com essa novidade do rádio, podemos ter contato com o resto do mundo, *herr* Holmes, com o resto do mundo! Os discursos do líder do novo partido alemão são o que mais nos traz esperanças de solução para nossa crise e que...

– E o crime, *herr inspektor*?

O homem forçou-se a retomar a narrativa e ficamos sabendo que o assassinato era mesmo de assustar. O Baronete Conrad von Reichenbrünner, irmão mais novo do Barão Maximilian von Reichenbrünner, amanhecera em seu quarto, ensanguentado e enregelado feito pedra, com o peito estraçalhado!

— A janela estava escancarada, *herr* Holmes, o quarto congelado e a porta fechada, mas não trancada.

— Sua investigação alterou alguma coisa no local do crime?

— Não, *herr detektiv*. Tudo está intocado, como recomendei ao policial de guarda, há pouco mais de uma hora, quando saí para procurá-lo.

— E a arma do crime?

— Sabemos qual é, mas ainda não foi encontrada, *herr detektiv*. Mas creio que isso, por agora, tem importância menor do que a autoria do crime, o que já pude esclarecer. Foi por isso que resolvi procurar o senhor...

— Já sabe quem é o assassino, *herr* Rosenmüller? — perguntou Holmes com um sorriso. — E quem seria ele?

O inspetor olhou para a estrada em volta, como se o que tinha a dizer fosse um segredo de Estado que não poderia ser do conhecimento nem dos bosques de Viena.

— O assassino é o próprio Barão Maximiliam von Reichenbrünner, *herr* Holmes!

E o inspetor esclareceu-nos da gravidade da situação. O barão sempre foi tido como um homem sério, mas bastante duro, e o baronete era reconhecido como um homem nervoso. Vivia a roer as unhas e muitas vezes durante dias fechava-se como uma ostra. Os dois irmãos odiavam-se. Viviam às turras em torno da titularidade das posses da dinastia Reichenbrünner, que tinha um volume de admirar, mas que o baronete parecia disposto a dilapidar com suas jogatinas e excentricidades. De acordo com a criadagem, os dois haviam discutido ferozmente na noite anterior. O barão estava para casar-se com a Princesa Aubergine Saxe-Sauerkraut, sobrinha-neta do Grão-Duque Fritz-Ferdinand von Sauerkraut. Segundo a velha governanta, desde a adolescência, os dois irmãos cortejavam a moça, mas ela acabara por fazer a escolha certa, pelo menos do ponto de vista da fortuna...

Holmes ergueu as sobrancelhas e, com o ar de leve ironia que o caracterizava em momentos como aquele, perguntou:

– Mesmo, *herr inspektor*? Está supondo que este pode ter sido um crime passional? Mas, nesse caso, seria o baronete que deveria ter razões para matar o barão e não o contrário...

Sigmund Freud sorriu levemente e o inspetor Rosenmüller deu de ombros, com as palmas das mãos para cima, tentando mostrar que não havia alternativas para sua suspeita.

– A única possibilidade de autoria, *herr* Holmes, aponta mesmo para o Barão Maximilian von Reichenbrünner. Além dos dois, no castelo, só havia a velha criadagem, que à noite se recolhe a seus cubículos no subsolo do castelo. O barão alega ter permanecido na biblioteca, depois da discussão noturna, e adormecido frente à lareira, auxiliado por alguns cálices de schnapps. Diz ter acordado na madrugada, subido as escadarias para recolher-se a seus aposentos e que, ao passar na frente do quarto do baronete, sentiu um vento gelado penetrando por debaixo da porta. Diz ter batido, chamado pelo irmão e, sem obter resposta, teria aberto a porta e encontrado a cena que logo o senhor poderá verificar...

Sherlock Holmes acenou com a cabeça, sem mais nada perguntar.

Em menos de uma hora chegamos ao Reichenbrünner Schloss, um castelo imponente em sua construção seiscentista, erguendo-se a cavaleiro de um lago enregelado e apontando torres para o céu pesado de gelo que parecia prestes a despencar sobre nossas cabeças. Subimos íngremes escadarias e fomos levados ao local do crime.

– O barão está recolhido na biblioteca, *herr* Holmes, sob a guarda de um de meus homens e...

E ali estávamos nós quatro, Rosenmüller, Holmes, Freud e eu (ou cinco, se contarmos com o mudo auxiliar do inspetor), num vastíssimo aposento que, devido à janela escancarada, parecia um imenso frigorífico, uma dessas novidades com um motor que consegue reproduzir o mais rigoroso inverno dentro de um quartinho de metal blindado. Da janela totalmente aberta, sem necessitar de motor algum, o rigor do inverno tudo invadia, tudo enregelava, e o corpo, caído de bruços, cobria-se de uma camada esbranquiçada de geada, que se desfazia ao toque.

A lâmina de gelo escorrida sob o cadáver era de um vermelho aguado. Holmes ajoelhou-se junto ao corpo e o virou. Ele estivera debruçado sobre dois livros volumosos, também duros de gelo e de sangue. E seu peito estava perfurado, grosseiramente arrombado!

Aquele ferimento me pareceu mais do que uma simples punhalada. O homem deveria ter sido agredido por um chuço, uma alabarda antiga ou uma lança especialmente pesada.

– Examinamos todas as armas brancas, *herr* Holmes – respondeu Rosenmüller à necessária indagação de Sherlock Holmes. – Há uma imensa coleção de armas antigas, centenárias, decorando as paredes deste castelo. Descobrimos que falta apenas uma. Uma alabarda pesada, que fazia par com esta.

E exibiu uma espécie de lança, com uma lâmina larga, muito pesada e longa, de ferro enferrujado, encaixada em grossa haste de madeira. Holmes segurou-a, sopesou-a e a devolveu ao inspetor, que terminou a explanação com uma surpresa:

– Foi fácil descobrir a falta do par desta arma, *herr* Holmes, pela marca na parede onde estavam as duas. E essa parede era justamente a do dormitório do Barão Von Reichenbrünner – fez uma pausa, para avaliar se o peso da revelação equivalia ao da alabarda, e continuou: – O barão, depois de matar o irmão, deve ter jogado a arma pela janela, no lago lá embaixo, coisa fácil de deduzir por termos encontrado a janela escancarada. Mas por ora será impossível recuperá-la. Com o peso, ela deve ter arrebentado a camada de gelo que cobre o lago e desaparecido nas profundezas da água. E, com este frio, o gelo logo deve ter voltado a formar-se, ocultando o ocorrido. Para dragarmos o lago, só na primavera...

Sherlock Holmes sorriu com o raciocínio do alemão e perguntou:

– O que o barão alega, *herr inspektor*?

– Nada, *herr* Holmes. O homenzinho fecha-se num silêncio completo.

– Homenzinho? – Holmes estranhou.

– Sim, *herr detektiv* – respondeu Rosenmüller. – O barão é um homem pequeno, bem franzino.

Meu amigo pareceu satisfeito com o relato. De joelhos ao lado da vítima, quebrou pedaços da camada de gelo avermelhado que se espalhava pelo chão em torno do cadáver. Esfregou-os nas palmas da mão, derretendo-os e ensanguentando-se. Levantou-se e dirigiu-se à janela. O gelo formava sólidas estalactites por praticamente toda a extensão da janela. Holmes pegou uma delas e, com esforço, partiu-a. Em seguida, voltou-se para mim e perguntou, com um sorriso aberto no rosto:

– Diga-me, Watson, o que você acha do suicídio?

– Suicídio, Holmes?!

– Selbstmord, *herr detektiv*?!

– *Selbstmord, herr Holmes?!*

Não importa se a pergunta foi feita em inglês ou em alemão. O que importa é que a surpresa se estampava no meu rosto inglês e nas faces germânicas de Rosenmüller, de Freud e do policial que não falou nada.

Sem mais nada explicar, Sherlock Holmes voltou ao cadáver, equilibrou a estalactite com a ponta para cima prendendo-a entre os dois livrões, retirou o assento de uma das cadeiras e atirou-o com força contra aquele gelo pontudo, cravando-o na estalactite, que se espatifava! E declarou, vitoriosamente:

— Este sim é um par para a arma do crime, senhores! E desapareceria facilmente quando fosse derretido pelo calor do sangue do baronete, como a outra estalactite de gelo derreteu-se. Neste caso a arma do crime não foi uma alabarda, foi apenas a água! Aí está! É assim que um neurótico se suicida, simulando o próprio assassinato para vingar-se de um rival, que lhe roubara a fortuna e a garota!

* * *

No começo daquela mesma noite, já estávamos na Wien Westbahnhof para embarcar no trem que nos levaria a Munique, próxima escala de nosso retorno à velha Inglaterra.

— Com efeito, Holmes, com efeito! — lembro-me de ter comentado na ocasião. — Antes de cravar-se na estalactite de gelo, o neurótico baronete jogou a alabarda pela janela sem calcular que alguém pudesse desconfiar que seu irmão pequeno e franzino dificilmente teria forças para manejar uma arma tão pesada e arrombar a caixa torácica de alguém!

Nesse momento, por trás de nós surgia a figura também pequena e alinhada daquele que nos havia acompanhado na solução do caso Reichenbrünner: Sigmund Freud!

— *Meine herren*, depois de terem-me possibilitado a interessante experiência psicológica desta tarde, pensei que no mínimo eu deveria acompanhá-los à estação para despedir-me e prestar-lhes meus respeitos.

– Oh, doutor Freud! – surpreendeu-se Holmes. – Muita honra o senhor nos faz!

Como ainda havia tempo para a partida de nosso trem, sentamo-nos os três no café da estação, para comentar as peripécias da investigação.

– Triste mesmo a forma que esse homem planejou para vingar-se... – observou Freud. – Que modo peculiar de cometer um assassinato: matar a si mesmo na certeza de que seu irmão acabaria enforcado! Matando-se, pretendeu matar o irmão!

Havíamos acabado de tomar uma espécie de grogue vienense, uma mistura de vinho quente com conhaque, açúcar, leite, chocolate e temperos perfumados, uma receita ótima para aquecer nossos espíritos. Holmes sorriu, divertindo-se com a observação de Freud. Tirou o cachimbo e o pacote de fumo do bolso do sobretudo. Eu saquei minha carteira de cigarros enquanto o doutor Freud fazia os preparativos para fumar seu charuto.

Sherlock Holmes encheu o fornilho do cachimbo. Firmando o bocal entre os dentes e sustentando o bojo na palma da mão esquerda, com o dedo médio da mão direita começou a apertar lenta e cuidadosamente o fumo dentro do fornilho.

Com o rabo dos olhos, Freud observava os preparativos do cachimbo de Holmes enquanto cortava a ponta do charuto com os dentes. Em seguida, enfiou metade dele na boca, molhando-o bastante com saliva, girando-o entre os lábios e preparando-o para ser consumido. E comentou:

– Interessante, *herr* Holmes... perdoe-me a franqueza de um psicanalista, mas essa é a minha Ciência. Sabe que o dedo médio é considerado um órgão sexual? E que também é certo que o fornilho do cachimbo signifique um perfeito símbolo da vagina com o fumo no papel dos pelos pubianos? Assim, qualquer psicanalista que tivesse lido meus escritos poderia dizer que esse seu gesto lascivo de apertar o fumo no fornilho do cachimbo com o dedo médio, como se acariciasse um clitóris, é uma típica demonstração de carência de sexo...

    Holmes franziu suas peludas sobrancelhas e, estendendo o olhar para o médico, devolveu a provocação:

    – Verdade? Por outro lado, em seus escritos, o senhor informa que o charuto é o mais óbvio dos símbolos fálicos. Assim, como poderia ser interpretada sua maneira de preparar o charuto, envolvendo-o e umedecendo-o dentro da boca?

    Freud não se deu por achado.

    – *Às vezes, herr* Holmes, *um charuto é apenas um charuto.*

    – E quase sempre, professor Freud, um cachimbo é apenas um cachimbo!

    Três fósforos foram acesos ao mesmo tempo e três diferentes tipos de fumaça quente invadiram nossos pulmões.

\* \* \*

## 22ª REUNIÃO DA CONFRARIA DOS MÉDICOS SHERLOCKIANOS
## LONDRES – 12 DE FEVEREIRO DE 2017

    – Atchim! Atchim! – O estaticista Westrup espirrava logo à chegada do restaurante escolhido para a reunião. Tirava o sobretudo e desculpava-se, enxugando o enorme nariz com o lenço. – Não, não, não estou resfriado. É que sair desse fim de inverno tão inglês e entrar neste ambiente tão exageradamente aquecido sempre me provoca um choque alérgico!

    – Então pelo menos vire a cara pra lá ao espirrar, Westrup! – alfinetava a doutora Sheila.

– Vamos sentando, minha gente! Meu estômago alerta que nosso jantar já está atrasado! – convidava Montalbano, rematando o convite com uma gargalhada.

Os médicos ocuparam todos os lugares na longa mesa reservada para eles no caro e estreladíssimo restaurante The Five Fields, na Blacklands Terrace. O prato escolhido para a ocasião era um *paprika schnitzel*, em homenagem – informara o velho professor Hathaway – ao falecido Império Austro-Húngaro, onde Sigmund Freud iniciara sua brilhante carreira, quando Viena e Budapeste obedeciam a um mesmo monarca. O prato principal veio acompanhado pelo encorpado Bikavér de Szekzárd, e o pudim de uvas da sobremesa foi coroado pelo famoso vinho doce Tokaji Aszú.

– Imaginem! – reclamava a doutora Sheila. – Nem quero pensar no meu 1/12 dessa conta! O professor acha que meu laboratório cuida dos membros da Câmara dos Lordes, é?

Com tantas iguarias austríacas, alemãs e húngaras, o clima do fim da refeição já estava bem alto quando Hathaway fez tinir seu cálice já vazio do vinho da sobremesa para acalmar as conversas e iniciar a discussão sobre mais uma aventura inédita de Sherlock Holmes.

– Colegas, prezados membros da Confraria dos Médicos Sherlockianos. Nesta noite, para investigação e debate sobre a morte de Robert Schumann, o grande compositor de obras-primas como a *Kreisleriana* e tantas outras preciosidades, escolhemos, como ponto de partida de nossos trabalhos, o formoso conto escrito pelo nosso saudoso colega, o doutor John H. Watson...

Os outros onze médicos acenaram concordâncias e cada um tratou de acomodar-se, tomar um último gole de vinho ou, como o fez Montalbano, de servir-se de mais uma grossa fatia de pudim de uvas. Hathaway, o decano daquele grupo tão seleto e tão peculiar, continuou:

– Vocês sabem, amigos, que nós, os ingleses, não somos muito ligados às tradições... – Aguardou por um momento, sorrindo, como se já esperasse o que viria. – Bem, se já acabaram com as risadinhas, vou prosseguir. Normalmente, pelo menos em nossas reuniões anteriores, sempre tivemos apenas um relator. No entanto, no caso de Robert Schumann, as questões distribuem-se em dois grandes campos: o neurológico e o psiquiátrico. Por isso, desta vez, teremos dois relatores: o doutor Rosenthal para apresentar o ponto de vista da neurologia, e a doutora Anna Weiss para o ponto de vista da psiquiatria. Com a palavra o doutor Rosenthal.

O jovem especialista pôs-se de pé e, com a cabeça, acenou em volta, como se estivesse chegando naquele momento e pedisse licença para estar ali. Era o mais alto de todos, mas sua juventude fazia-o modesto, meio curvado, como se estivesse enfrentando uma severa banca de doutorado. O clima a sua volta, porém, já bastante relaxado pelo farto jantar e pelas taças dos excelentes vinhos, mostrava-se tão acolhedor que afastava qualquer timidez.

– Colegas... doutores... – começou ele, empunhando suas anotações. – Por anos foi comum a crença de que genialidade e doença mental andassem de mãos dadas. Hoje, porém, é sabido que o número de neuroses e psicoses entre os gênios não é diferente do incidente em outros grupos. Robert Schumann foi um gênio, com isso todos concordamos, mas terá ele sido também um louco? Isso nós vamos ver. Inicio minha fala com uma repassada sobre sua vida.

Olhou em volta, como se verificasse o grau de interesse que o início de sua explanação pudesse ter causado. Sorriu, pigarreou e continuou:

– Robert Schumann nasceu em 1810, na Saxônia, filho de um bibliotecário. Desde criança, sua tendência era para a Literatura, mas quando, aos sete anos, começou a receber aulas de música, encontrou nessa arte uma bela companheira para seu amor aos livros. Logo revelou talento para o piano e para a composição musical. Em 1828, foi para Leipzig estudar Direito, e no ano seguinte seguiu seus estudos em Heidelberg. Até aqui, não notamos nada que o diferenciasse do que chamamos "pessoas comuns". Mas logo o estudo das leis perdeu campo para seu talento musical: aos vinte anos estava de volta a Leipzig para ter aulas de piano com Frederich Wieck.

Os colegas entreolharam-se e McDonald aparteou:

– Ah, esse era o pai de Clara, o grande amor da vida dele!

– Exato – continuou Rosenthal. – Ocorre que o jovem Schumann tinha sido um estudante farrista, frequentador dos prostíbulos de Leipzig e de Heidelberg com seus colegas de faculdade, fumando e bebendo à vontade.

O gastroenterologista Montalbano estava nesse exato momento estendendo a mão para a garrafa mais próxima a fim de reencher sua taça de vinho, mas recolheu-a, ao ouvir o "bebendo à vontade", e baixou os olhos para a farta porção de pudim de uvas de que havia se servido.

Rosenthal prosseguia:

– Uma lesão nos dedos da mão direita, porém, começou a mudar sua vida: seu futuro como concertista estava comprometido. Para nossa sorte, mergulhou então na composição musical. Foi aí que ele e Clara, a filha do professor Wieck, apaixonaram-se. O pai da moça, porém, opôs-se com ferocidade ao casamento, e só em 1840, com sua maioridade, Clara pôde recorrer ao judiciário pedindo emancipação. Com isso, o casal afinal começou uma vida de grande paixão. Colegas, essa me parece a descrição de uma vida absolutamente normal, engrandecida por muito amor e felicidade conjugal, com Schumann como inspirado compositor e Clara como exímia pianista e a melhor intérprete da criação do marido.

Deteve-se um minuto para um gole d'água, enquanto Phillips, passando a mão na careca e com aquele seu eterno tom de voz capaz de relaxar qualquer ambiente, comentava, com conhecimento de causa:

– Aí está: fim do primeiro ato, cheio de amores e de glamour. Vamos agora ao segundo: o início da tragédia!

Rosenthal corou um pouco e recomeçou, concordando:

– Isso mesmo, doutor. Desde seus vinte e três anos, Schumann já apresentava períodos de exaltação e criatividade, alternados com outros de melancolia, dificuldade de trabalhar, medo da morte, alucinações... Em 1854, atentou contra a própria vida, jogando-se no Reno. Barqueiros o pescaram das águas e, para espanto de todos, o próprio Schumann pediu para ser internado em um asilo, onde ficou confinado até morrer aos quarenta e seis anos. Sua fiel Clara só pôde visitá-lo dois dias antes de sua morte, e sabe-se que o marido aparentou reconhecê-la, mas só conseguiu murmurar poucas palavras.

– Fecha-se o pano deste ato, meu caro Rosenthal – interveio o radiologista Clark, naquela noite exibindo um colete fantasiosamente florido. – Mas as cortinas não se fecham. No conto, Sherlock Holmes não se contentou com o diagnóstico de óbito por agravamento da sífilis, e é este suspense que paira sobre nosso presente diagnóstico...

– Obrigado pela lembrança, caro colega. – Rosenthal sempre corava. – Como também vimos no conto, sabemos que Schumann contraíra sífilis aos vinte e um anos. Naquela época essa moléstia era pouco conhecida, e a regressão da lesão genital foi considerada prova de cura. No entanto, concordando com o diagnóstico do doutor Watson, a verdade é que Schumann nunca esteve curado da doença, pois sabemos que a sífilis, sem qualquer tratamento eficaz, evolui e agrava-se silenciosamente.

– E teria então sido a progressão da sífilis que o matou? – perguntou o professor Hathaway, já sabendo a resposta, mas dando a deixa para o jovem neurologista concluir sua explanação.

O jovem médico não se fez de rogado.

– Não posso afirmar com certeza, professor, mas minha hipótese é que ele tenha sido afetado por um quadro de sífilis terciária ou neurossífilis. Biógrafos recentes, como John Worten, em 2007, defendem que Schumann esteve mentalmente normal até 1854, quando teria se tornado insano pela evolução de uma neurossífilis. E que possivelmente a lesão em sua mão já tenha sido devida a um envenenamento por mercúrio, utilizado na época justamente para o tratamento da sífilis.

De todos aqueles médicos, nenhum se ombreava com McDonald com respeito ao conhecimento histórico da medicina. E sua mão ergueu-se, pedindo um aparte.

– Gostaria de lembrar a publicação da ficha médica de Schumann no asilo de Endenich, mantida em segredo por cento e cinquenta anos e só publicada recentemente, em 2006. O que acha de seu conteúdo?

– Tenho dúvidas. Embora muitos colegas com quem discuti esse material acreditem que ele aponta para o diagnóstico de neurossífilis, não é possível ter certeza, já que só no início do século XX surgiram métodos diagnósticos mais precisos. E lembro ainda, dentro do meu campo, que a autópsia descreve uma massa gelatinosa na base do crânio. Alguns neurologistas acreditam que se trata de um meningioma, tumor conhecido por poder produzir alucinações auditivas, como as que Schumann tinha, queixando-se de ouvir o tempo todo a nota lá. No entanto, não temos mais evidências nesse sentido.

Com um breve e tímido sorriso, o jovem neurologista voltou os olhos para o decano do grupo, como se pedisse licença para sentar-se.

– Muito obrigado, doutor Rosenthal – agradeceu Hathaway. – Ouçamos agora um outro ângulo desse fascinante diagnóstico tardio que nos propusemos a elaborar. – E sua mão e seus olhos apontaram para Anna Weiss, a psiquiatra do grupo. Ela pôs-se de pé, apoiou os nós dos dedos na mesa e começou:

– Caros colegas, a formação para minha especialidade fez de mim muito mais uma ouvinte do que uma oradora, mas minha admiração pela profundidade musical de Robert Schumann é o maior incentivo para eu assumir a palavra. Inicialmente, quando o doutor Rosenthal afirmou ter dúvidas quanto ao diagnóstico de neurossífilis, penso que ele na certa o fez devido ao caráter oscilante da doença de Schumann. Ninguém tem mais de dez anos de evolução desse quadro alternando períodos de apatia e de alucinações com outros de franca normalidade, períodos de quase total redução de criatividade com outros de produção de admiráveis obras-primas.

O jovem neurologista, embora tenha novamente corado ao ouvir o próprio nome, decidiu acrescentar:

– Perdoe-me, doutora Weiss, mas para alguns defensores da hipótese de neurossífilis, ela só teria surgido mais tarde, causando então um quadro de paralisia geral progressiva.

– Mas – rebateu a psiquiatra – isso poderia explicar seus dois ou três anos finais, mas ainda assim nos sobrariam vinte anos de manifestações psíquicas para as quais seria necessário procurar alguma outra explicação, não é verdade?

– É claro, sim... – aceitou Rosenthal, ajeitando-se na cadeira. – Concordo plenamente, doutora Weiss.

Sem pedir licença, a voz aguda da doutora Sheila cortou o assunto como uma faca de serra esfregando-se no alumínio.

– E não me venha com as explicações de Freud que lemos na história do Watson, Anna! Aquilo de demoniozinhos cutucando Schumann dentro da cabeça não faz nenhum sentido!

Os colegas não entenderam direito se a patologista do grupo estava brincando ou efetivamente falando sério, mas acabaram por acompanhar a gargalhada de Montalbano.

– Ora, Sheila! Dê um desconto para o nosso querido doutor Watson! Ele mesmo não se desculpou por não entender alemão? Na transcrição da conversa com Holmes talvez tenha deixado escapar muita coisa do diagnóstico de Freud! Ha, ha!

O professor Hathaway tilintou novamente o cálice, percebendo que a garrafa de Tokaji Aszú, vazia à frente do gastroenterologista, talvez estivesse falando por ele.

– Por favor, doutores, por favor! Deixemos que a colega Anna Weiss continue sua explanação sem tantas interrupções! Peço por favor!

Com a paciência que sua profissão recomenda, a psiquiatra permanecera de pé, com um leve sorriso nos lábios, aguardando o silêncio para recomeçar.

– Obrigada, professor Hathaway. Obrigada, caro Montalbano, o senhor tem razão em sua brincadeira, mas a transcrição do doutor Watson não ficou muito longe do que teria dito o grande Freud: em 1928, ele estava a quase cem anos de distância do tanto que até hoje já progrediu a ciência que ele mesmo criou. Esse grande homem não teria, na ocasião, os dados que eu pude coletar e que agora pretendo expor. Por isso, criticá-lo seria o mesmo que criticar Cristóvão Colombo por pensar que havia chegado às Índias e não a um novo continente, porque, afinal de contas, o resultado que importa é que ele descobriu a América, não descobriu?

Um coro de murmúrios de aprovação percorreu a mesa. Sheila, já que suas bochechas magras não poderiam corar como as de Rosenthal, deu de ombros e espraiou os olhos sem rumo, como se pedisse desculpas às paredes por sua grosseria.

– Ótimo – recomeçou Anna Weiss –, vamos então analisar os sintomas apresentados por Schumann desde 1843, no início de sua idade adulta. Em minha avaliação, Schumann sofria daquilo que hoje denominamos transtorno bipolar, ou, para alguns, desordem depressiva unipolar recidivante, provavelmente com características psicóticas.

O cardiologista De Amicis palpitou, pela primeira vez, com um ar de surpresa, como se a psiquiatra tivesse posto um ovo em pé, como a lenda reza que Colombo teria feito.

– Bipolaridade! Pelo que o doutor Watson descreveu, o tal baronete, matando-se para vingar-se do irmão, caberia também nesse diagnóstico!

– Sim, De Amicis – apoiou Ana Weiss –, muito bem lembrado. Tal como descrito no conto, a doença de Schumann tinha evolução ondulante, com períodos de forte depressão e outras fases de hipomania em que tinha ideias delirantes e alucinações auditivas, assombrado por ouvir a nota lá intermitentemente.

– Um músico! – comentou Gaetano. – Isso só poderia acontecer mesmo com um músico. E esse era dos grandes!

– No final – continuou a psiquiatra apenas acenando simpaticamente com a cabeça para o colega –, com o agravamento do seu quadro depressivo, Schumann provavelmente morreu por inanição, na certa apressada pelos intermináveis enemas a que era submetido. Segundo Reinhard Steinberg, que estudou a fundo os registros médicos de toda a permanência do compositor em Endenich, há 141 registros de aplicação de clisteres em sua ficha médica. O exagero de 141 enemas, doutores! É até provável que esse número tenha sido ainda maior, pois muitos podem não ter sido registrados.

– Que lástima! – exclamou Clark. – Mas, enfim, essa era a medicina da época, não era?

O microbiologista Gaetano aproveitou o assunto.

– Ele se queixava de ouvir constantemente a nota lá? Eu tenho um zumbido constante nos ouvidos e meu otorrino diz que isso vai me acompanhar pelo resto de minha vida se até lá algum colega abençoado não descobrir um tratamento adequado!

– Esse zumbido está afinado em lá ou em dó maior?

– Ora, Montalbano! Não brinque! Eu apenas espero que isso não seja sintoma do início de uma doença mental!

E os dois caíram na risada, enquanto Anna Weiss pedia:

– Senhores, deixem-me terminar. Schumann não ouvia somente a nota lá. Queixava-se de ouvir vozes, cantos angelicais e, perto do final, de ter visões demoníacas. Mas todo esse pesadelo era intercalado por períodos de total lucidez.

Peterson, que por seu lado tinha também se dedicado a estudar o caso do compositor, mesmo não tendo sido escolhido como relator, pediu um aparte:

– Permita-me, doutora Weiss. Li que, numa tentativa de caracterizar a desordem mental de Schumann, foram realizados estudos com quase cem dos seus parentes, para avaliar seus dotes musicais. E descobriu-se que muitos deles apresentavam distúrbios mentais sérios, com internações em asilos e até casos de suicídio. Creio que isso vem seguramente fortalecer sua hipótese de distúrbio bipolar, porque um tal quadro tem forte componente genético. Vários geneticistas estão até estudando em quais cromossomos se localizaria essa tendência a distúrbios mentais.

– Obrigada, colega – sorriu a psiquiatra. – E, já que falamos em gráficos familiares, é interessante ressaltar que foram realizados histogramas em que a produção de Schumann foi cotejada com seu estado mental na época. O estudioso Slater publicou resultados de pesquisa em 1972, mostrando que os anos mais produtivos de Schumann, 1832, 1840 e principalmente 1849, foram precedidos por períodos de depressão com marcante redução do número de suas composições musicais. Ou seja, até sua música apoia a hipótese de distúrbio bipolar!

– Mas, diga-me, doutora Weiss – perguntou Phillips –, a senhora citou achados recentes, de poucas décadas atrás. Por que essa visão do distúrbio bipolar de Schumann demorou tanto para ser firmada?

– Bem observado – apoiou a psiquiatra. – Mas a esse respeito peço o auxílio de nosso colega McDonald, que, como especialista em História da Medicina, certamente responderia melhor essa questão do que eu.

McDonald pigarreou, mostrando-se feliz por ser chamado ao debate.

– Colegas, essa pergunta foi muito oportuna. Com a ascensão do nazismo a partir da década de 1930 do século passado, tornou-se comum afirmar a superioridade dos compositores alemães como prova das tais melhores qualidades genéticas da raça germânica. E, sendo Schumann um de seus maiores compositores, a aceitação de sua doença mental certamente contrariaria a propaganda de Goebbels da assim chamada "raça superior". Por isso, procuraram inventar uma doença física que explicasse seu quadro, e a preferida foi *hipertensão arterial*, que levaria a pequenos e sucessivos infartos cerebrais. Essa visão foi calorosamente aceita e perdurou por décadas! Somente após a Segunda Guerra Mundial é que, derrotada a ideologia nazista, pôde ganhar corpo a hipótese de transtorno bipolar, associado ou não a uma neurossífilis terminal.

A psiquiatra, para concluir sua explanação, agradeceu o auxílio do colega e rematou:

– Daí em diante, principalmente após a publicação do livro da doutora Kay Jamison, popularizou-se a relação entre genialidade e problemas mentais. Mas, como já se viu hoje aqui, a distribuição das patologias do cérebro é igual entre gênios e não gênios. E, com tantos anos de intervalo, acredito que jamais teremos certeza quanto a Robert Schumann.

Sentou-se sob um coro de aplausos por sua explanação e o velho Hathaway levantou-se, consultando o relógio e encerrando a noite.

Na saída, o volumoso Montalbano quase esbarrou no corpo magro de Sheila e aproveitou para uma provocação final:

– E, então, Sheila? Gostou do diálogo final entre Sherlock Holmes e Sigmund Freud enquanto acendiam seus charutos e cachimbos?

– Hum... – a patologista grunhiu, sem olhar para o colega.

Ao lado dos dois, Anna Weiss escondeu um sorriso e Montalbano atirou:

– Afinal, Sheila, você prefere cachimbo ou charuto?
– Eu não fumo!!!

\*\*\*

## ROBERT SCHUMANN
### ZWICKAU (SAXÔNIA) 08/06/1810
### ENDENICH (BONN) 29/07/1856

Um dos maiores compositores da era romântica, Schumann inicialmente pretendia tornar-se um grande pianista, mas, devido a uma lesão em sua mão direita, passou a dedicar todo seu talento à composição. Teve um casamento muito feliz com a filha de seu professor de piano, Clara Wieck, com quem teve 8 filhos. No entanto, o compositor foi perturbado por problemas mentais recorrentes, tendo tentado o suicídio aos quarenta e quatro anos. Internado num asilo, veio a falecer dois anos depois.

Embora sua produção musical esteja associada principalmente ao piano, tendo composto várias séries de peças curtas e um muito apreciado concerto, Schumann compôs também ciclos de canções, um concerto para *cello* e quatro sinfonias, além de música de câmara, música coral e até uma ópera.

Foi também fundador de uma revista de crítica musical na qual ajudou a divulgar a obra de jovens compositores. Teve uma amizade particularmente importante para a carreira de Brahms, a quem incentivou desde seu primeiro contato.

Sua esposa Clara, grande pianista, sobreviveu ao marido por quarenta anos, tendo se dedicado apaixonadamente a divulgar sua obra.

Ouça uma de suas obras mais conhecidas, a *Arabesque em dó maior opus 18*, na interpretação de Wilhelm Kempff, e a *Träumerei*, de *Kinderzenen*, na interpretação de Vladimir Horowitz.

# Capítulo 7

---

## FANTASIA CORAL
## OS MISTÉRIOS DA MORTE DE LUDWIG VAN BEETHOVEN

Ah, que ano foi aquele de 1928! Nossas mais de sete décadas de vida já nos pesavam, e eu arfava sempre que tinha de acompanhar meu amigo Sherlock Holmes nos momentos em que ele, excitado por uma nova pista, movia-se como se ainda tivesse quarenta ou cinquenta anos. Por isso, o final da gélida investigação que acabáramos de fazer em Viena foi para mim um alívio, e eu ansiava por voltar à nossa velha e boa Baker Street, 221B, onde a nossa velha e boa lareira estaria acesa com um velho e bom carvão inglês, e onde eu poderia entender com clareza o que nos diria a velha e boa senhora Hudson quando viesse reclamar do que ela chamava guinchos que Holmes maviosamente extraía de seu Stradivarius.

Mal sabia eu que o descanso estaria adiado pelo desafio que à frente nos aguardava.

Na plataforma da Wien Westbahnhof, despedimo-nos do professor Freud e devo confessar que, amolecido pelo grogue vienense e embalado pela cadência dos amortecedores do moderno vagão, logo adormeci na cabina que nos fora reservada.

Nossa viagem rumava para o oeste, atravessando a Áustria, depois a Alemanha, para, enfim, chegar a Paris, penúltima etapa de nosso retorno à Inglaterra. De início, tudo transcorreu de modo muito agradável, pois a primeira classe da composição oferecia um vagão-restaurante de ótima qualidade, embora sempre tivéssemos de aceitar ofertas da gordurosa culinária alemã.

Apreciando as gélidas paisagens da Áustria, passamos pelas estações de Sankt Pölten, de Amstetten, de Mondsee, e pela deliciosa Salzburg, logo atravessando a fronteira com a Alemanha no rumo de Munique. De lá, continuamos para Augsburg e, em seguida, chegamos a Stuttgart, onde a composição se deteve. Já amanhecia quando saímos de nossa cabina em direção ao vagão-restaurante para tomar nosso desjejum. Ao atravessarmos o corredor, qual não foi minha surpresa ao divisar, na plataforma da Stuttgart Hauptbahnhof, o chapéu-coco e o bigode arrepiado e ruivo que era a marca registrada da figura alta e volumosa do... Inspetor Lestrade!

– Holmes! – chamei, surpreso. – Veja quem está aqui!

– Lestrade, hein? – riu Holmes. – E na certa não veio para apreciar o inverno nas montanhas...

– O que terá acontecido em casa para o inspetor vir até aqui atrás de você, Holmes?

O detetive balançou a cabeça, conformado.

– Em casa, Watson? Por que *em casa*? Sempre disse a você, meu caro: nenhuma hipótese deve vir antes que a investigação chegue ao seu final!

Descemos do trem e soubemos que realmente o Inspetor Lestrade não se abalançara de Londres até a bela cidade alemã por outra razão senão para mais uma vez apelar para o talento do meu amigo Sherlock Holmes.

E o problema que ele trazia não ocorrera na ilha. Trocamos de trem e, na companhia do inspetor-chefe da Scotland Yard, rumamos para a cidade de Heidelberg.

*  *  *

Lestrade estava sentado no banco da cabina ao meu lado e à frente de Holmes, e falava curvado, com os cotovelos apoiados nos joelhos e olhando para o piso do vagão, sem nos encarar.

– Um caso horrível, Holmes! Pode ser mais uma tragédia que acirrará os ânimos já sombrios entre nossa Inglaterra e essa República de Weimar, ainda mais com esses fanáticos do homem de bigodinho a incendiar tudo! Se fizermos uma acusação direta aos alemães, as coisas ficarão mais negras do que as camisas desses nazistas!

Meu amigo nada dizia. Acendia o cachimbo, sorvendo-o a curtos haustos, e, por cima da chama do fósforo, eu podia ver seus olhos penetrantes, fixos na expressão assombrada de Lestrade, dando-lhe tempo para que chegasse ao ponto que o havia trazido de tão longe.

– Bem... desta vez... Hum... foi um sequestro importante, temos testemunhas... Eu, imaginei que... ora... sabíamos que vocês estavam envolvidos em uma investigação em Viena e... hum... telegrafei para lá, para nossa embaixada... E soube que vocês estavam voltando, no trem para Paris e... bem...

Sem deixar de morder o cachimbo, meu amigo olhou para mim e comentou, com a maior calma, enquanto sacudia o fósforo para apagá-lo:

– Estamos progredindo, não estamos, Watson? Já sabemos de um sequestro e mal passamos por Pforzheim! Talvez até venhamos a saber quem foi sequestrado antes de chegarmos a Karlsruhe!

O inspetor da Scotland Yard bateu uma mão na outra e esfregou-as, tomando coragem para continuar.

– É que... hum... o caso é bem complicado... A sequestrada é nada mais nada menos do que *dame* Kyrie Whiteblossom...

– Nossa grande soprano neozelandesa? – surpreendi-me.

– Sim, sim, a grande soprano nascida na Nova Zelândia – confirmou Holmes –, mas sempre britânica! Sempre britânica e sob a guarda de nosso querido Rei George.

– Sob a guarda do nosso Rei George V, sim, sob a *grande* guarda dele – confirmou ele de novo –, e é por isso que a coisa é tão grave!

– Grave, grave mesmo – concordei –, mas se ela foi sequestrada em...

Lestrade interrompeu-me:

– Foi sequestrada *aqui*, senhores, na Alemanha! Em Heidelberg, exatamente em Heidelberg, para onde estamos viajando. *Dame* Whiteblossom estava para estrear uma ópera chamada *Felix*, *Fidelis*, ou coisa parecida. Estava hospedada no Grande Hotel, com limusine e motorista à disposição. À noite, funcionários do lobby do hotel viram-na sair com um de seus chapéus sempre extravagantes, casaco de peles e uma estola de plumas, e embarcar na limusine. Desde então não se ouviu mais falar dela!

Daquela vez, fiquei bastante surpreso.

– Ora, ela pode ter ido para...

– Não, não pode, doutor Watson! – cortou o inspetor, bruscamente. – O motorista dela foi descoberto num beco, desacordado, amarrado, amordaçado e com uma dor de cabeça que deve durar mais alguns dias. Alguém o nocauteou e sumiu com a cantora, ninguém sabe para onde! Mais tarde, a limusine foi encontrada, meio despencada numa encosta, mas nela nada havia que nos pudesse dar uma pista do que aconteceu... Somente sua estola de plumas, abandonada... Nada mais!

Holmes, que até o momento apenas ouvira nossa discussão, interferiu:

– Compreendo, Lestrade. *Dame* Kyrie Whiteblossom, isso todos que leram o noticiário sabem, estreará *Fidelio*, a única ópera do grande Ludwig van Beethoven, no Theater und Orchester Heidelberg, no papel duplo de Leonore e de Fidelio. – Ergueu os olhos e divagou. – Bela peça, essa do grande mestre! Grande peça, talvez apenas um *singspiel*, como dizem, mesclada com teatro falado, mas uma prova concreta de que esse fantástico alemão era capaz de dominar qualquer estilo musical, até mesmo o canto lírico.

– Essa ópera... essa mesmo... – confirmou Lestrade, embaraçado com a explanação de Holmes, que parecia não compreender direito.

Meu amigo tirou mais uma baforada do cachimbo e retornou ao problema.

– O desaparecimento dessa grande artista é assustador, mas só não compreendo, meu caro inspetor, é a razão de a Yard preocupar-se com esse incidente. Por que você se meteu nisso, e por que veio em nosso encalço? Mesmo sendo um crime contra uma cidadã britânica, se o caso ocorreu na Alemanha, a investigação é uma responsabilidade da polícia alemã, não é?

Lestrade mostrou-se arrasado. Moveu a cabeça em todas as direções, como se nos cantos da cabine houvesse alguém para socorrê-lo.

– Holmes, sinto muito, mas... Holmes! O caso é que... é que diretamente envolve... envolve quem não poderia ser envolvido! *Dame* Whiteblossom era muito amiga de... de alguém que ninguém pode citar... Era muito amiga de... É um segredo de Estado! Por isso, a chancelaria me convocou... Mandou-me às pressas para cá... Se eu não puder resolver a questão... nem sei!

Holmes adotou aquele seu tom de voz conciliador, compreensivo, de quem quer soltar as amarras do entrevistado.

– Compreendo. Um caso de amizade. Um caso de amizade íntima, presumo.

– Sim, Holmes, íntima. *Muito* íntima, eu diria. A chancelaria, inclusive, me incumbiu das investigações, e creio que, se eu não for bem-sucedido, seria melhor até mesmo não voltar à Inglaterra...

Houve uma pausa entre nós três. O ruído monótono das rodas de ferro contra os trilhos ritmava nossa expectativa. Holmes a quebrou.

– Um caso *profundo* de amizade. Com alguém, diríamos, alguém que não pode ser mencionado?

O silêncio de Lestrade pareceu-me uma resposta eloquente e, de súbito, uma ideia assustadora me assomou à cabeça.

– O quê?! Vocês estão falando que o Rei Geor...

– Calado, Watson! – Holmes ergueu a mão, como se me amordaçasse. – A sensibilidade do caso ficou clara. O que tem de continuar em segredo permanente é agora uma responsabilidade nossa! A solidez do Império Britânico depende de nós!

\* \* \*

Eu estava abalado. Com efeito, se fosse descoberto que algum alemão daquele novo partido tão agressivo tivesse atentado contra a vida da amante secreta do Rei da Inglaterra, a crise mundial estaria estabelecida e a frágil paz na Europa estaria destruída! Seria a guerra mundial, ou coisa pior!

Eu ainda tentava avaliar o que poderia ser pior do que uma guerra mundial quando chegamos a Heidelberg. Holmes, para surpresa do inspetor, não se interessou em visitar o apartamento da cantora no Grande Hotel nem seu luxuoso camarim no

Theater und Orchester Heidelberg. Pediu que fôssemos levados para onde fora encontrada a limusine abandonada.

Lembrei-me de um caso semelhante que Holmes tão brilhantemente resolvera havia trinta anos, e recomendei:

– Por que você não dá uma olhada no apartamento da cantora no Grande Hotel, Holmes? Pode ser que encontremos algumas gotas de *borsch* no tampo da penteadeira...

Até hoje não entendi por que meu amigo me fuzilou com o olhar...

\* \* \*

Seguidos por diversas viaturas da polícia alemã, embarcamos num Mercedes-Benz WØ2, que considerei bastante confortável, mas tive de observar:

– Holmes, nunca poderei entender por que esse pessoal do continente teima em fabricar automóveis com a direção do lado contrário. E veja como é perigoso: eles rodam pela faixa errada da estrada! Será que não se dão conta do perigo que isso envolve? Não entendo por que não fazem a coisa certa, como fazemos nós, os ingleses!

A limusine abandonada estava encravada na beira de um abismo a sudoeste do centro da cidade, a meio caminho da Feuerbacher-Tal-Strasse. A neve que havia caído durante a noite, embora branda, já embranquecia o grande carro e os arredores, cobrindo também as possíveis pegadas, marcas de pneus de algum outro veículo, ou quaisquer outros indícios que pudessem ajudar na investigação.

Com risco de despencar encosta abaixo, Sherlock Holmes entrou na mal equilibrada limusine com sua lupa em punho. Fiquei de fora, temendo pela vida de meu amigo, que palmilhava o interior do automóvel. Ele se detinha no exame da estola de plumas branquíssimas, apalpava-a, cheirava-a e logo pareceu desinteressar-se dela. Em seguida, debruçou-se por sobre o banco do motorista, examinando o piso do carro com sua lupa. Achou alguma coisa muito pequena e guardou-a dentro de sua caderneta. Com a moldura da lupa, raspou os pedais e o tapete em volta e, cuidadosamente, colocou num envelope de papel o que havia raspado. Pareceu satisfeito e saiu dali.

Rodeado por mim, Lestrade e cerca de dez policiais alemães, um grupo que ao respirar produzia uma boa quantidade de vapor no ar gelado, Holmes dirigiu-se ao inspetor da Yard:

– Meu caro, você pode pedir a seus colegas daqui a indicação de algum bom ornitólogo?

Os olhos do inspetor arregalaram-se.

– Um ornitólogo, Holmes?! Mas o que diabo vai você fazer com um ornitólogo? Além disso, eu não...

Sherlock Holmes impediu-o de terminar a frase:

– Você não fala alemão, não é? Então deixe comigo.

Voltou-se para um dos agentes da polícia local que lhe pareceu o de maior patente e repetiu-lhe o que havia pedido a Lestrade, no mais escorreito alemão. Como eu posso saber que ele falava num escorreito alemão, se não entendo essa língua? Bem, creio já ter anteriormente esclarecido esse ponto.

Tal como Lestrade, o homem surpreendeu-se e o grupo passou a consultar-se mutuamente, houve algumas sugestões, até que um policial mais velho contentou meu amigo:

– Certamente há grandes especialistas em ornitologia na Universidade de Heidelberg, senhor detetive inglês, mas eu sugeriria um nome independente, que praticamente vive rodeado de pássaros. É um ex-capitão da infantaria prussiana, reformado devido a graves ferimentos sofridos na Grande Guerra.

E sugeriu o nome do *rittmeister* Wilfried von Blumenställ, um aristocrata que, depois da Grande Guerra, refugiara-se em seu castelo, isolando-se do mundo. Não falava com ninguém, nem deixava que qualquer estranho entrasse em sua propriedade. Dedicava-se solitariamente à ornitologia e cuidava pessoalmente de uma impressionante coleção de pássaros canoros raríssimos, com a ajuda apenas de dois casais de velhos empregados, que cuidavam da propriedade desde sempre e que nunca saíam de lá.

– De acordo com o diretor dos correios, ele recebe revistas e publicações sobre aves de todo o mundo, e parece que possui exemplares de cada pássaro canoro dos cinco continentes – rematou o policial. – Apenas, senhor detetive inglês, parece que é impossível falar com ele. Dizem que é um bruto, intratável!

– Mesmo? Vamos ver...

Todos nós nos surpreendemos com a segurança do meu amigo Sherlock Holmes ao não dar crédito à impenetrabilidade do tal ermitão colecionador de pássaros. Pediu que o levassem à agência de correios mais próxima, que lhe fornecessem o endereço postal do castelo desse ex-capitão da infantaria prussiana e do Grande Hotel, onde tinha certeza de que a polícia alemã nos hospedaria. Formamos uma caravana, e aquele grupo de cerca de uma dúzia de homens encapotados acompanhou meu amigo, viu-o redigir um telegrama em alemão e entregá-lo ao funcionário do guichê. Por fim, voltou-se para nós e assegurou-nos:

– Pronto, senhores, agora é só esperar a resposta do capitão da Infantaria da Prússia Wilfried von Blumenställ. Leva-nos ao hotel, Lestrade? Eu e Watson precisamos descansar das atribulações do dia. A resposta ao nosso telegrama só deverá chegar nas primeiras horas de amanhã.

\* \* \*

No Grande Hotel, durante todo o jantar e mesmo antes de nos recolhermos, não houve súplicas de minha parte que fizessem meu amigo revelar o conteúdo do misterioso telegrama. Holmes trouxera para o quarto alguns volumes da Enciclopédia Britânica retirados da biblioteca do hotel e folheava suas páginas em silêncio, limitando-se a sorrir e balançar a cabeça.

Pela manhã, no desjejum, estávamos saboreando nossa torta de rins com geleia de framboesa que o cozinheiro do hotel muito a contragosto havia aceitado preparar especialmente para nós ingleses, quando um *bellboy* surgiu com um telegrama nas mãos, clamando em voz alta por um certo senhor Eugênio da Silveira. Holmes levantou um dedo, chamando-o:

– Aqui, menino. Sou eu.

Sem prestar atenção ao meu estupor, meu companheiro depositou uma moeda na mão do garoto e abriu o telegrama recebido em troca. Uma de suas sobrancelhas ergueu-se e um quase sorriso estampou-se em sua face.

– Como eu calculava, Watson. Nossa investigação progride. Termine logo sua torta porque temos de ir a um castelo prussiano na zona rural. Vai ser uma experiência bastante instrutiva, você verá.

– Tem a ver com o tal ornitólogo, Holmes? – perguntei. – Então devemos chamar o Lestrade, não?

– Não, Watson. Vamos só nós dois. Esse capitão dos pássaros parece ser um homem desconfiado demais. Não podemos chegar lá com a cavalaria.

– Mas, Holmes, se ele vive isolado e não aceita ver ninguém, por que nos receberia?

Holmes já se levantava quando respondeu:

– Na certa ele não receberia os ingleses Sherlock Holmes e John Watson, mas ele acaba de aceitar a visita do ornitólogo português Eugênio da Silveira que viaja em companhia do especialista açoriano Joaquim D'Almeida!

– O quê?! Mas que história é essa?
– Você fala português, Watson?
– Eu? Eu não!
– Então fique calado que o resto eu providencio!

\* \* \*

Um táxi nos levou ao longo do rio Necker, bem para o norte, até a longínqua Hohenheimer Strasse, em plena zona rural. Depois de muito rodar, o motorista nos apontou à frente o Blumenställ Schloss, o castelo do maluco solitário que pretendíamos encontrar.

– Pare aqui – ordenou Holmes para o motorista, pedindo a ele que viesse nos buscar dentro de duas horas naquele mesmo ponto da estrada.

Desembarcamos do carro a cerca de um quarto de milha[13] do castelo e meu amigo pôs um dedo nos lábios, pedindo-me silêncio e discrição. Os pontos mais altos da paisagem estavam cobertos de neve, mas ela já tinha derretido nas áreas planas, deixando somente lama amarronzada. Andou pela estrada uns dez passos, voltou, abaixou-se e recolheu um pouco da terra molhada do chão. Esfregou-a nas palmas das mãos enluvadas até reconduzi-la à condição de poeira. Em seguida tirou do bolso o envelope de papel do dia anterior e sacudiu-o na palma da mão, juntando seu conteúdo com os grãos de terra que acabara de recolher. Examinou o conjunto com a lupa e seu semblante iluminou-se.

– Rá!

Voltou-se para mim.

---

[13] Coisa de uns 400 metros, de acordo com o confuso sistema de medidas do continente.

— Vamos lá, Watson. São quase dez horas, o horário que o capitão Blumenställ e o senhor Silveira combinaram em seus telegramas...

Achei melhor nada comentar sobre proposições tão estranhas e obedientemente o acompanhei. Caminhamos para a grande construção que me pareceu um pequeno castelo setecentista, já meio arruinado, cercado por muros que tinham grandes falhas preenchidas por rolos de arame farpado que me lembravam a terra de ninguém que separava as nossas das trincheiras inimigas na Grande Guerra. Em certo ponto dos muros havia um pesado portão de madeira maciça. Como não vimos campainha nem algum tipo de sino que nos anunciasse, Holmes despiu as luvas e deu várias pancadas no portão com os nós dos dedos. Não obteve resposta. Depois de um ou dois minutos, bateu palmas. Ninguém nos respondeu. Meu amigo tirou o relógio do bolso do colete e o consultou.

— Hum... estranho, muito estranho... Ah! Creio que será agora!

Nesse momento abriu-se uma brecha de meio palmo no portão e um rosto muito sério e seco nos encarou. Olhei também meu relógio: eram exatamente dez horas da manhã.

Para acrescentar mais um espanto aos tantos que eu sentia nas últimas horas, Holmes começou a falar em alemão, simulando um estranho sotaque (como eu percebi isso? Creio já ter suficientemente esclarecido esse ponto).

— Bom dia, *herr* Von Blumenställ. Sou o senhor Silveira, de Trás-os-Montes, uma linda região de Portugal. E este é meu companheiro, o senhor D'Almeida, um açoriano de primeira. Como amantes da ornitologia, viajamos o mundo todo, observando e estudando esses maravilhosos seres de asas e cantos inigualáveis. E estávamos no Brasil quando ficamos sabendo do seu interesse por aves canoras e ficamos muito impressionados com o que dizem da sua coleção...

O vão da porta abriu-se um pouco mais e revelou um homem alto de menos de cinquenta anos, com ar aristocrático e seriedade militar, mas vestido como um aldeão, não como um nobre. Ele olhava fixamente para Holmes.

– Dizem? Quem diz isso? Ninguém conhece minha coleção!

Holmes não se deu por achado.

– Realmente não a conhecemos, capitão. Mas a Sociedade Transaçoriana de Ornitologia Aplicada, da qual meu amigo, aqui, o senhor D'Almeida, é o presidente, tem registros das compras mundiais de aves raras. E o seu endereço aparece muitas vezes nas encomendas de pássaros canoros. Sabemos, por exemplo, da sua recente aquisição de um *Turdus philomelos*. Ah, bela ave, meu senhor, bela ave!

– Hein? O turdo músico? – rosnou o homem. – Pois vossos registros estão muito errados! Já tenho quatro casais em minha coleção. O que recebi recentemente foi o *Turdus rufiventris*, o raro sabiá-laranjeira da América do Sul!

– Ah, realmente! – Riu-se Holmes. – O *Turdus rufiventris*! É claro! Que cabeça a minha! Estou confundindo com a compra do colecionador Herman Claudius van Riemsdjik, de Amsterdam!

– Aquele? Fu! Não entende nada de aves!

Naquela conversa, eu boiava como uma rolha numa banheira! Eu? Presidente de uma Sociedade de Ornitologia? E o que era aquilo de turdo-nem-sei-quê? Ainda bem que Holmes me mandara ficar calado...

– Realmente, capitão, tem razão – continuou Holmes. – A ornitologia não é uma ciência para qualquer um. Foi isso o que pensei ao procurá-lo para oferecer-lhe justamente o que é possível que lhe falte para ter a mais completa coleção de aves canoras deste mundo!

O criador de pássaros abriu mais um pouco o portão e pareceu mais interessado.

– Como disse? Sim, recebi vosso telegrama – continuava a falar olhando fixamente para Holmes. – Quer dizer que o senhor me oferece justamente o que falta na minha coleção?

Holmes abriu os braços, sorrindo generosamente.

– É claro, capitão Von Blumenställ! Justamente o que lhe falta!

– O que me falta? Da América do Sul? – perguntou o homem.

– Exato! Não se pode enganar um especialista como o senhor!

– Das florestas brasileiras? – continuou o capitão, cada vez mais excitado.

– Sim! – confirmou Holmes. – Visito aquele país com freqüência porque, como o senhor sabe melhor do que eu, as aves que aqui gorjeiam não gorjeiam como lá!

O macabro capitão arregalou os olhos, aproximando o rosto do de Sherlock Holmes.

– Quer dizer... não vai me dizer que...

– Ora, capitão, por que outra razão eu teria insistido tanto em procurá-lo?

– Então... – O homem hesitava. – Então... só pode ser o...

Holmes:

– Ooooo...

O capitão Von Blumenställ explodiu:

– O *Chiroxiphia pareola*?!

Holmes abriu os braços, entregando os pontos.

– Eu sabia que não poderia enganá-lo, capitão! O senhor adivinhou!

De repente, toda a aspereza do dono do castelo pareceu esvanecer-se e ele gritou:

– O uirapuru?! Vou ter um uirapuru?
– Ele mesmo, capitão! Acertou na mosca e na ave!

* * *

O capitão parecia mais relaxado e abriu totalmente o portão, falando consigo mesmo:
– Um uirapuru! Vou conseguir o meu sonhado uirapuru! Agora todos os maiores cantores do mundo serão meus, somente meus! A melhor música da natureza será minha! Somente minha!
De repente recompôs-se e voltou a olhar sério para Holmes.
– Senhor Silveira, vamos então acertar nosso negócio. Quanto quer pelo pássaro? Pago o que o senhor pedir!
Meu amigo Sherlock Holmes estranhamente falava alemão do modo como sempre costumava falar, sem mais forçar o tal sotaque. Mas passava a falar com uma certa pausa, movendo bem os lábios e pronunciando cuidadosamente as palavras. Encolheu levemente os ombros e sorriu.
– Ora, capitão Von Blumenställ! Imagine se eu iria aproveitar-me do senhor fazendo-lhe um preço extorsivo! O prazer de ter contribuído para a formação da maior coleção de pássaros canoros do mundo será uma honra para mim. Conversemos como cavalheiros sobre um preço justo, mas, como também levarei o orgulho de tê-lo ajudado, eu pediria ao senhor um privilégio adicional...
– Ahn? Como? Um privilégio? E qual seria esse privilégio?
– Eu e meu colega, o senhor D'Almeida, gostaríamos de ser os únicos especialistas do mundo, além do senhor, a ter conhecido sua maravilhosa coleção!
O homem abriu ligeiramente a boca, hesitou, e por fim assentiu.

– Bem... é possível... geralmente não permito que ninguém conheça meu aviário porque são todos uns ignorantes, metidos a especialistas, que não sabem apreciar devidamente os sons mais belos deste mundo. E nem aceito novos ajudantes, esses ladrões que se fazem passar por serviçais. Nada de novos criados, além dos que estão comigo desde que nasci.

Isso explica o lamentável estado desse castelo..., pensei.

– Mas percebo que os senhores não são como os outros – continuou o homem. – Está bem. Entrem. Terei prazer em mostrar o cantar das minhas crianças para apreciadores como os senhores.

– Está sendo muito generoso, capitão – respondeu Holmes.

Em seguida, levou a mão à boca, como se segurasse um pigarro e, sem olhar-me, falou, em inglês:

– Watson, fale alguma coisa com o homem!

Surpreendi-me e apenas arregalei os olhos. Meu amigo repetiu, ainda com a mão tapando a boca:

– Vamos, Watson. Fale qualquer coisa para ele! Bem alto!

O tal capitão continuava olhando fixo para Holmes e perguntou:

– Como? O senhor disse alguma coisa?

– Nada, não – desculpou-se o detetive, baixando a mão e novamente falando em alemão. – Um pouco de tosse, apenas...

E eu resolvi obedecer à sua ordem, falando em inglês, e aos berros:

– Capitão, até agora não abri a boca, mas gostaria de saber se, além dos pássaros, o senhor também coleciona selos!

Mas o homem, que não olhava para onde eu estava, nem pareceu me ouvir e continuou fitando Holmes e indicando-lhe o portão aberto, para cumprir com o que prometera.

– Vamos, senhor Silveira. Venha comigo. Tenho certeza de que vai gostar da minha fabulosa coleção. Os maiores cantores do mundo são meus, senhor Silveira, são meus! E, agora, com o seu auxílio, terei todos eles!

Virou-se e começou a andar, esperando que nós o acompanhássemos. Às costas dele, Holmes riu com gosto.

– Percebeu, Watson? O homem é surdo! Sabe ler perfeitamente o que dizem as pessoas observando o movimento dos lábios, mas não ouve nada, nada! Ha, ha, ha!

* * *

A área ocupada pelo aviário era imensa. Atrás do castelo, todo cercado por altos muros, sucediam-se gaiolas gigantes, cilindros de arame de vinte pés de altura[14] por outros vinte de diâmetro, tapados com arame também na parte de cima e cheios dos mais diversos pássaros. O ar enchia-se dos chilros, dos gorjeios, dos cantos, dos mais maviosos sons, formando uma ensurdecedora babel ornitológica.

Ciceroneados pelo proprietário, fomos levados de gaiola em gaiola, apresentados de cantor em cantor. Alguns pássaros eram muito bonitos, de bela plumagem, mas outros, mesmo não sendo tão atraentes, produziam sons encantadores.

– Ouçam só este aqui, senhores. – Exibia ele, caminhando entre gaiolas. – Já ouviram canários afinados como estes? A maioria é de *Serinus canaria*, mas há várias espécies, várias espécies... Este aqui é o *Carduelis spinus*, que chamam pintassilgo-verde. Ouçam só esse timbre! E este, então? É o *Carduelis cabaret*, conhecido como *pardillo* alpino, raro, muito raro mesmo! Este aqui me veio também da América do Sul, é o *Cyanocompsa brissonii*, que lá chamam azulão...

---

14 No continente, diriam que isso equivaleria a uns 6 metros.

Notei que, um pouco distante, talvez no centro geométrico do aviário, havia uma construção cilíndrica e alta, quase totalmente coberta por heras muito antigas, bem pardas e secas naquela estação, com tudo bem embranquecido pela neve. Talvez fosse uma casa para os velhos empregados, que eu via curvados em diferentes pontos, trazendo cestos com as rações dos pássaros, limpando gaiolas, concentrados em diferentes afazeres. Nenhum olhou para nós, nenhum se aproximou.

Mas estranhei porque só se via a porta da construção. Parecia não ter nenhuma janela.

Holmes também deveria ter percebido a existência da casa das heras e virou o corpo, como se pretendesse ir para aquele lado. O capitão notou o movimento e o deteve pelo braço.

– Não, senhor Silveira, venha por aqui. Aquela casa é... hum... Muito especial... é lá que... que são chocados os ovos dos cruzamentos experimentais... Uma estufa... Meu laboratório, sabe?

Aproveitando que o homem o puxava pelo braço, sem olhar para seu rosto, Holmes comentou:

– Uma chocadeira, Watson? Sempre pensei que a melhor chocadeira do mundo fosse o traseiro das fêmeas!

O capitão falava nervosamente, chamando nossa atenção para uma das grandes gaiolas.

– Venham ouvir este pássaro, senhores. Ouvirão pela primeira vez em suas vidas o canto de uma espécie do *Cyanistes caeruleus* que só existe em meu aviário! Um cruzamento que eu mesmo planejei. Uma raridade!

– Oh, sim – disse Holmes acompanhando-o obedientemente. – É o chapim-azul, não é?

O canto do pássaro era mesmo uma beleza, e Holmes comentou elogiosamente o chilreio, com uma expressão marota que eu muito bem conhecia.

Fomos apresentados a mais alguns espécimes de belíssimo canto até que chegamos a uma gaiola menor, que aprisionava um pássaro pousado num poleiro, com o bico aberto, como se gorgolejasse, mas do qual estranhamente não saía nenhum som. Na plaquinha da gaiola menor estava escrito:

> *LUSCINIA MEGARHYNCHOS*
> ROUXINOL DE TENERIFE
> CRUZAMENTO EXPERIMENTAL Nº 5

Holmes, guiado pelo proprietário, que não o olhava diretamente, chamou minha atenção:
– Quer outra prova, Watson? – Tocou o ombro do capitão, que se voltou para ele. – Ouviu só que coisa mais linda, capitão? Jamais ouvi um rouxinol que cantasse como este!
– Não é mesmo, senhor Silveira? O canto desse rouxinol é único! Fui eu que o criei, cruzando várias aves, sucessivamente!
Na gaiola, o rouxinol continuava a gorgolejar, mas o resultado sonoro era o mesmo de um peixe de aquário...

\* \* \*

Finda a visita, Holmes e o capitão combinaram que voltaríamos no dia seguinte, trazendo a gaiola do precioso uirapuru, e já era meio-dia quando voltamos para o ponto da estrada onde nos esperava o motorista com seu táxi.
Já no carro, eu pensava que era uma pena um apaixonado pelo canto dos pássaros ter perdido a audição. Na certa a surdez era o ferimento que terminara com sua carreira militar. Realmente, a explosão de uma bomba da Grande Guerra era

capaz de ensurdecer qualquer um que estivesse por perto! Mas meu nervosismo forçou-me a pedir explicações:

– Mas, Holmes, isso está ficando muito confuso! Por que usamos toda esta manhã para visitar um ornitólogo surdo? O que ele pode ter a ver com o sequestro de *dame* Whiteblossom? Por que você pediu a indicação de um ornitólogo logo ao sair da limusine da cantora?

– Está bem, Watson – respondeu Holmes –, não quero torturá-lo mais com tantas dúvidas. – Tirou a caderneta do bolso do paletó, abriu-a e pegou algo entre o dedo médio e o polegar da mão direita. – Encontrei *isto* no piso do carro, bem sob o banco do motorista, que está do lado errado, como você tão bem observou.

Na ponta de seus dedos, estava uma minúscula peninha amarela!

– Uma pena, Holmes? Mas por que você suspeitou que seria esse mesmo ornitólogo que havia deixado cair uma peninha de canário dentro da limusine da cantora?

– Inicialmente eu pretendia somente falar com um especialista que me ajudasse a seguir a pista da pena, mas, quando vi que as amostras de poeira do chão do carro coincidiam com a terra da frente do castelo do *rittmeister* Wilfried von Blumenställ, deduzi que não precisava procurar por nenhum outro ornitólogo...

– Foram tópicos sobre pássaros que você ficou consultando na Britânica ontem à noite?

– Sim, Watson, a ornitologia é uma ciência fascinante...

– É, eu deveria ter adivinhado que era isso que você estudava. E o que você escreveu no telegrama que convenceu o homem a aceitar nossa visita, já que dizem que ele não recebe ninguém?

Holmes riu.

– Watson, quando pedi que falasse com o capitão, você mencionou a arte da filatelia, não foi? Pois o que faria um grande filatelista se recebesse um telegrama dizendo apenas: "Tenho o selo que falta na sua coleção"?

– Bem, é claro que um colecionador ficaria curioso, só que não pude entender como você adivinhou que o capitão havia encomendado esse tal de turdo-nem-sei-quê!

Holmes parecia divertir-se à grande!

– Ora, Watson, eu não adivinhei nada! É claro que o homem deveria encomendar pássaros, já que tinha uma invejável coleção deles. Para pescar o peixe, meu caro amigo, não precisamos saber em que ponto do lago ele se encontra. Basta jogar a isca e esperar que ele morda!

– Mas como você adivinhou que faltava justo esse tal de uirapuru na coleção do capitão?

– Eu, Watson? Mas eu nem falei nada! Fui deixando a ansiedade do homem guiar-me até o pássaro certo! Tudo o que fiz foi concordar com todas as hipóteses que ele apresentava!

– Brilhante, Holmes!

– Não sou?

– E agora, o que você vai fazer?

– Você deveria perguntar o que *nós* vamos fazer, Watson!

* * *

Almoçamos e Holmes procurou uma loja de ferragens, onde comprou um alicate e uma torquês. De sua mala, dentre seus apetrechos de detetive, tirou um par de algemas, sua coleção de gazuas, e me perguntou:

– Você trouxe o seu revólver, Watson, não trouxe?

– Bem... sempre trago meu velho revólver, minha relíquia da Batalha de Maiwand, Holmes, mas ele não dispara há anos!

– Tudo bem, não creio que ele precise disparar. A presença intimidativa de uma arma deve ser suficiente para resolvermos este caso.

Noite alta, o motorista levou-nos para o mesmo ponto da Hohenheimer Strasse. Sherlock Holmes pediu que ele nos esperasse e acenou para que eu o acompanhasse. Seguimos até o Blumenställ Schloss e ele escolheu uma parte onde o muro destruído era complementado por rolos de arame. Com a torquês, Holmes foi cortando os arames farpados e afastando as pontas com o alicate até conseguir uma abertura suficiente para que penetrássemos no terreno do castelo sem termos sido convidados. Apontou-me a passagem, pôs-se de quatro e começou a engatinhar por ela.

– Holmes! Já não tenho idade para essas coisas!

– Quieto, Watson! O capitão é surdo, mas temos de ter cuidado!

Estávamos sob uma temperatura gelada, mas com certeza naquela noite não nevaria. As estrelas, no entanto, estavam ofuscadas por um luar tão intenso, que podíamos andar por entre as grandes gaiolas sem necessidade de uma lanterna. Pensei que aquele luar seria um problema para nós, pois o capitão era surdo, mas não era cego. O luar poderia até soar como uma sonata, que ele nada ouviria, mas não podíamos nos expor.

Chegamos à alta casa das heras ressequidas pelo frio e a rodeamos, à procura de algum ponto que nos permitisse a entrada. Não havia mesmo nenhum, nenhuma janela, nada! A casa só tinha a porta. Holmes tirou seu conjunto de gazuas do bolso, mas não precisou de suas habilidades de arrombador, pois a porta não estava trancada.

Fez um gesto para que eu empunhasse o meu revólver e empurrou a porta. Entramos. O interior constava de um único salão circular, todo almofadado, mostrando que ali se pretendia conter todo o som que fosse produzido.

No fundo da alta construção, antes que Holmes fechasse a porta e nos mergulhasse na escuridão, pude divisar panos brancos amontados no piso.

Fiquei paralisado e encolhido no que imaginei ser o refúgio mais discreto daquele salão. Mal se passaram alguns minutos, ouvi ruídos fora da casa. A porta abria-se e uma luz invadiu o interior: com uma lanterna de mão à frente, quem entrava era o capitão Wilfried von Blumenställ!

Encolhi-me o mais que pude e verifiquei que onde eu estava não era um mau esconderijo, pois ficava num canto, atrás de trastes e caixotes, protegido dos olhos do ornitólogo. Olhei em volta e não pude descobrir onde estava meu amigo Sherlock Holmes.

O capitão acendeu um refletor elétrico e apontou seu facho para os fundos da estranha construção. Sua voz ressoou forte no ambiente fechado.

– Boa noite, meu lindo canarinho! Chegou a hora do nosso concerto! Vamos, levante-se!

O amontoado de panos brancos que eu percebera ergueu-se lentamente e revelou a figura frágil, trêmula, chorosa, da grande soprano *dame* Kyrie Whiteblossom! Uma corrente prendia-a por uma das pernas, como se fosse um papagaio! Cambaleante, em meio a soluços, começou a trinar algo que na ocasião não tinha ideia do que fosse, mas que mais tarde fiquei sabendo ser a ária do 1º ato de *Fidelio*, quando a personagem Leonore roga ao carcereiro que permita sua entrada na cadeia para encontrar seu marido Florestan injustamente aprisionado.

– Não, não, meu pássaro! No poleiro, no poleiro!

Soluçante, apavorada, com dificuldade, a cantora começou a alçar-se a uma trave roliça que atravessava diametralmente as paredes e equilibrou-se encolhida naquilo que o ornitólogo chamava de poleiro. Mas, arrasada, maltratada, apavorada, a voz que saía de sua garganta era um fio quase ininteligível, embora esse desafino não pudesse ser percebido pelo capitão, tão surdo quanto maluco.

– Isso, isso mesmo, meu lindo pássaro! A voz mais linda do mundo! A mais linda! A maior cantora do mundo! E é minha, é minha, só minha! Não posso mais ouvir, mas todos os mais lindos sons do mundo são meus, só meus! Se eu não posso ouvi-los, ninguém mais pode! A beleza da música é minha! Só minha!

Não precisei do meu velho revólver. Em um instante, apesar da enorme diferença de idade, Sherlock Holmes brotou da escuridão, jogou-se em cima do capitão, dominou-o e o algemou!

Pronto! Agora poderíamos devolver a grande cantora à proteção do nosso querido e amado monarca, o rei George V! Secretamente, é claro.

\* \* \*

Para alívio dos temores das duas chancelarias, esse estranho episódio ficou fora dos jornais. Parece que nem nosso rei George ficou sabendo do incidente. O único registro da aventura serão estas linhas que, infelizmente, a pedido de Holmes nunca serão publicadas.

E a estreia de *Fidelio* teve de ser adiada por mais três dias, até que sua estrela principal se recuperasse. Por isso, Holmes e eu decidimos adiar também nossa volta à Inglaterra para assistir ao tão esperado quanto sofrido espetáculo.

Para preencher o tempo, transformamo-nos de detetives em turistas e fomos explorar a bela cidade de Heidelberg, seus parques, suas construções típicas do sudoeste da Alemanha e seus famosos castelos medievais.

— Incrível, Watson – observou Holmes enquanto nos preparávamos para a visita ao Heidelberg Schloss, o castelo que era a principal atração turística da cidade. – Logo assistiremos à estreia da única ópera composta pelo grande Beethoven. E pensar que aquele gênio, tendo perdido a audição, continuou compondo, criando os mais belos sons da História da Música! Como pode isso ter sido possível? Acho que nunca encontraremos uma explicação para esse fenômeno: um homem surdo, que oferece à humanidade as mais vibrantes sinfonias, os mais acalentadores romances e as mais fenomenais sonatas jamais sonhadas por qualquer um! Ele nos ofereceu manjares que nunca poderia degustar! Pode compreender isso, Watson?

— Não posso, Holmes e, como você mesmo diz, ninguém pode compreender – respondi. – Talvez até seja mais compreensível a loucura do capitão Von Blumenställ, cuja perda da audição levou-o a tentar vingar-se do mundo que lhe explodiu os tímpanos, roubando-lhe os melhores sons que embalam nossa vida: os pássaros e a música.

— Muito bem, Watson, você colocou muito bem a questão – cumprimentou meu amigo, envaidecendo-me.

Chegamos ao Heidelberg Schloss, às margens do rio Neckar, que espiava e protegia a cidade do alto da montanha. O frio era intenso e eu me encolhia todo no trenzinho que nos levava até aquela imponente fortaleza do século XIII. Motivado pela aventura do surdo louco, o assunto voltava-se ao mais fabuloso homem surdo deste mundo.

— Para Beethoven – continuava Holmes –, música e vida eram uma coisa só. Por isso, sua música continuava a fluir, mesmo depois de ele ter perdido a capacidade de ouvir, aquele sentido que para ele era o mais precioso. E essa perda só piorava sua sensação de isolamento, seu desgosto com o escárnio de alguns, e até com a comiseração de outros com quem tinha contato, um contato cada vez mais penoso e difícil. Por isso, é possível entender a angústia e os acessos de fúria que passaram a acompanhá-lo. Por outro lado, mesmo em meio a todo esse sofrimento, sua música tornou-se a cada dia mais sublime!

Suportamos razoavelmente a subida até o castelo, que estava bem aquecido no interior e atraía um bom número de turistas. Misturamo-nos a eles e começamos nossa visita justamente pela incrível adega do castelo, famosa por ainda exibir seu gigantesco tonel, agora vazio, mas que no seu tempo podia conter trinta mil galões de vinho.[15]

– Vê como é grande esse tonel, Watson? Dizem que os aldeões até dançavam sobre ele. Dali saíam encanamentos que levavam a bebida aos aposentos dos nobres, às salas sociais e até ao camarote dos castelãos dentro da igreja!

– Eles bebiam até quando assistiam às missas? – brinquei. – E de onde vinha tanto vinho para encher tudo isso?

– Este castelo era a residência do Palatinado, um dos sete príncipes eleitores do Sacro Império Romano-Germânico – continuou Holmes. – Todos os agricultores da região deviam tributos a ele e eram obrigados a trazer para cá um décimo da produção de todos os vinhedos. Por isso, esse tonel deveria conter o pior vinho do mundo... Você pode imaginar o que resultaria da mistura de vinhos tintos, brancos ou rosados, quaisquer que fossem suas qualidades, suas diferentes uvas, tudo sem nenhum tipo de seleção!

Devo ter feito uma cara de nojo.

– Ora! Deveria ter um gosto intragável!

– Sem dúvida! E, no entanto, era consumido com entusiasmo e em altas quantidades. Para a gente daquele tempo, a única

---

15 Coisa de 127 mil litros continentais. São uns bêbados!

qualidade esperada de um vinho era conter álcool. E, às vezes, não só álcool...

– Como assim, Holmes?

– Como você bem sabe, meu caro Watson, a ciência da moderna criminologia, da qual modestamente sou o criador, obriga-me a um conhecimento profundo da toxicologia. Conheço todos os tipos de veneno, do curare ao cianeto, mas sei também do efeito tóxico de outras substâncias como o chumbo. Desde o século XVIII, e até o início do século passado, era prática comum acrescentar sais de chumbo aos vinhos de baixa qualidade para torná-los mais doces e refrescantes. Às vezes adicionavam até quantidades bem elevadas...

– Que horror!

– Não é? E o vinho que nosso Beethoven bebia era feito com uvas de baixa qualidade e, portanto, um bom candidato à adição de chumbo. E ele, na certa transtornado pela perda da audição, bebia demais! Dizem que tomava cerca de três litros por dia desse vinho barato, tão inferior...

Devo ter franzido as sobrancelhas.

– Não posso entender isso, Holmes. Beethoven foi muito bem-sucedido como compositor e sua situação econômica era boa. Não haveria razões para que ele optasse por uma bebida de terceira categoria!

Meu amigo riu-se.

– Ah, Watson, isso de apreciar vinhos de alta qualidade é muito recente, começou só no século passado! Antes disso, beber não era beber bem, era beber *muito*!

Já estávamos saindo do castelo para um restaurante onde nos oferecessem um vinho que aquecesse nossos ossos enregelados quando procurei concluir:

– Quer dizer então, Holmes, que Beethoven morreu devido ao alcoolismo?

Sherlock Holmes sacudiu a cabeça vigorosamente.

– Você sabe, meu caro Watson, que costumo pesquisar informações sobre a morte de vultos destacados da nossa História, com o mesmo cuidado que devoto a uma investigação criminal, não é? No caso de Beethoven, sabe o que a junta médica que o examinou lhe prescreveu à beira de seu leito de morte?

– Não faço ideia...

– Ponche bem alcoólico e bem gelado! – Ante minha surpresa, continuou: – Ah, Watson, se ele não foi diretamente vitimado pelo alto consumo de álcool, talvez na adição de chumbo resida a pista principal sobre a morte desse grande homem: em sua exumação, realizada em 1862, foram descobertas quantidades elevadas de sais de chumbo em seus cabelos!

– Bem, Holmes – comentei –, entre álcool e chumbo, não há fígado nem nervos que aguentem!

A vida do meu amigo Holmes era recolher todas as provas que sua inteligência superior pudesse localizar, mas detestava quando o conjunto delas não lhe apontava uma conclusão segura, definitiva.

– Watson, há vestígios poderosos quanto à morte de Beethoven, mas até agora não consigo fechar o inquérito que eu mesmo decidi abrir. Ouça só isto: examinei detidamente o relatório de sua autópsia, realizada logo no dia seguinte à sua morte. E ali está a descrição de um abdome cheio de líquido, um fígado reduzido, cheio de nódulos, o baço com um tamanho duas vezes maior e o pâncreas também aumentado e com aspecto compacto. Isso fecha o caso?

– Ora, Holmes, isso descreve uma cirrose alcoólica!

– Mesmo assim, estamos seguros em afirmar com segurança que ele morreu somente devido ao alcoolismo?

– Bem... talvez sim, mas...

– Ah, o álcool na vida de Beethoven! – continuou. – Imagine que, pouco antes de sua morte, trouxeram-lhe de presente algumas garrafas de vinho de Mainz. Ele olhou para elas, balançou a cabeça e murmurou "pena, pena, tarde demais...". Estas foram suas últimas palavras, meu caro Watson. Logo ele perdia a consciência, delirava, e nos deixava na tarde de 26 de março de 1827, durante uma tempestade, o que combina bem com aquele espírito indomável!

Sentados no melhor restaurante de Heidelberg, já bem aquecidos, o garçom tirava a rolha de um Weingut Becker Landgraf Spätburgunder Gau-Odernheimer do último ano do século passado, um rótulo raro, financiado pela gratidão da chancelaria. Qual das duas? Na ocasião, não importava. Holmes aceitou a amostra de degustação, cheirou levemente a borda da taça, balançou circularmente o conteúdo, examinou sua cor âmbar contra a luz e, antes de experimentá-lo, perguntou-me:

– Watson, eu sou o detetive, mas você é o médico. Será que com tudo isso que aprendemos sobre a morte do incomparável Ludwig van Beethoven, podemos afirmar que ela terá sido causada pelo chumbo acrescentado ao seu vinho?

– Realmente, Holmes, os sais de chumbo depositam-se no organismo e seu acúmulo paulatinamente pode levar à morte. Mas nunca poderemos saber com certeza, a menos que pudéssemos fazer sua autópsia com a ciência que hoje temos. Mas, no início do século passado, nossos conhecimentos de patologia estavam ainda na Idade da Pedra...

Nossas taças estavam cheias e deixamos que o néctar daquela bebida encerrasse nossa aventura em Heidelberg.

\* \* \*

## 23ª REUNIÃO DA CONFRARIA DOS MÉDICOS SHERLOCKIANOS
## LONDRES - 27 DE MARÇO DE 2017

Naquela noite, o inverno já afrouxara um pouco, não havia neve, mas o início da primavera em Londres provocava uma chuva fina e gelada, umedecendo mais uma reunião dos doze médicos adeptos das aventuras de Sherlock Holmes.

Daquela vez, cedendo às reclamações de Montalbano sobre o "exagero das comidas germânicas" dos encontros anteriores, o restaurante escolhido foi o tradicional San Carlo Cicchetti, em Piccadilly Circus.

– Um restaurante italiano? Justamente quando o assunto é o maior compositor alemão de todos os tempos? – brincava bem-humorado o doutor Gaetano ao chegar. – Meus avós italianos até concordariam, mas que isso é uma contradição, lá isso é!

Peterson entrava logo em seguida e respondia:

– Verdade, Gaetano, mas isso, naturalmente...

– Naturalmente isso vai custar uma fortuna! – contradizia Sheila, tirando a capa molhada e entregando-a a uma recepcionista que, muito solícita, recolhia chapéus, capas e guarda-chuvas e tentava organizar a entrada dos convidados, que, de acordo com a pontualidade britânica, chegavam um atrás do outro.

– Mesmo numa segunda-feira – comentava Peterson –, reservar uma casa grande e famosa como essa apenas para nosso grupo, foi uma façanha do professor Hathaway!

– Mas vai valer a pena! – considerou o narigudo estaticista Westrup. – Nesta noite nosso tema não será uma morte qualquer! Trata-se da morte de Beethoven, meus amigos, do grande Ludwig!

– E justo nesta noite! – ressaltou o historiador McDonald.

– Hoje lembraremos os cento e noventa anos de ausência do grande músico. Beethoven faleceu exatamente num dia vinte e sete de março. E consta que foi numa noite de tempestade, com uma chuva certamente bem mais feroz do que a de hoje!

Os colegas chegavam, cumprimentavam-se, e a brincadeira de Montalbano, daquela vez, foi uma declaração poética, exagerada.

– Há cento e noventa anos, a natureza chorava em desespero por ele, meus senhores... e... hãn... minhas senhoras...

A psiquiatra Anna Weiss sorriu condescendente à correção do colega, mas a patologista Sheila deu-lhe as costas, com desprezo.

– Mas de que terá Beethoven efetivamente morrido? – perguntou De Amicis com aquela fala mansa que tão bem o caracterizava. – Cirrose hepática? Envenenamento por sais de chumbo?

Clark, o especialista em medicina de imagem, estendeu o braço em direção à grande mesa que os esperava, convidando-o:

– Vamos sentar, meu caro De Amicis. Até nosso colega, o doutor Watson, com o que a medicina de quase cem anos atrás podia oferecer-lhe, abriu mão de uma palavra final. De acordo com ele, só as conquistas científicas do futuro poderiam vir a esclarecer essa dúvida. Será que esse futuro já chegou?

– É cedo para concluirmos qualquer coisa, colegas – atalhou o jovem Rosenthal. – Sei que cada um de nós leu o conto do doutor Watson, mas, desta vez, a discussão fica por conta do nosso companheiro, o doutor Phillips.

O apontado pneumologista tirava o chapéu molhado, estendia-o à recepcionista e passava a mão na careca, como se a enxugasse.

– Sim, essa noite é minha, meus amigos – concordou, desta vez sem seu eterno ar brincalhão. – É minha mesmo...

Se fossem contados três minutos antes e três minutos depois das dezenove horas, esse intervalo seria o bastante para que os doze médicos estivessem sentados em torno da longa mesa colocada no centro do restaurante San Carlo Cicchetti, com os garçons azafamando-se para que cada um dos comensais estivesse abastecido com um cálice de Courvoisier Extra Old Imperial, destinado a aquecer-lhes as gargantas e amaciar-lhes os ânimos.

As conversas circularam sobre o dia de trabalho de cada um, as dificuldades de sua profissão, seus sucessos, e fatalmente suas críticas sobre o sistema inglês de saúde pública. Embora ansiassem pelo início da razão principal do encontro, todos sustinham essa ansiedade no aguardo da palavra de Phillips.

O jantar foi aberto com um prato de *orecchiette* com rúcula e tomate-cereja, regado por um Barolo da safra excepcional de 2001 e também excepcionalmente caro. O prato principal ficava à escolha de cada um, entre um *saltimbocca alla romana* e um ragu de ossobuco, acompanhados pelo excelente Brunello di Montalcino da rara tiragem de 2007. O 1/12 desse encontro certamente pesaria no bolso de qualquer um deles, mesmo do que tivesse o consultório mais lotado. Mas, pelo prazer daquela noite, nenhum dos médicos reclamaria da despesa, exceto Sheila, que reclamaria ainda que o encontro tivesse sido em um restaurante de *fish & chips* do Soho.

Os humores foram se relaxando e tudo foi rematado por uma leve *insalata* até o tilintar do garfo do professor Hathaway no cálice do Nocello que acompanhava o *tiramisù* e a *sfogliatelle napoletane*. As duas sobremesas escolhidas foram ambas colocadas à frente de Montalbano.

– Meus amigos... – ao receber a palavra, Phillips começou, sem levantar-se, fitando algum ponto do próprio guardanapo.

– Logo ao chegarmos aqui, meu querido amigo Gaetano lembrava que nosso assunto de hoje versava sobre o maior compositor alemão de todos os tempos, Ludwig van Beethoven. E os comentários de hoje couberam a mim. Dediquei cada intervalo de minhas atividades das últimas quatro semanas examinando não só a parte médica que me cabia, mas ouvindo a herança que esse alemão nos deixou...

Se uma mosca estivesse ali sobrevoando a mesa, ela teria pousado e silenciado seu zumbido naquele instante, tão dramáticas e verdadeiras pareciam as palavras do médico.

– O maior compositor alemão de todos os tempos... o maior deles... – Ao repetir essas palavras, Phillips pôs-se de pé e percorreu o olhar em volta, fixando por uma fração de segundo o rosto de cada um. – Vocês, amigos, já se acostumaram com minha personalidade, meu desejo de sempre encontrar a oportunidade de uma brincadeira, sempre procurando desanuviar o peso das responsabilidades de nossa profissão e... sim, talvez isso explique minha personalidade: "Esse Phillips está sempre brincando, não leva nada a sério!", acostumei-me a ouvir, mas...

Emocionado pelo discurso do colega, a queda do garfo de Montalbano, que estivera atracado com sua segunda porção de *tiramisù*, involuntariamente quase rompeu o peso litúrgico daquele momento.

– Mas nestas últimas semanas fui um homem diferente – continuava Phillips, sem desconcentrar-se. – Beethoven me ocupou, Beethoven mudou meu modo de ser. Há quem diga que o maior dos compositores alemães foi Bach, que o temperamento indomável de Beethoven criou-lhe antipatias durante sua vida, mas a verdade é que até sua personalidade foi excepcional. Esse homem trabalhou durante toda a vida perseguindo somente a beleza, sem inclinar-se a dinheiro ou a títulos de nobreza. Seu talento manifestou-se de modo explosivo, foi independente, sem precisar do patronato de algum mecenas, fosse um aristocrata ou fosse um burguês. Foi capaz de raspar a dedicatória que havia oferecido a Napoleão Bonaparte em sua *Sinfonia Heroica*, depois de o corso ter-se coroado imperador e se transformado em um conquistador sangrento e impiedoso! Discretamente, como se limpasse os lábios, Anna Weiss enxugou uma lágrima com o guardanapo.

– Para Beethoven, música era liberdade, era um bem supremo. Mesmo após ficar praticamente surdo, esse alemão ainda foi capaz de escrever algumas das composições musicais mais sublimes de todos os tempos. Nunca foi prisioneiro de regras, tanto na vida social quanto na artística, e sua criatividade transformou a música de tal maneira que modificou totalmente o panorama musical da época e influenciou de maneira marcante a vida e a obra dos compositores que a ele se seguiram. Sem dúvida, discutir a vida e a morte de um gênio dessas dimensões não é tarefa fácil...

Várias cabeças moveram-se de cima para baixo, apoiando.

– A tarefa da qual fui incumbido pelo nosso patrono e que aceitei com grande prazer foi avaliar os cinquenta e seis anos da vida desse grande homem, e tentar descobrir as causas de sua morte. Tão importante foi Beethoven quanto grande foi o número de controvérsias que encontrei sobre as razões de sua doença e de seu óbito.

Retirou um pequeno bloco do bolso.

– Vamos examinar as controvérsias mais notórias: envenenamento por chumbo, sífilis, sarcoidose, hepatite infecciosa, cirrose alcoólica, diabetes, pancreatite e necrose papilar renal são só algumas entre as hipóteses mais defendidas pelos estudiosos que tentaram explicar seus problemas de saúde. Comecemos pela intoxicação por chumbo. Sabemos que Beethoven bebia muito, um vinho barato, e que era costume na época adicionar uma solução de sais de chumbo para adoçar e para melhor conservar a bebida. Um experimento recente com receita da época revelou que um litro dessa bebida podia conter até dez partes por milhão de chumbo, uma quantidade elevadíssima, especialmente se lembrarmos que o envenenamento por chumbo é cumulativo e vai agredindo progressivamente o organismo. Como o conto de Watson nos relembra, sabemos que, na exumação de corpo de Beethoven, em 1862, foi descoberta em seus cabelos uma concentração de chumbo quarenta vezes maior do que o máximo aceitável. Isto foi suficiente para que muitos atribuíssem à intoxicação por esse metal tanto a surdez quanto a morte de Beethoven...

Sentindo que era o momento de colaborar para a discussão, Peterson interveio:

– Também tive contato com essas conclusões e concordo que Beethoven apresentava alguns sintomas compatíveis com a intoxicação por chumbo, como a alternância de períodos de diarreia e constipação e frequentes cólicas abdominais. No entanto, eu diria que estão ausentes algumas manifestações neurológicas que melhor caracterizariam esse diagnóstico, não lhe parece, doutor Rosenthal, já que esta é sua especialidade?

– Exato – apoiou o jovem neurologista. – Não se registrou, no caso clínico de Beethoven, nenhuma encefalopatia e nem queda de pulso que indicasse paralisia do nervo radial. Assim, é difícil acreditar que esses sintomas pudessem estar ausentes em caso de envenenamento por chumbo.

– Correto, caro Rosenthal, era a esse ponto que eu queria chegar – continuou Peterson. – Novos estudos provam não ser o conteúdo de chumbo nos cabelos um marcador confiável de intoxicação. Sabe-se hoje que esses compostos de chumbo eram frequentemente utilizados para lavagem dos cabelos no preparo do cadáver para o enterro. Para certificar uma intoxicação por chumbo, só se pesquisássemos os ossos de Beethoven, onde se localizaria a maior parte do chumbo ingerido. Mas isso jamais foi feito.

Phillips sorriu.

— Posso concluir então que a intoxicação por chumbo seguramente não foi a causa de sua morte. Prosseguindo, outra hipótese defendida por alguns é que ele pode ter contraído sífilis de prostitutas. No entanto, não há provas de que Beethoven se encontrasse com prostitutas e, em toda sua história clínica, não há relatos de lesões genitais sugestivas de sífilis primária ou lesões cutâneas tão características do estado secundário dessa doença.

A patologista Sheila ergueu a mão e acrescentou:

— Isso mesmo. E não devemos nos esquecer dos resultados da autópsia. Neles não há nenhuma referência a lesões gomosas, nem há evidências de problemas nas meninges, no cérebro, no coração ou nos grandes vasos, como seria de se esperar num caso de sífilis avançada.

— Bem lembrado, doutora Sheila — agradeceu Phillips. — E com isso creio que podemos passar à discussão de outras hipóteses. Para continuar, acho que seria útil recapitularmos o que conhecemos sobre a doença final de Beethoven, que teve início no primeiro dia de dezembro de 1826, com febre, calafrios, polidipsia,[16] hemoptises,[17] dores nos flancos e dispneia.[18] Um de seus médicos diagnosticou inflamação nos pulmões. Após uma curta melhora, no dia nove do mesmo mês, surgiu dor abdominal intensa, aumento dos calafrios, vômitos, diarreia e inchaço nas pernas. A seguir apareceram novos sinais: icterí-

---

16 Excessiva sensação de sede.
17 Expectoração de sangue.
18 Dificuldade respiratória.

cia[19] e nódulos duros no fígado. Na terceira semana foi notada ascite[20] volumosa e piora da dispneia. Foi submetido a quatro paracenteses[21] para tentar drenar o líquido ascítico, porém sem grande melhora. A icterícia aumentou, Beethoven entrou em coma no dia vinte e quatro de março e morreu dois dias depois, aos cinquenta e seis anos.

– Muito bem, doutor Phillips – interveio Hathaway –, creio que estamos agora prontos para a discussão geral.

A patologista Sheila não podia deixar isso passar impunemente.

– Um momento! O doutor Phillips não falou ainda sobre os achados da autópsia!

– Tem razão – concordou Phillips. – Estava deixando esse relato para mais adiante, mas concordo que uma apresentação sua, doutora, viria enriquecer sobremaneira nossa discussão...

No rosto de Sheila brotou um dos seus raríssimos sorrisos.

– Pois não, será um prazer. A autópsia foi realizada pelo doutor Johann Wagner no dia seguinte ao óbito. Escrita em latim, acreditou-se ter sido perdida até sua descoberta em 1970 no Museu de Patologia Anatômica de Viena. Resumindo seus achados: o fígado se apresentava duro, nodular, e com metade das dimensões normais. Seus vasos estavam engrossados e com uma luz bastante estreitada. O baço e o pâncreas também tinham tamanho aumentado. A cavidade abdominal estava distendida por grande quantidade de líquido. A pele mostrava numerosas manchas vermelhas, principalmente nas extremidades, e os rins estavam pálidos e cheios de uma substância calcária.

---

19 Coloração amarela dos tecidos e das secreções orgânicas.
20 Acumulação de fluidos na cavidade abdominal.
21 Punção de líquido orgânico.

– Ótimo, doutora Sheila – cumprimentou o professor Hathaway. – Doutor De Amicis, algum comentário?

– Creio, doutor Phillips – contribuiu o calmo cardiologista –, que não há dúvida de que Beethoven, com todos esses sintomas, teve uma pneumonia em seu quadro final!

– Estamos todos de acordo com isso – Hathaway continuou. – E creio que, com sua história de ingestão alcoólica, essa pneumonia instalou-se num indivíduo com cirrose avançada e seu fígado sofreu pesadas consequências.

– Concordo com a hipótese de cirrose alcoólica. – Era a vez de McDonald. – Embora alguns pesquisadores tenham sugerido que a cirrose de Beethoven pudesse ter sido causada por uma hepatite viral. Antes do século XX, a medicina não conhecia as hepatites B e C, causadoras de cirrose. Assim, na época de Beethoven, não se aplicavam injeções e nem se faziam transfusões de sangue, responsáveis mais frequentes pela transmissão desses vírus.

Phillips aquiesceu.

– Pelo visto estamos todos de acordo com uma morte por cirrose descompensada em seguida a uma pneumonia, mas pode ter havido outros fatores. Um deles, sugerido pela perda de peso, pelas frequentes infecções e a pancreatite crônica, é que Beethoven podia ter tido diabetes.

– Mas isso não teria sido diagnosticado por seus médicos? – perguntou De Amicis.

– Pois bem – continuou McDonald –, embora médicos hindus já tivessem descrito no passado "urina adocicada que atraía formigas", somente muito depois, Aretaeus, médico capadócio, fez a primeira descrição acurada do diabetes. Mais de quinze séculos se passaram até que, em 1674, Thomas Willis chamou a atenção para o sabor doce da urina dos diabéticos, estimulando os médicos a testarem a urina dos seus pacientes para confirmar o diagnóstico da doença. Mas os métodos laboratoriais para detecção de açúcar na urina só se tornaram disponíveis após a morte de Beethoven. Portanto, é bem possível que ele tenha tido diabetes não diagnosticado.

– Obrigado, McDonald – Phillips retomava a palavra. – Mas há mais uma hipótese acerca dessa possibilidade de diabetes. Alguns estudiosos levantam a possibilidade de uma necrose papilar renal, que, como vocês sabem, é uma patologia comum em diabéticos, vindo a complicar ainda mais o quadro final de Beethoven. Essa doença, de alta letalidade, é bastante compatível com os achados da autópsia. E esse teria sido o primeiro relato na literatura médica de uma necrose papilar renal comprovada por autópsia.

Balançando a cabeça de admiração, o professor Hathaway encerrou o debate.

– O primeiro relato na literatura médica? Até na morte, Beethoven foi um pioneiro!

\*\*\*

## LUDWIG VAN BEETHOVEN
### BONN 17/12/1770
### VIENA 26/03/1827

Beethoven nasceu numa família de tradição musical. Seu pai e primeiro professor o tiranizou desde os cinco anos, obrigando-o a prolongadas horas de estudo ao piano para que se tornasse um menino prodígio como Mozart havia sido. Em seguida, estudou em Colônia e, aos onze anos, já compunha suas primeiras peças. Aos vinte e um, passou a morar em Viena, onde complementou seus estudos musicais, inclusive com Haiden e Salieri. Aos vinte e seis anos surgiram os primeiros sintomas de surdez que se agravaram até ela tornar-se total. Isso não o impediu de tornar-se um gigante musical, tendo composto obras-primas em praticamente todas as formas: 9 sinfonias, 5 concertos para piano e um para violino, sonatas para piano solista ou duos e trios com violino e violoncelo, quartetos de cordas, peças-corais e até uma ópera. Responsável principal pela transição entre o classicismo e o romantismo, foi sempre um espírito livre, jamais se dobrando à vontade de algum mecenas, tendo sempre encontrado sua inspiração nos grandes ideais humanitários e no amor à natureza.

Ouça o quarto movimento da *Sinfonia nº 9*, com Bernard Haiting regendo a London Symphony Orchestra, e o adágio do segundo movimento do *Concerto para piano nº 4*, sob a interpretação de Rudholf Serkin.

# Capítulo 8

## *PICCOLO FINALE*

Estávamos em agosto de 1940 e, depois de termos ultrapassado oito décadas com folga, o peso dos anos já nos vergava as costas e minhas juntas reclamavam de qualquer esforço. Por isso eu o evitava a todo custo. Sherlock Holmes, porém, se estava sendo torturado pela idade, tentava nada demonstrar, exibindo-se ao subir de dois em dois os degraus da escada que levava ao nosso apartamento, embora tropeçasse na maior parte das vezes.

A senhora Hudson, apesar de seus mais de noventa anos, subiu as escadas para trazer-nos o chá, e Holmes teve a feliz ideia de temperar o conteúdo do bule com uma generosa dose de gim, já que o *scotch* andava raro devido às circunstâncias da guerra. A tarde estava bem quente, e chegamos até a afrouxar os nós das gravatas, sem desabotoar nossos coletes, é claro, para não romper com a etiqueta que dois ingleses genuínos devem respeitar na hora do chá.

Vez por outra, nossas paredes tremiam com as explosões das bombas lançadas pelas esquadrilhas de Heinkels, de

Messerschmitts e de Junkers da aviação nazista, que não nos deixavam dormir em paz. Nosso céu, normalmente cinzento, chuvoso e coberto pelo romântico *fog* londrino, naquela tarde de verão de 1940, toldava-se com Spitfires da RAF cuspindo fogo e sendo cuspidos pelos Stukas da Luftwaffe.

Naqueles dias, praticamente toda a população de Londres entocava-se em abrigos antiaéreos e túneis do metrô, mas Holmes e eu preferíamos a maciez de nossas poltronas favoritas ao desconforto do convívio com pessoas a quem não tínhamos sido devidamente apresentados.

Uma explosão bem maior, ensurdecedora, repentinamente suplantou todas as outras, fazendo com que eu quase entornasse meu chá.

– Essa deve ter caído na Rossmore Road, Holmes – observei. – Ou terá sido em Dorset Square?

– Hum-hum... – fez meu amigo, com o semblante carregado.

O que sua expressão revelava era contrariedade. Havia tempos ele tivera de abandonar suas interpretações ao violino por causa da artrite e decidira empenhar seu Stradivarius. O homem do prego, porém, fizera-lhe a vergonhosa proposta de apenas quatro libras, alegando que o instrumento não passava de grosseira falsificação! Ora, quem leu meu conto "O caso da caixa de papelão", deve lembrar-se de que Holmes comprara, de um negociante judeu de Tottenham, na Court Road, por três libras e pouco, aquele Stradivarius que valeria mais de quinhentas! Vangloriava-se de haver enganado o homem e agora, décadas depois, remordia-se ao descobrir que o enganado tinha sido ele. Meu amigo detestava perder!

Para distraí-lo de uma preocupação tão grande, procurei desviar-lhe os pensamentos, lembrando-lhe do registro que eu fizera de algumas de nossas aventuras e que, por desejo dele mesmo, permaneciam inéditas.

– Holmes, ando pensando em algumas de suas investigações que ainda adormecem em minhas gavetas. Bem, no caso das de cunho político, compreendo que sua divulgação provocaria transtornos diplomáticos incontornáveis, até mesmo com o risco de provocar alguma guerra. Mas há outras que... bem... eu diria que...

– Hein? – fez ele, momentaneamente ensurdecido por mais uma explosão.

– As investigações sobre as causas da morte de gênios da música, por exemplo – continuei. – Creio que são ótimos exemplos da sua capacidade de enfrentar até mistérios do passado...

Holmes levantou os olhos para o teto.

– A morte de grandes compositores... – devaneou. – Acho que não é importante saber a causa de eles terem deixado de existir, meu caro Watson. O que importa para a humanidade é o privilégio de eles terem existido!

Parei por um segundo, tentando absorver a observação. E em seguida perguntei:

– E nós, Holmes? Às vezes eu penso que nós nunca vamos deixar de existir...

– Hein? – perguntou ele em meio à explosão de outra grande bomba, desta vez bem mais próxima da Baker Street, 221B.

# GLOSSÁRIO

Ascite – acumulação de fluidos na cavidade abdominal
Dispneia – dificuldade respiratória
Enema – lavagem intestinal, clister
Etologia – ciência que estuda o comportamento animal
Exantema – erupções cutâneas
Hemoptise – expectoração de sangue
Icterícia – coloração amarela dos tecidos
Paracentese – punção de líquido ascítico
Petéquia – pequeno ponto vermelho na pele
Polidipsia – excessiva sensação de sede